会津八一と吉野秀雄

伊丹末雄

青簡舎

序にかえて　伊丹末雄先生の思い出

早稲田大学教授　上　野　和　昭

伊丹末雄先生は、ながく新潟県下の中学校にお勤めになっておられたが、ご退職後は大阪青山短期大学の教授もなさるほどの国文学者として、とくに『万葉集』や実朝、良寛の研究者として、世に知られた方であった。ご逝去になったのは平成十七年（二〇〇五）のことで、本書『会津八一と吉野秀雄』の原稿は、すでにその十年以上も前に先生ご自身、これをまとめておかれたらしい。それが紆余曲折の末に、このたび刊行されることになった。泉下の先生もさぞお喜びであろう。

わたくしは昭和四十年代のはじめ、新潟大学教育学部附属高田中学校で、伊丹先生に国語の授業をご担当いただいた。そのころ先生は、懇請されて新潟大学で講義をおもちになり、そのうえに、本書にも書かれているとおり、テニス部の顧問教員としてご活躍で、いま思えばすでに四十をこえていらっしゃったはずであるのに、白い体操着のお姿でコートに立っておられるのをお見かけしたことがある。しかし、ご本人もおっしゃるように、先生はけっしてお丈夫なわけではなく、運動がお得意でもなかった。いつも濃い茶色の背広をお召しになり、なにかものを思案なさりながら、ゆっくりと、うつむき加減に廊下を歩かれる長身のお姿を見ると、腕白な年ごろのわれわれとて、なるべくお邪魔にならないように、目を伏せ、声をひそめて側を通りすぎるのがつねであった。

先生の授業は、その学識がそうさせるのであろう、年端もゆかない中学生に教えるにしてはずいぶん内容の濃いところがあった。たとえば、鷗外の芸術性をたたえて、漱石の高踏的なところを批判し、茂吉を人麻呂と並称して、啄木の思いあがりをなじったりなさった。本居宣長を「宣長先生」と敬い、良寛和尚を「良寛さん」となつかしそうにお呼びになったのを昨日のことのように思い出す。

あるとき教育実習生が来て、われわれのクラスで魯迅の「故郷」を教材に研究授業をした。その授業が終わりに近づいたときに、教室のうしろで聞いておられた先生が、突然立ちあがって「みなさんの読みはまだまだ足りない。私などはこれを読むと涙が出ます」とおっしゃったことがある。生徒に対して言うようではあったが、そのじつは実習生に注意したのかもしれず、それならば授業後におっしゃればよさそうなものを、やはり生徒にも聞かせたかったのであろう。先生のお話は、つぶやきに似て、ときにため息をまじえた。われわれ生徒は、なにかしら感動をおぼえるが、先生のお気持ちがどれほどのものか知るすべもない。しかし、先生がいつも真剣に語りかけてくださっていることだけはよくわかった。

伊丹先生は、わたくしのクラス担任ではなかったが、一年間だけ一級上の担任をなさったことがある。その彼らが卒業するとき、先生は彼らのためにみずから作った四行の詩をお贈りになった。いま確かめるいとまもないので、記憶によって書きつければ、それは以下のようなものである。そのころの先生のお気持ちを察するには好個のものであろう。

会ひし日は　きのふのごとく

けさここに　君らうしなふ
いまさらに　なにをか言はん
ただ祈る　幸多かれと

中学卒業後も、わたくしは寺町の浄興寺にほど近い先生のお宅をいくたびかお訪ねした。いつだったか、先生がお若いころにどれほど勉強をなさったか、具体的におっしゃっていただければ励みになるので、ぜひともお聞かせくださいと申し上げた。すると先生は、白根中学在職のころ、一週間になんども徹夜して書物を読み、論文を書いたというようなお話をなさった。「勤務の寸暇をぬすみ、眠るべき時間を割き……」と吉野秀雄が『新潟日報』紙（「伊丹君の万葉研究について」昭和二十六年三月十七日・十八日号）に引用した、先生の書簡の一節は、まさにそのころのご奮闘の様子を伝えるものであったに相違ない。

わたくしは、せっかく先生の指導を受けながら、力およばず先生のように国文学の方面へ進むことができなかった。もとより会津八一や吉野秀雄について語る資格のない人間である。そこで、わたくしの覚えている先生の思い出をつづって、序にかえさせていただいた。先生ならびに読者の方々のお許しを乞うものである。

二〇一一年七月一日

会津八一と吉野秀雄

目次

はしがき

新潟市に隣する白根《しろね》という市に育ったため、太平洋戦争が終わるころ、ようやく成人した私は、戦火をのがれて越後へ退隠された会津八一先生（一八八一—一九五六）を新潟でお見かけし、いくらかの触れ合いをもつようになった。やがてまた、会津先生との縁から、先生を師と仰いだ歌人・吉野秀雄先生（一九〇二—一九六七）と知り合い、なにかと益を受けることができた。近代のすぐれた二人の文人に並行的に接触しえたのだから、思えば贅沢きわまる出会いだったわけである。

とは言え、会津先生とは、あまりにも年齢が隔たり、話を承るよりか雑役をいいつかる場合が多かったかも知れず、私はときたま会津家の台所にいただけの者である。したがって、玄関から出入りする客と異なり、新潟秋草堂の内情をかいまみていたわけで、東京時代の先生に「家来」として仕えた木村孝禅師（故人）とウマが合い、多年交わった一因もまた、ここにあった。それに比べ、まれにしかお会いできなかった吉野先生は、どうやら話相手ぐらいには扱ってくださったような気がするのであるが、いずれにせよ、私ごとき不敏《ふびん》な若者がその偉大さをいっこう見抜けず、ただご身辺をウロウロしているうちに両先生とも世を去られてしまい、それからでさえ、すでに何十年の歳月が流れている。もっと礼をつくしてご教導を乞うべきであったものを、と今にして恥じ、悔いるばかりである。

せめて若者の特権で無遠慮に観察させていただいた印象とか、ふんだんに拝聴した学芸談の一かけらを書きつけて両先生追慕の証とし、かねて自らの若き日をも記念すべく、近年、研究の寸暇を利して少しずつ書きためた小文が一定量に達したので、最も平凡に「会津八一と吉野秀雄」と名づけて公刊することとする。

数年にわたり書き続けた割には、本書の内容はいかにも貧しい。これは一に著者の不才によるところで、ご協力くださった多くの方々に対し、心苦しい限りである。いかなる縁によってか、私は前述のごとく会津先生の生まれ、死去された新潟在に育ち、多年住んだのみならず、先生が初めて教えられた有恒学舎（現新潟県立有恒高等学校）にほど近い、吉野登美夫人のご出身地たる上越市（旧高田市）にもまた昭和十六年以来、断続的に三十余年暮らしてきた。そのためもあって、両先生を知る多数の方々とも、おのずから、めぐり会えた。幸い、会津先生を招いた増村度次翁の風貌すら知る年代に属するゆえ、疑問をさまざまな関係者に聞きただすことができたし、時として思いがけない資料にもつきあたった。佐佐木信綱先生に会津先生の短歌に対するご感想を承ったことがあったかと思えば、堀口大学先生から会津・吉野両先生の芸術へのご批評を伺った記憶もある。自分自身の見聞を基に、そうした多数の方々のご教示をも利用させていただいて本書を成したのであってみれば、よしんば両先生の既成のイメージに多少の修正を加える部面が生ずるとしても、また、やむをえないはずで、ただ両先生を大きく傷つけないことを祈るのみである。もっとも、吉野先生には、まれにしかお会いしなかった引け目から、あまり踏み込めなかった思いがしてならない。とにかく、これが私の接した会津・吉野両先生のいつわらざる面影なのである。

本書のためにお力添えくださった、すべての方々に重ねてお礼申しあげるとともに、吉野夫人のご長寿を祈らせていただきたいと思う。

一九九二年七月十三日　草心忌

〔講演記録〕
会津八一をめぐる思い出

ただ今ご紹介にあずかりました伊丹と申す者でございます。

私はどう考えましても、みなさまのこうした会でお話をさせていただくには不向きな男でありますが、交渉に当たってくださいました長坂吉和《よしかず》氏とは数年来の知り合いでございますし、そのうえ、氏が正直に、まず木村孝禅《こうぜん》師に頼んでみたところ、ことわられた。その代りに、ということでしたが、木村翁は私にとって大先輩でいらっしゃいますから、そのピンチヒッターとしてなら、なんとしても、つとめなければなるまい、と思われましたので、お引き受けした次第でございます。

さて、私が故会津八一先生（一八八一―一九五六）に初めてお会いできましたのは、わが国が太平洋戦争に敗れ去りました、昭和二十年のことであります。しかも、ほんとうに敗戦直後であったように記憶いたします。つまり、先生が新潟市に居住される少し前、中条《なかじょう》時代でありますが、新潟県北蒲原《きたかんばら》郡中条町西条《にしじょう》の丹呉《たんご》家にお訪ねしたわけではありません。私は新潟市の南に位置する白根《しろね》市に生まれ育ちました者で、当時、まだ生徒ではありましたものの、未曽有《みぞう》の混乱時代のこととて、生家に暮らす日が多かったのであります。なにしろ自由な若者の身ですし、新しい生きかたを求める意味もあって、すぐに出られる新潟へ出向くことがときどきありました。そうした際に本、とりわけ古本をあさるのを無上の楽しみとしていましたので、そのころ柾谷小路《まさやこうじ》と呼ばれる、にぎやかな大通りに店を張っていられた佐久間古書店は、私にとって、だいじな目標の一つとなりました。ところが、その佐久間書店へ立ち寄りますと、たいていドッカリと座って、居合わせる人々を相手に、さかんに学芸を論ずる、いかつい老人がいました。これがつまり会津八一先生であります。店主、佐久間栄治郎氏をはじめ、ご一家で会津先生をだいじにし、細かく、めんどうをみられましたから、会津先生は新潟へ出られるとすっかり好意に甘え、滞在されるほど、せわになっていらっしゃいました。やがて、すぐに佐久間氏が雑事万端を引き受けて、新潟移転となるわけで、無一物のまま郷国・越後へ逃げ帰られた先生が晩年の安穏な生活を確立されるにあたり、ただ一人、新潟飛行場に出迎え、「夕刊ニイガタ」社長のいすを贈り、「新潟日報」との合併後は社賓《しゃひん》として礼を尽くした坂口献吉氏、それから、新潟の秋草堂《しゅうそうどう》、つまり自分の別荘の一部を住居に提供された伊藤文吉氏、さらに実生活の雑事をめんどうみられた佐久間栄治郎氏、こうした方々は、恩人に数えていいだろうと思われるのであります。

とにかく、佐久間書店の店頭で、学は古今にわたり、識また東西にまたがる会津先生の講説を聞けるのが、すくなくとも初め楽しくてたまらず、耳を澄ませて拝聴いたしました。私は数《かぞ》え年が昭和の年数と同じい者でございますから、文字どおり弱冠の青年にすぎませんでしたが、その数年前から『万葉集』の勉強を志していましたので、すくなくとも和歌に関するお話なら、だいじょうぶ、わかったわけであります。

相手がどれだけ理解できようと、できまいと、しんけんに教えて止まなかった先生を、説法者とたとえたら不当でしょうか。私は敗戦直後の先生を偲ぶたびに、また七百年前、鎌倉市中で獅子吼《ししく》し続けたという日蓮を想起せずにいられません。事実、当時の会津先生には、文化国家として生まれ変わろうとする祖国に対し、学芸の指導者として寄与しなければならない、との気構えがございました。これには、いろいろな証拠があります。

一人の行きずりの若者として先生の謦咳《けいがい》に接するうちに、先生も、割合、熱心に自分の話を聞く青年の顔を次第に記憶してくださったらしく、ごあいさつすると、顔をほころばせて、うなづかれるようになり、自然にいろいろ、ものをお尋ねできるようにもなりました。しかし、あくまで一人の話相手以上の何者でもなかったのでございまして、最後まで基本的にこの域を出ることはなかったわけであります。

　事情あって私は昭和二十四年度だけ、県内ながら故郷からやや離れた土地に暮らしましたため、会津先生にもめったにお目にかかれなかったのですが、翌年また白根にもどり、しばしばお会いできるようになりました。それどころか、やがて私はかすかに先生に名をもご記憶いただけるようになったのであります。なぜならば、会津先生のお話にときどき、その名が出、「夕刊ニイガタ」の歌壇の選者となっていられた吉野秀雄先生が、昭和二十六年三月十七・十八日両日にわたり、「伊丹君の万葉研究について」という文章を掲げてくださいましたのを、さすがに社長だけありまして、会津先生もちゃんと読まれたものとみえ、直後にお会いしましたところ、「吉野の賞《ほ》めていたのは、きっと君だろう」と話しかけてくだされ、少しだけ待遇を改善してくださったのでありました。この吉野氏の文章は『吉野秀雄全集、第九巻』に収められております。

　しかし、それもほんのしばらくだけのことで、私の受ける待遇はすぐにまた下落してしまい、もはや二度と上りませんでしたから、結局、私は最後まで先生から「交際」などという扱いを受けることなく終わりました。親子どころか、孫ぐらいにしか年齢があたらないわけですし、なんの地位ももたない若者なのですから、まことに当然ながら、ついに一人の聴衆、せいぜい話相手の域を出なかったのであります。

　この点、ちゃんとした交わりをおもちだった方々と私などとは、性質がまるで異なるのでありまして、正統な語り手として、はなはだ、ふさわしくない人間だとことわらずにいられなかった最大の理由がここに存します。

　ただしかし、私はついに会津先生から交際などしていただけなかったけれども、一人の若者として、邪魔にもされず、苦にもされず、というより、ほとんど意識されない存在として従い続けましたから、案外ほかの方々のご存じない、先生の生地《きじ》を相当見ております。世人には取りつくろって見せなかった素顔を、私はま近に、しかも、ずいぶん無遠慮に見せてもらったように、思うのでありまして、そうした意味で、私のような者の記憶にある先生の言動も、あるいはかなり重要な「会津八一伝」の資料たりうるものではなかろうか、と近年考えなおしている次第であります。つまり、私には若者のみにゆるされる特権があったわけで、おそらく私などが会津先生に多少なりとも接触した最少年組でございましょう。

それならば、さぞ、いろんなことを学び取れたことであろう、という問題になりますと、全く閉口してしまいます。お恥かしい限りながら、つまらないことばかり、ふしぎによく覚えているのに、いざ、だいじな点となりますと、ほとんど忘れてしまい、とても、まとまったお話を申しあげられないのでございまして、いよいよ、この会の話し手として不適合であります。

会津先生のせっかくの談話をあらかた忘れてしまったとは、まことに、けしからぬ話でありますけれども、白状いたしますと、今も相変わらず浅学寡聞《せんがくかぶん》ですが、なにしろ当時二十歳代の青年だったわけですから、知識素養に乏しいうえに、先生のえらさがほんとうにはわかりませんでしたから、心を込めて聞くことがさっぱり、なかったのであります。『万葉集』の研究を志す私にとって敬仰すべき人物といえば、佐佐木信綱であり山田孝雄《よしお》であり武田祐吉であり斎藤茂吉であり沢瀉久孝《おもだか》であり久松潜一でありまして、会津先生などではなかったわけであります。それはそれは物知りでいらっしゃったし、筆跡もみごとだし、座談がうまかったし、すぐれた人に違いなかった。しかし、一面ひどくお天気屋で、気むずかしく、傲慢でさえいらっしゃったから、内心「なんて、ひどい、じいさんだろう」と眉をひそめる場合もときどきありました。もちろん私が若すぎて、先生をよく理解できない場合がたくさん、あったのでしょう。それを勘案《かんあん》しても、なお先生は確かに、がんこで、いばり屋でいらっしゃったと思う。当時、これまた、おせわになりました詩人でフランス文学者の堀口大学先生などとは、およそ対象的な会津先生でした。

私のような若者に向かってすら、さっき頼みごとをもってきた男が無帽で来たから、「無礼な！」と襟首をつかんで追い出してやった、と、さも得意気に語られましたが、まさか、ほんとうに襟首をつかんだのでないとしても、とにかく敗戦後の混乱時代に、秋草堂を訪問するためには帽子を携えなければならないのだ、ということを知らなかったために追い出されたとしたら、やはり気の毒な話ですから、なんと返事してよいものか、わかりませんでした。

こうした言動が、会津八一を傲慢不遜と印象づけたのも、また止むをえません。正直言って、今なお県内一部の人々が先生に反感を抱く理由もそこにあります。

しかし、先生が傲然と構えていられたのは、どうやら非常に小心だった自分の本質を包み隠すための本能的な防衛手段であったように考えられてなりません。失礼をかえりみず評するならば、からいばりだったようであります。

なぜならば、一方において、先生のごとく、ぐちっぽかった男を私はちょっと知らない。

お話が和歌にわたる場合、だいたい斎藤茂吉に触れるのが常でしたが、決まって茂吉の作品が必要以上に世に重んじられるのに反し、自分のすぐれた歌が不当な待遇しか受けないと、くどくど世の不公平をかこちました。それはそれは、女々しい、ねたみと嘆きで、初め私は驚きあきれ、やがて、またか、と、がまんして聞き流すまでになりましたが、当時、私が会津先生を心底から尊敬できなかった理由の一つが、ここにもあります。芸術家の常として、繊細な神経の持ち主でもいらっしゃったんでしょうねえ。先生の指摘される、茂吉の短歌の声調における混濁はうなずけたのですけれども、それがまた私などにとって非常な魅力でもあるわけで、斎藤茂吉のせわになり、すっかり傾倒していました私としては、会津先生と口を合わせて茂吉の悪口をたたく気になど、とても、なれませんでした。そうして、こうした私の態度がまた、先生をひどく、いらだたせたのでございます。

しかし、後になって会津先生の見識に脱帽したことも、いろいろありました。たとえば、たった今触れました歌の声調の問題にいたしましても、会津先生が『万葉集』約四千五百首中からしばしば引かれた歌をふりかえってみますに、どうやら、いずれも流麗円滑な作ばかりで、しかも女性の歌が比較的多かった。すなわち、会津先生の好んだ歌は『万葉集』の歌の中でも男性的な力強いものでなく、どちらかというと弱い、滑らかな歌であったのでございまして、年若かった私には多少もの足りない感じがいたしました。実際、若者にとっては、どうしても、穏和な、型に忠実なものより、そうでないものが好ましく見えやすいはずであります。だが、年齢を加えるにつれて歌の好み、評価も変わりますから、やがて私も、秋草道人のしばしば口にされた歌が、結局、会津先生ご自身の作品と通じる、いい歌ばかりだったことを覚り、深い敬意を捧げるに至ったのであります。

中でも、よく引用されました、大来皇女《おおくのひめみこ》の、

わが背子《せこ》を大和へやるとさ夜《よ》ふけて暁露《あかときつゆ》にわが立ちぬれし　（巻二、一〇五）

二人行けど行き過ぎがたき秋山をいかにか君が一人越ゆらむ　（同一〇六）

という二首など、確かに秀歌中の秀歌であると思います。より有名な人麿とか赤人とか憶良《おくら》とかの作より、こうした、あまり広く記憶されない人物の作を喜んだ会津先生の見識あるいは勇気というものは、さすがで、実作に苦しんだ人ならでは、と思い知らされるのでございます。

また先生は、

わが背子《せこ》はいづく行くらむ奥《おき》つ藻《も》の名張《なばり》の山を今日か越ゆらむ（巻一・四三）

といったような歌をも口にされましたが、どうやら男の作より女の歌を割合好まれたような気がいたします。人一倍がっしりした体格をもちながら、生涯、正式に妻帯することなく終わった先生の心の奥底に、女性に対する無限の関心とあこがれとが秘められていて、それが期せずして流露したのではないか、とも勘ぐられるほどであります。

ともあれ、秋草道人は滑らかな歌が好きでいらっしゃいました。短歌の格調ないし品格を論じ、「いよいよとなると吉野でさえ歌の格調というものを真に理解していない」と嘆かれたことがありましたが、会津八一先生において、歌の調子はあくまで澄んで滑らかで気品高きものでなければなりませんでした。そうした条件からすると、吉野秀雄の歌には、なお、いくらか、おもしろくない点が残っていることになるのでございましょう。それが会津先生を嘆かせもしたわけであります。それほどまでに歌のリズムを重んじた人でございました。

私は前後二回、いわゆる絶交状を先生からもらいましたが、すでにご承知の方が多くいらっしゃいましょうけれども、会津先生と触れ合って絶交状をもらわないようなら大して深い交わりではないのだそうでありまして、吉野秀雄氏は昭和三十二年、新潟日報社における会津先生追悼の講演の中で、自分は六度、絶交状に接し、その度にとんで行って、ゆるしを乞うた。今度先生から絶交状をもらった者だけで会をつくろうじゃありませんか、などと語って聴衆を笑わせていたのを記憶いたしますが、私宛の最後の絶交状はちょっと変わっていまして、完全な絶交を宣言するものでなく、以後、古《いにしえ》の歌の議論はおことわりだ、の趣旨で、『全集』第九巻に収められております。

どうして、そうした便りをもらわなければならなかったかと申しますと、その前日、新潟の小林デパート辺を歩いていらっしゃったのですが、『万葉集』の歌について、いくらなんでも承服しかねることをおっしゃるものですから、珍しく反抗いたしましたところ、ステッキを振り回しながら説得にとりかかられましたのに、私がそのときばかりは、どうしても納得しなかったため、プリプリしながら立ち去られ、翌日さっそく、はがきを頂戴に及んだ、というわけであります。

それなら、なぜ全面的な絶交を申し渡さなかったのか。もちろん、ご本人ならでは真意のわかりかねる性質の問題でございますけれども、あえて忖度《そんたく》いたしますならば、新潟在住時代、とりわけ前半の先生が、和歌に関し、特に関心の深かった『万葉集』とそれに連なる歌人たち、すなわち良寛や子規や茂吉等についての話相手をほとんど所有されなかったためであったらしい。なにしろ、当時、新潟高校に在学した、ある人が雑誌に歌を発表したら、遊びに来ないか、との会津先生からの電話を受けたそうですから、いかに和歌を語るべき人間に飢えていられたか、わかるような気がいたします。

それなのに、わがままな先生は知り合った人々に、ずいぶんと横暴なところがあり、おもしろくなければ、たちまち一方的に絶交を宣言するありさまで、今考えてみれば、周囲に甘えるダダッ子みたいな面を大きく、もっておられたのであります。

残念なことに、私はまだ若者で、自分自身が一本気でしたため、そうした先生をゆるすわけにいかず、二度目の絶交状を受け取るに及んで憤激し、最晩年、お傍《そば》に近づかぬまま先生のご他界を迎えたのは、悔やんでも悔やみ足りないところで、若気の至りと恥じ入るほかありません。

ただし、全く没交渉だったわけでもありませず、たとえば吉野秀雄先生を介して会津先生のごようすなど、手にとるように知ることもできました。会津先生のお話を聞けば自然に吉野先生の近況がわかると同じく、吉野先生にお会いできれば会津先生をめぐる問題も知ることができたわけでございます。

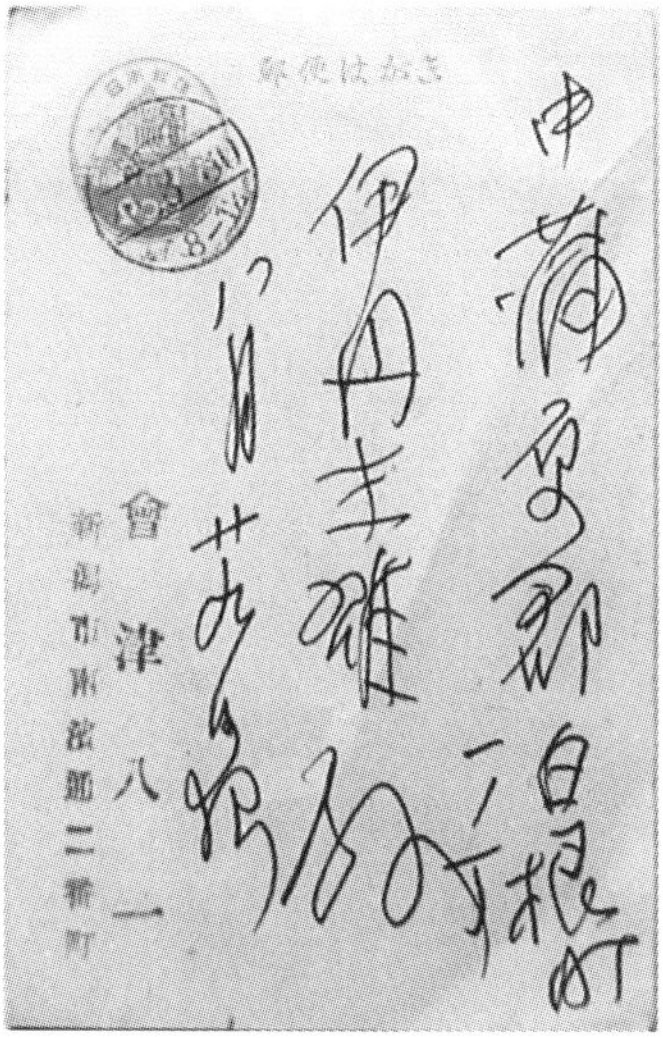

著者宛の葉書

吉野先生をもち出しましたので、おことわりしておきますが、私は歌よみではございませんので、会津先生にも吉野先生にも歌のよみかたそのものをじかに教わったことがありません。ですから、ほんとうのところ、いわゆる門人でもなければ弟子でもないわけで、ただなんとなく、お二人につきまとった若者にすぎないわけであります。しかし、もう少し厳密に言いますならば、会津先生にとって和歌を中心とする話の聞き役でありましたし、吉野先生にとってはもう少しだけ深いつながりがあったような気がいたします。

私は昭和二十年代の大部分、『万葉集』のまだよく訓《よ》めない歌を訓むという仕事、すなわち難訓歌の研究を進めておりました。その結果の一部をまとめたものが『万葉集難訓考』という著書でございますが、一首全体としてはあくまで歌なのですから、ただ万葉仮名として見るだけでなく、その結果が歌として、どうなるか、という芸術上の問題を忘れるわけにいかないはずでございます。自然、そうした面で吉野先生のご批評をお願いしたことが何度かありました。特に昭和二十五六年ごろまで、そういう必要に迫られましたので、吉野先生を煩わしました。会津先生という歌の名人にしょっちゅう、お目にかかりながら、とてもお願いしてみる気になれなかったのは、もちろん例の一喝を恐れたためでございます。そこで、まちがいなく吉野秀雄という人は私にとって「先生」だったわけなのですけれども、やがて事情が少し変わって行ったのもまた事実であります。つまり、まれに鎌倉のご自宅などでお会いいたしますと、先生は時間を惜しむかのごとく、しきりに子どもぐらいにしか当たらない私に向かって、ものをお尋ねくださいました。『万葉集』についてのご質問が一番多かったとしても、双方の勉強の範囲からしても当然でございます。どうやら、独学に近かった吉野先生には、心中ひそかに、かなりの不安があったらしく、術語などをいろいろと私相手に確かめられたようであります。もはや有名な歌人でいらっしゃいましたから、かえって不確かな部面を人に尋ねにくかったとみえて、私のような無名の若輩にお鉢が回ったのであります。さしひき、失礼ながら私の教示した点がはるかに多かったはずだと思われますから、もし、よけいにものを教えた方が「先生」と呼ばれるべきものでありますならば、かえって私の方が「先生」かもしれません。しかし、私は断然、吉野秀雄をもって「先生」と仰ぎます。ただ私より先にお生まれになられたばかりでなく、人間として学ぶべき点が多かったゆえ、私は心から「先生」と呼ばせていただくのでございます。

会津先生と吉野先生と、かたく心の結ばれた大歌人でいらっしゃりながら、しかし、お二人はずいぶん違います。いったん細かく見始めたら、何から何まで、と言いたいほど差異がありまして、たとえば会津先生がそれほど重んじなかった源実朝を、吉野先生が非常に敬愛した、というような具合であります。吉野先生が私みたいな青二歳の知識まで貪欲に吸収しようと努めたのに比較し、会津先生は常に傲然と見下して過ごされました。しかし、大まかに見るならば、やはり相通じる点がいろいろあるわけで、だからこそ、ついに離れ去ることがなかったのでございましょう。どちらも古人の筆跡をこよなく楽しみ、ご自身りっぱな書をのこされたのも無視できかねる共通性であります。

私が会津先生から承りました、お話のうち、最も多くを占めるのは、明らかに書に関するものだったはずで、それは、とりもなおさず、戦後の会津八一の最大関心事が書であったという有力な証拠となりましょう。私の知る限り、戦後の会津先生を「書家」と規定した最初の人は、多年同僚だった窪田空穂《うつぼ》であろうと思います。この県ご出身の方ですから、みなさまの方がずっとよくご存じでいらっしゃいますが、確か平凡社の戦後版『書道全集』の付録月報中にそう記されました。さすがに、と敬意を払いたくなる批評であります。

くりかえしになるやもしれませんが、会津八一先生は、アメリカ軍の空襲によって多年ご収集の書物も器物も悉く失われ、ほとんど体一つで郷国・越後へ逃れられた方であります。そのうえ、病弱な養女キイ女史まで抱えて丹呉家に居候《いそうろう》されたわけで、尾羽《おは》打ち枯らした先生が生計を立てるための方策に苦しんだのは当然至極でありました。すでに新潟に移られたころですら、私のような者にまで生活の苦しみを訴えられたことがございましたから、思い半ばに過ぎるものがあります。

そうした、着たきり雀の先生にとって、一番、手っ取り早い収入の道として、得意な書跡を売る、という方法がありました。ところで、求める人々の立場からいたしますと、特別な教養人ばかりじゃないわけですから、まず、読みやすく、わかりやすい字でなければならなかった。ご承知のとおり、たまたま会津先生の書風は元来こうした民衆の要求に合致しやすい性質のものでございました。これは先生のご生活のために、ほんとうにすばらしいことだったわけですが、先生はなおいっそう心して読みやすく味わいやすい字を書かなければならなかったのでありまして、こうした需要者に対する配意が、先生の書を、いよいよ万人に敬愛される芸境へ誘い込んでくれたわけで、わが国の芸術にとっても、まことに、ありがたいことだったと存じます。

戦後の会津先生の書が、それ以前に比べて格段りっぱになるのは、ただに年齢上の円熟にとどまらず、実に先生の筆に一家の生活がのしかかっていたためでございました。言わば趣味として筆をもっていた時代のものと気魄が違っています。概して肉太《にくぶと》になっているとも思います。素人のくせに生意気《なまいき》を言うようですけれども、私は元来、新潟在の人間なのですから、秋草道人の筆跡を相当数見て来たわけで、まず、まちがいないところだろうと考えております。

書による収入がだいじだった会津先生が、ご自身の作品の市価を高めるために苦心したのも当然で、いわゆる「潤規」をつくるほか、実にいろいろな手段を講じておられるのに気づきます。新潟在住時代の奇矯な言動も、高名な学者・文人であるうえに、さらに奇人変人と見られることによって、その書をほしがる風潮をさらに、あおるための演技である場合がきっと、あっただろうと解釈いたします。そうして、先生の野心は、やはり相当な効果を収めたのでありました。敗戦の混乱が収まるにつれ、次第に先生の書が世にもてはやされ、紙価を高めました。朝鮮戦争以後の先生の生活が、つまりは書だけでも支えられたことであろうと推測いたします。

それにしても、生計の源であったがゆえに、会津先生の書作品についての謝礼の要求は概して安からず、取り立てもまた厳重をきわめました。昔、田能村竹田は知己に贈るためにのみ画を描いたと聞かされましたが、会津先生から書をもらった人の数など決して多くないはずであります。もちろん、かく言う私も書作をいただこうなど、夢にも思いませんでしたし、現にいただいていません。「君は字を書けと言わないから助かる」という意味のことを一二度おっしゃられました。しかし、さすがに気の毒にも思われたのでしょう。あるとき、「自分も標札を盗まれるぐらいの字を書きたいものだ」と語りながら私の顔を凝視されましたから、暗に持って行けと言われるのだな、と覚りながら、どうもドロボウは働き辛く、ついに頂戴しそこねてしまいました。したがって、現在、会津八一記念館に蔵される門札を見るたびに、あれは元来、自分の所有すべきものなのになあ、と嘆息させられます。このことは先ほど、みなさまのお手もとに配られました会津記念館の「館報」創刊号にも書かせてもらいましたので、ほどほどにいたしましょう。

ところで、その「館報」に人が書いているのですが、従来、会津先生が古今の名筆を特に学ぶことなく、あの、すぐれた書風を打ち立てられたのだ、と考えられがちでございます。だがしかし、これはまことに困った俗説で、おそらく、じかに先生を観察しないところから生じたものでございましょう。

現に私があるとき佐久間書店へ入ろうとして中をのぞきますと、いすに腰かけた会津先生が一人しんけんに、いわゆる法帖を片手で支えながら、片手の指をもって文字の上をなぞっていらっしゃいました。あまりにも、しんけんなお姿に、おじゃまするのが申しわけなく、しばらく立ちつくして見ていましたところ、ややあって手を休められましたので、ようやく入って、ごあいさつした記憶が非常にはっきり残されております。確か顔真卿《がんしんけい》の文字でございましたのに、作品名を覚えていません。姪を祭る文でもございましたでしょうか。先生は気に入った文献類を入手されると、ひときわ、きげんよく、まっすぐ帰宅されるのが常で、そのお姿は、今なお眼前に映ずるものがございますが、だれもいなければ店頭ですら習字されたほどですから、秋草堂にもどられれば愛用の筆墨が待ち構えていたわけですし、おそらく、ただちに筆を握って臨模もされたはずだと思います。「おれは先人の書を学ばない」と言われたとするなら、それこそ先生一流の逆説でございまして、むしろ、「自分はセッセと古人の筆跡を研究してきたぞ」という意味ですらありえましょう。私のひそかに尊敬しております故深田康算先生は、雑文類のみが集められました『深田康算全集』のどこかで、「肯定することは否定することであり、否定することはまた肯定することであります」という意味のことばを述べていらっしゃいますけれども、人の実体とはまことに、そのとおりでございましょう。第一、会津八一先生は、レッキとした金石学者だったでありませんか。先生ほど古今の筆跡を観賞された人も数少ないはずです。箱書すら、ときどき試みられました。

みなさま、どうぞ秋草道人のすぐれた文字を思い浮かべてみてください。ここに掲げました、ただ一点のわが家の所蔵品をご覧くださるだけでも、先生の芸術を偲んでいただけましょうが、こうした、りっぱな書作品が、古今の名跡を何一つ学ぶことなしに、突如として出現誕生したものでございましょうか。答はもちろん常識で出していただけるはずであります。

それにしても、先生の知識はほんとうに広大でしたから、単に書そのものに限らず、お話は、筆・硯・墨・紙その他の文房具、ときとして表具にまで及ぶわけで、よほどの素養と興味がなければ受けとめかねる程度のものでございました。若かった私にとって、この種の談義は苦痛で、あくびをかみ殺しながら、早く終わってくれないかなあ、などと思って対座するのですから、正に右から左へ、サビのきいたお声が雲散霧消してしまった次第で、まことに申しわけない限りでございました。もし速記でも行われたら、さだめしノート何冊分かに達したことでしょう。

なにしろ会津先生は寂しかったのであります。数多の友人・門弟それから崇拝者を擁した東京での生活と打って変わり、敗戦前後の、先生が語られる学芸文化などには耳を貸そうとしない越後の民衆を相手とする毎日。もっとも、当時は日本全国同じだったかもしれませんが、ともかく、まっすぐに目ざして疎開した郷里越後も、決して、あたたかな土地でなかった。いっしょうけんめい、ものごとを説かれても、現に十人中九人は去って、私みたいな、気が弱くて、逃げ出しかねる人間だけがあくびを隠しながら聞いていただけなのですから。先生が帰国するや良寛になみなみならぬ関心を示され、困難に耐えながら遺跡巡りを強行されたご心中も充分察しうるわけでございます。

私はこうして尾羽打ち枯らした敗戦直後の会津先生が大好きであります。そのころの先生はあまり虚飾なく、先生なりに、つつましく生きていらっしゃったように記憶いたします。

それなのに、日本の復興が進み、人々の暮らしがおちつくにつれ、先生は人・芸術共に大いにもてはやされて、失礼ながら多少いい気になられました。もはや、ごく少数の話相手の一人だった私など、必要とされなくなるわけで、最晩年にもらった絶交状には明らかに、そうした背景があったはずであり、私が先生のもとを離れた根本的理由も、まちがいなく、そこにあります。

しかしながら、私はやはり会津八一先生が、昭和三十一年という、もはや、すっかり祖国が力を回復した時期に、多くの人々の敬愛に包まれながら息を引き取られた事実を喜ばずにいられません。そうでなかったら、あまりにも痛ましすぎますもの。

死の直前、なお「天下の会津を知らんか」とタンカをきられたと聞く会津先生に、傲慢不遜の面があったことなど、今日、誰知らぬ者もないところであります。だがしかし、さすがに先生は反省とか後悔とかも、ある程度できた方で、このことは先生の名誉のために、なんとしても申し述べておかなければなりません。新潟時代、最も執着された書においてすら、なお、そのとおりだったようでございます。

ある日、新潟市のある通りを、私を従えて歩かれながら急に立ち止まり、私をマジマジと見つめ、「自分は歌においても、まだ吉野ごときにおくれをとろうとは思わんが、書では、もう追い抜かれたと思う。目下、人々が自分の書を喜んでくれるけれども、後世の人々は必ず吉野の書を私の上に置くことだろう」と言われました。後にこのことを鎌倉で病に伏していられた吉野秀雄先生にお伝えしますと、吉野氏は苦しい体で床の上に座りなおし、「ありがたいことだ。自分の字が先生を越せようとは思わないが、とにかく、僅かな努力を認めていただけるだけでうれしい。先生は面と向かっては、実にきびしく叱られるけれども、人にはいつも私のような者のことを賞めてくださる」と言われましたが、このことは確か吉野日記に記されているように覚えております。こうした一面の謙虚さが、会津先生を進歩させて止まなかった原動力でございましょう。

かつて東京で会津先生と生活を共にされた木村秋雨師（孝禅）の直話によれば、勉強ざかりの会津先生は、雨戸を閉めて夜となく昼となく読書研究を継続され、「おい、今は昼か夜か」と、どなられるほどだったそうであります。戦後の先生が、今度は書について、それに近い精進を重ねられたとしても、さほど、ふしぎなことではありません。

今となっては、よく知られた話ながら、先生の揮毫料が高すぎるとこぼした人物に対し、「これを見ろ！」と秋草堂の押入をあけたところ、書き損じがうず高く現われたので、「わかりました」と恐れ入ったそうであります。名人となると、みんな血のにじむような努力を積んでいるわけで、そうでなければ、とても、いい仕事など成就しないはずではありませんか。

いかつい、お顔に隠された繊細な神経と不断の精進と。私のような、うつけ者は、先生ご逝去の後、『会津八一全集』を読んで初めて先生のえらさを思い知らされた始末でございます。

月日の流れは、ほんとうに速いもので、先生がこの世を辞されてから、すでに二十年もの歳月が過ぎ去ってしまいました。ご生前、二十歳代の青年だった私もすでにご覧のごとく髪に白きものを交え、社会にもまれて、往年の先生のご心中を少しはお察しできるようになったはずでありますが、まれにぬかずく先生のお墓はすでに苔生し始めております。かつて失礼のみ重ねました若者が非を悔いるとき、どこに向かって詫びるべきものでございましょうか。今年、二月から三月にかけまして、ただ一月ながら、よその国々を旅させられたのですが、なんと、ただ一冊携えたのが新潮文庫本『自註・鹿鳴集』だったことに自ら驚かされずにいられませんでした。昔、斎藤茂吉に傾倒して会津先生を嘆かせた自分が、いつのまにやら会津党の一員となってしまっているらしいのであります。

本日はあたかも吉野秀雄先生を偲ぶべき草心忌に当たり、会津八一先生について語るとともに吉野先生についても触れることをえ、うれしくて、たまりません。つつしんでお二人のご冥福を祈りながら、つたない話を終らせていただきます。ご静聴まことに、ありがとうございました。

歌人・会津八一の誕生

——失恋と引き換えられたもの——

一

かつて私は、まだ若かった会津八一が、松樹にまつわりつく猿（三匹ぐらい）の俳画を描き、俳句を一句したためながら、「鹿鳴道人」と署名した、小じんまりした作品を所有していた。それは昭和四十一年に上越市高田に移り住んで、まもなく入手したもので、明らかに八一の有恒学舎勤務時代の画賛物であった。

つまり、当時、俳人として越後に知られていた八一が、すでに古都・奈良に遊んで心を奪われ、「鹿鳴道人」と称していたわけで、あたかも歌人・会津八一の出発点に彼のいたことを示す作品であったと言えよう。

以下、私は昭和十六年以来、断続的に三十年ばかりも有恒学舎の近くに居住し、多少の資料を見聞してきた者として、八一が歌人となっていった過程を簡単に辿ってみることとしたい。

二

会津八一の文芸創作活動は俳句に始まっている。

新潟市古町通五番町の料亭・会津屋に、会津政治郎・イクの二男として明治十四年（一八八一）の八月一日（名の由来）に出生した彼は、明治二十年（一八八七）、西堀小学校に入学、二十四年（一八九一）、新潟高等小学校に進み、二十八年（一八九五）、新潟尋常中学校（現在・県立新潟高等学校）に入ると、次第に文芸の世界に分け入った。五年生当時（三十三年）、土地の俳句の集いである「舟江会」に加わり、地元から発行されていた新聞「東北日報」に俳句を発表するにいたる。自然、正岡子規の指導した俳誌「ホトトギス」、それから「日本新聞」等を読み、前者には投稿句が掲げられたりする。このころから早稲田大学に進学するまでの、およそ三年、八一はほとんど俳句に没頭していたと考えてよい。三十四年（一九〇一）には「東北日報」、さらに「新潟新聞」の俳壇の選者となったほどである。

三十三年（一九〇〇）、新潟中学校卒業直後、四月に上京、すでに明治大学で学んでいた兄・友一と同宿し、前年、新潟で面会したことのある尾崎紅葉を訪ねて会えず、六月、帰郷に先立って正岡子規と面会して深い感銘を受けている。子規が俳句のみならず短歌の革新にあたりつつあったことが、やがて八一に大きく影響したのは、まちがいないところである。

そうして、八一自身、やがて、すっかり歌人に変身してしまうわけであるが、そこにはまた別な大きな理由と動機が見られるようである。

三

会津八一が明治三十五年（一九〇二）四月に合格していた早稲田大学（その時はまだ東京専門学校）予科に九月、入学するとまもなく、従妹の周——同じ屋根の下で暮らしてきた、叔父・友次郎の娘——が女子美術学校で洋画を学ぶため上京した。しかも、娘を一人、東京で住ませることに不安を抱いていた両親から、その監督を依頼されている。これは、八一の父母と叔父夫妻の話し合いで、将来、二人を結婚させ、会津屋の分家たる会津サイの名跡を嗣がせよう、ということになっていたためでもあったらしい。しかし、後に二人はそれぞれ好きな相手をつくって、夫婦とはならず、ただ、八一が分家を形式的に相続しただけである。そのため、二人が一種の許婚だったのを否定する人々がいるわけであるが、そうならば「男女七歳にして席を同じうせず」とされた明治の時代に、親元を遠く離れた青年男女の接近策（?）を双方の親自体が講ずる道理もない。

さて、こうして八一と、周に連なる女子美術学校の生徒たちとの接触が始まる。しかも、そこへまた八一の妹たる庸（後の天壇・桜井政隆夫人）まで出京、同じ女子美術に進んだのだから、八一をめぐる女子学生の織り成す花模様がそれだけ華やかとなっていく。

この時、八一に接した美術学生にはふしぎなほど佳人が多く、渡辺文子（太平洋画会）、日向きむ子・埴原久和代（以上・二科会）、相馬はつ等、みな才色兼備で、すでに画家の名に値しかける女性たちであったが、中でも画に秀でたのが渡辺文子で、彼女は渡辺文子もしくは再婚後の亀高文子の名をもって、近代絵画史上に記憶されている人物である。しかも鏑木清方の美人画のモデルとされたり、長谷川時雨の『美人伝』に取りあげられたりした正真正銘の美女で、その楚々《そそ》たる容姿、明るい性格、達者な画技に魅せられた男は多く、接する機会の重なった若き日の会津八一もまた、当然、彼女に夢中となっていった。

やがて八一を交えた彼女たちは、房州の海岸などにスケッチに出向くようになるが、これが半ば行楽の行事であったのはもちろんで、こうした催しがまた八一と文子を近づけた。

八一は、学生の彼が恩師・坪内逍遥をたきつけ、早大に招いた小泉八雲（ラフカデオ・ハーン）の影響を受けた「キーツの研究」と題する論文を提出し、明治三十九年（一九〇七）、卒業ということになり、七月末、故郷・新潟に帰省したが、上越線などなかった時代とて、信越線を利用したところ、信越県境部分の土砂くずれのため列車が長野で停滞してしまい（七月三十一日付・伊達俊光宛書簡に「二三ヶ所レールに故障を生じ、汽車は長野にて止まり」とある）、しかたなく駅前の旅館に投宿、善光寺に参詣したりしている。その際、親友・伊達俊光に宛てた書簡（上記）に、「汽車中『破戒』を読んでは、君を想ひ、トマトを喰ひては、しきりにフミ子女史を想ふこと切《せつ》にて候」とあることからも、当時の八一がすっかり渡辺文子のとりこになっていたことがわかる。なにしろ周は従妹で、一つ家で育った者同士であるから、恋愛感情が二人の間に湧きにくく、その上、上京してみると、血族結婚の弊害を近代社会がきびしく戒めているのが見聞されたわけで、相互に自由な未来を夢見るに至ったのである。

卒業を迎えての、この帰郷に際し、八一は初めて文子に自分の思いを伝え、彼女も喜んで八一を上野駅に見送った。

　信濃なるあさまが岳に煙立ち燃ゆる心は我妹《わぎも》子《こ》の為め

これが車中でよんだ、まだ充分に習熟しない短歌で（四十年五月十九日付、伊達宛書簡）、八一は初めて味わう深い恋情を表現する形式として短歌を選んだのであった。こうした思いを託すのに、俳句はあまりにも短かすぎる詩型のため不向きであろうと思う。古来、恋を内容とした短歌・俳句の数を思い浮かべてみるならば、この理屈がのみこめるはずである。

卒業後、いったん郷家にもどった八一は、かつて繁盛を誇ったという会津屋が、すっかり零落してしまった実態を目にせざるをえなかった。しかも、八一の両親は弟・友次郎——八一からすれば叔父——が家長で、その姉であるイクが政次郎を聟に迎えて家業を助けていた、という、体のいい居候の身の上だったから、苦しい家計の中を東京へ遊学させてもらった手前、八一に無為徒食のゆるされる道理もない。その仕事については、かねて「小生の意思は学校教員になりて衣食の資を得て、更に勉強を積み度き故、何分此方面にて御尽力を乞ふ」（八月二十四日付・会津友次郎宛）という考えをもっていて、同様な依頼を一族の市島謙吉氏（春城）等にも行なった。恩師・坪内逍遥が「文章世界の訪問記者としていろいろ心配してくれ」たのであったけれども、本人の気が進まず、逍遥もまた強いて勧めなかったため、八一は他の人々に世話を頼まざるをえなかったわけである。

市島謙吉は大きな地主であった市島一族の一人で、豊かな教養を具え、大隈重信を援《たす》けて早稲田大学の実現に尽力した人物として知られるが、会津八一に対しても生涯、保護を怠らなかった恩人の一人である。しかし、彼の勢力はなんといっても早稲田をめぐるもので、「東京に居りては活計困難なるべく」（七月八日付・会津庸宛）と考える八一を世話してみようがなかった。のちに明治四十三年（一九一〇）、八一が上京を希望するに及んで逍遥と手を結び、早稲田中学校に招いてくれることとなるわけである。

こうして、逍遥も春城も手を焼いた問題を、意外な人物が解決してくれる。八一が新潟中学校を卒業してまもなく、三十四年（一九〇一）、二十一歳の若さで「東北日報」「新潟新聞」の俳句の選者に任じていた当時、漢詩の選者であったがゆえに相互に知り合った武石貞松（号伯龍）――今日ほとんど忘れられた人物ながら、八一の『南京新唱』により、また堀口九万一の『長城詩抄』（大学訳）等により知られたい――、それから中島半次郎両名が、その漢詩仲間であった増村度次（朴斎）の経営し始めていた有恒学舎に、英語教師として売り込んでくれたのであった。この特異な私塾的学校は、新潟県中頚城郡板倉村（現在・町）に創設されていた。

元来、誇り高き男である会津八一が、同じ県内とはいえ、新潟から百数十粁《キロ》も距った、さびしい村に赴任を決意したについては、いくつかの事情が存在したのであって、その第一が自活と生家への多少の送金をはたすためである。なにしろ、増村舎主は大学を卒えたばかりの八一に、舎主自身より高額の、「県視学」同等の俸給を与えたのであった。それから、田舎とは言え、信越線新井駅から数粁しかなく、この路線を往復して早大をすませた八一にとって、それほど苦になる土地でなかった。しかも、生家からある程度離れて住む方が、渡辺文子との結婚のために好都合と計算されたのである。

八一の生家は、港町・新潟という土地に支えられてきた料亭であったが、実態は、日本海側有数の港町のこととて、住込みの娼婦を擁する妓樓《ぎろう》であった。私は敗戦直後、新潟で八一にかすかに接するようになると、興味をそそられて彼の生家跡を捜してみたのであったが、近くの故老が会津屋を目して「女郎屋」と呼んだのを今なお忘れかねる。江戸時代以来、新潟の市街図に描かれたほど栄え、明治と共に消えていった、この料理屋は、人々の目に「女郎屋」と映る店だったわけである。八一がいかに、こうした生家のなりわいを気にしたかは、彼を知る人の等しく認めるところであろう。彼は何度か私を従えて、そこを通りながら、ただの一度も自分の生家について語ることがなかった。（養女の蘭との散歩においては別であったらしい。一族の人であったためと思われる。八一が実は生家の思い出をなつかしんでいたことは、その「日記」（昭和二十五年二月七日）に、「昔、古町の会津屋に奉公し居りし須藤善吉の娘といふものから来書」などと書いているところからも察せられるのである。）

そうした性情の八一が、渡辺文子に対し、生家を示したがったはずもなく、ましてや当時の会津屋は没落し尽くして、身売りせざるをえない状態にまで落ち込んでいたのである。

それかといって、東京に住むつもりのない以上、結局、新潟と東京の中間がもっとも住みやすい場所となっていたわけで、有恒学舎が、ほぼ、これに該当することとなる。なにしろ東京には文子を始めとする忘れがたい人々がいるのであり、できうれば文子を招かねばなるまい。生家へも責任上、帰りやすい土地を選ぶほかなく、本音を言えば、俳人としての名を残した新潟へ、まれには顔を出してみたかったのであろう。

こうした八一の現実主義的選択は、結果として誤まっていなかったと思う。まず幸いにも舎主が亡父の遺志を継ぎ私財を抛って郷土の子弟教育に邁進した人格者で、奔放不羈《ほんぽうふき》な若き日の八一をよく包容してくれたし、舎主自身、相当な漢詩人であるのみならず、歌人・書家と呼べるぐらいの教養人で、当時の八一はとかく舎主夫妻をばかにしたが、さすがに後年これを尊重していたから、心中その人物を認めたものと思う（増村は没後も有恒学舎を取り巻く上越地方の人々から聖人と崇められている。筆者は少年時代、一二度この人の風貌を望む機会に恵まれたが、一見して卓越した老翁と知れた）。有恒学舎時代の八一を知る方々からいろいろ聞かされてきた私には、もし八一がここに職を奉じなかったとしたら、それこそ身をもちくずし、あたら一生を棒に振ったやもしれないとさえ思えてならない。自らの才を恃《たの》みながらも、現在の不遇をかこち、すでに世に名をあげつつある友人たちの活躍をねたみ、やがて文子を失っていった青年八一を、ともかく、なだめ、すかして、五年間、大過なく務めさせ、後年の活躍の素地を養わせた増村の宏量に、私は敬意を感ぜずにいられないのである。他の同僚にも概して恵まれていた。

八一は村の中心をなす針という部落の東端に近い――それだけ信越線新井駅には近い――宮沢万太郎方に下宿し、学校に通った。当時、田舎で「先生」を泊める家となれば、どうしても豊かな家であったわけで、宮沢家もまた、その例に洩れず、丁重に八一を遇したと伝えられている。学校へ出れば歌に書に刺激を与えてくれる増村以下が待っていたのであり（八一が書に執着するようになったのは朴斎に接したがためである。和歌も彼にほめられようと努力した点が見られる）、宮沢家もまた献身的に面倒を見てくれる。客観的に見る限り、彼ははなはだ恵まれた新しい生活に入ったものとしなければなるまい。もちろん生徒は農家の子弟が多く、和服をまとい、すこぶる純朴であった。

新米教師とはいえ、八一は新制度によって名声を得つつあった早大の卒業生である上、明治四十年（一九〇七）、再び「新潟新聞」の俳句選者に返り咲くのであり、四十二年にはほど近い高田町（のち市。現在の上越市）から出ていた

「高田新聞」の俳壇をも指導することとなっていくほど知られた俳人であったゆえ、収入の高額と相まって、むしろ同僚に一目置かれる存在であった。したがって彼の言は重んぜられ、多少のわがままも許容されていた。

明治四十二年（一九〇九）四月、有恒学舎創立十四周年記念行事の一として俳句和歌書画展が催されたのも八一と舎主の発案提携によるもので、なかんずく中央で活動を開始していた県内糸魚川町（現在・市）出身の相馬御風の筆蹟まで陳列されたのは、専ら友人であった八一の計らいによる。

また、同年五月、生徒十名を率いて直江津から舟航、佐渡へ修学旅行に出向いているが、これなども多分に八一好みの旅で、相川町で彼を歓迎する句会が行なわれた一事でもわかるとおり、佐渡に比較的多くいた俳句仲間と久闊を叙すのが主たる狙いであったごとく見えるのである。

これほど若さの致す思いあがり、身がって——これは実は彼の生涯にわたって見られる性情でもあろうが——を押し通していた八一も、しかし、渡辺文子という娘一人を思いのままに御《ぎょ》することができなかった。

四

文子は東京に生まれ育った一人娘で、自然、他に嫁《か》すことのできない境遇を背負っていた。この一点が八一を苦しませたわけで、親友・伊達俊光に宛てた八一の書簡（明治三十九年九月十四日付）に「フミ子女史もし一人の弟を有しなば、直に我が為めに宿の妻となるべきものにて候ものを」と記されている。正直なところ、彼女の愛情については、いくらか一人合点の気味も感ぜられるのであるが。そうして、長男でなかった八一もまた会津屋の分家（会津サイ）を嗣ぎ、しかも生家のために応分の手助けをしなければならない身の上だったわけで、同じ書簡に「小生は叔父に対する義理と」と告白したとおりの制約を受けていた。

つまり、単的に言って、当時の八一は、文子との愛――同じ書簡には「小生は深く彼の女を愛し、彼の女も亦深く小生を慕ひ候ことは、明言することを許されたく候」とある――を貫くために生家との縁を断つか、それとも文子との結婚、すくなくとも早急な結婚を断念するか、の関頭に立たされていたとしてよい。

ところで、明治時代に肉親を見捨てて女を追うことは非常識というより、もはや不道徳な行動でさえあった。さすがの八一もまた、この社会のきびしい掟にさからうわけにいかなかった。そうでなくても叔父からは八一の有恒学舎赴任をためらう態度に対する不満の表明があった。それが上記の書簡に見られる「小生は急に叔父より不快なる書簡を獲て、急に行李をとゝのへ候」ということばとなっている。後にして思えば、このときが二人の関係の破綻の始まりであったわけである。「我等の愛は家族家系を過度に尊重する国俗を無視して、如何なる方法によりてか、我等を結合せずんば止まざらんとする覚悟を有することにて候」（上記書簡）と訴えてみたところで、現実はきびしく冷たいものであった。

「フミ子女史は小生を東京以外の地に送ることを肯《こう》ぜざるのみならず、遂には小生なき京に止まることをも肯ぜざる決心を示し来り候」（上記書簡）とは、八一が東京を離れたら、どこへでも、ついて行く、ということにほかならず、その証として、どうやら文子は越後まで八一を訪ねているらしい。

上述した帰郷から東京へもどったのち、八一は有恒学舎へ赴任している。これはやや異例な行動であろう。生家の没落と、叔父からの「不快なる書簡」がそうさせたわけで、新潟へ帰ったところで、いたしかたないのであった（生まれるとすぐ里子に出された八一は、母に甘えることもなかった）。

こうして有恒学舎に勤務し始めた八一の心と目が文子の住む東京に向かいがちなのは止むをえざるところで、彼は同年十二月十一日付、伊達俊光宛書簡に上京の計画を記し、結局するところ「又兼ねて文子女史が新作の油絵数点を観んとするのみ」と、その最大の狙いを白状している。これは八一の世話によって桜井政隆（天壇）と婚約していた妹の庸《たか》がいよいよ挙式することとなったためであり（四十一年一月七日付・伊達宛書簡）、それ以上に「予は遂に意を決して、直接（文子の父・渡辺豊次郎）氏に申入れ」るため「豊次郎氏（写生旅行）出発前に氏に対してふみ子嬢求婚の申し入れをなさんと」するためであって（一月三十日付・伊達宛）、師友と会うがごときは、第二、第三の目的であった。この書簡の中で八一は、「三月下旬の休暇には、再び上京可致、その節には、女子美術の新卒業者たる周子、文子の二人を伴ひて、針村に帰へり、当分、坐右に滞在せしめて」とも記した。しかし、また二月二十七日付、伊達宛書簡には「周子、文子ともに博覧会出品制作及び卒業制作に逐《お》はれて多忙とのことに候」とあり、八一の方で春の休暇を利用しての上京と変わる。もちろん「久し振りにて文子をたづね」（三月三十一日付・伊達宛）ということになったのであった。

これにより、明治四十年（一九〇七）三月に文子が越後へ出向かなかったことは、ほぼ確かであろう。しかし、だからといって、その後も全く八一を訪ねなかったとは限るまい。むしろ、卒業してホッとした文子が、周子と共に、あるいはまた単身で八一を訪れ、彼の生活環境を観察したとして、いっこう、かまうまい。親友・伊達俊光が翌年春の休暇に京都・奈良に遊ぶよう勧めたのに対し、八一が「小さき故障の累計によりて」（四十一年五月十二日付・伊達宛）と詫びているところからすれば、ともすると、この時期に彼女の訪問があり、応待にあたっていたためとも思ってみたくなる。とにかく、私は若いころから土地の人に、文子の来訪があったと教えられているが、その詳細を知らない。ただ、文子が実際に越後へやってきて、その結果、とても自分の住める土地でない、と判断し、八一に対する態度を大きく変えていった、とするならば、彼女の言動をきわめて自然に解くことができるため、この時期を想定してみるわけである。四月あたりならば、まだ方々に残雪も見られたかと思われ、都会育ちの文子を茫然とさせたはずであろう。

五

いずれにせよ、文子の態度が微妙に変わる。先に記した前年四月の佐渡修学旅行からもどった八一を待っていた渡辺文子の父・豊次郎氏からの書簡で、八一は「文子先日来、ジフテリヤにて難渋の由」（四十年五月九日付・伊達宛）を知る。しかし、幸い、この病気が克服され、八一をも喜ばせた。「文子追々回癒の模様につき、御安念被下度候」（五月十六日付・伊達宛）と友に報じている。だがしかし、肝心な文子の心の変わりつつあった事態を八一は覚《さと》っていない。彼は彼女の病を知ったら、すぐさま上京、これを見舞うべきだったのかもしれない。

八一は貧しかった。当時、教員の正服であったフロックコートも所有せず、伊達俊光からもらった古服で就任式に臨んだ身であった。大阪毎日新聞に務め、京都などの名所旧蹟を巡って八一にも上方遊覧を勧めてきた伊達に対し、「京都の御清遊羨しく候。小生は明年秋の頃とひそかに心がけ居り候」（五月十六日付）と答えざるをえなかった。負けずぎらいな彼も、まず旅費を蓄えなければならなかったわけである。

いくらかなりと生家をさえ援けなければならなかった八一としては、仮に会津屋の分家を嗣ぐことを抛《なげう》つとしても、経済的にすでに渡辺家へ入婿するための費用も捻出しかねるのが実情で、文子を勤務地に迎えて世帯をもつことすら、容易ではなかった。文子の側だけに目を注ぐなら、彼女の両親はまだ老衰していなかったから、もし文子が一時的に八一と越後で暮らすとしても、別にそれほど困るはずもなかった。したがって、文子さえ、まっすぐ八一を慕ったら、二人の結婚は実現したことであろう。父・豊次郎が娘の八一との交際を認めていた事実（上記書簡参照）から推しても、問題は多く八一に存した。いや、文子の心中にあった。

時を待って、経済的余裕を得、しかるのち文子との結婚を実現させたいと願う八一の姿が、文子から見るならば、当然、自分に対する愛情があいまいで、いつまでたっても態度が煮え切らない、ということになる。まして、渡辺家の婿養子になってくれるか、どうか、はなはだ疑わしい八一をあてにして月日を過ごすわけにいかなかった。当時、女性の適齢期は短かかったのである。八一とて、すでに二十六歳、決して若からず、むしろ時期が過ぎ去ろうとしていた。それなのに、明治四十一年（一九〇八）九月四日に生じた新潟大火により、会津屋が焼けてしまい、いよいよ八一の生家があとかたもなくなる時を迎える。八一は結婚どころでなくなってしまう。

はっきり言えば、渡辺文子にとって男は必ず八一でなければならなかったわけでない。八一は自分と同じ道を歩む画家でもなく、はたして、どれだけ自分の絵を理解してくれているものか、わからない。しかも、田舎の一教師となって自分を遠く離れて行った。ほんとうに自分と結ばれたいのなら、東京に留まるであろうものを。八一の有恒学舎赴任をもって、一種の背信行為とすら受け取っていたかもしれないのである。

文子は女子美術学校を卒えると満谷国太郎画伯の門下となり、彼の太平洋絵画研究所に入って、いよいよ精進を積んでいった。そのグループは中村彝《つね》、鶴田吾郎、足立源一郎、宮崎与平といった前途有為な青年画家たちで、のちに日本画に転向して活躍する川端竜子《りゅうし》もまた、そこにいた。女は他に上記の埴原久和代、それから後の高村光太郎夫人、長沼智恵子であった。その年下の青年、宮崎与平と文子が、智恵子を押しのけるようにして結ばれていく。

なんといっても与平は同じ道に精進する前途有望な男で、「金さんと赤」「ネルの着物」等の作品によって名を得つつあったし、いわゆる「与平漫画」も世人に喜ばれていた。文子をモデルにした画があるほど彼は文子を慕い、「与平かあいや、お文に惚れて、秋の審査にはねられた」という歌が彼を知る若者たちの間に行われたこともあったと伝えられているほど、とにかく一途に文子に憧れた。

六

当然、文子の八一に対する態度が冷え、便りもまた絶えてしまう。

八一が彼女が与平にさらわれたのを知ったのが明治四十年（一九〇七）の年末で、彼は怏々として三十一日、大晦日にもかかわらず、さして遠からぬ直江津町（現在・上越市）五智の国分寺に詣《もう》で、裏手の日本海岸に臨む清風軒に宿泊する。「冬夜潮音を聴きつゝ盃をあげたり」（四十一年一月二十八日付・伊達宛）といったところで、さぞ苦い酒だったことであろう。明くれば明治四十一年の元旦で、海沿いの丘、岩殿山の奥の院に参拝し、引き返している。

これから八一の荒れた生活が始まる。「針村の酒にも少しは慣れたが朝の三時頃まで飲みつゞけるには頭へひゞかぬ方がいゝ」（一月二十日付・天壇宛）とか「一昨夜一夜に三度酒をのみ、昨夜も一時ちかくまでのみ、今夜明晩こと末だしるべからず候」（一月二十六日付・同上宛）とかいったふうに、ただ酒を飲んでは人をののしり、人と争った。「酒のまぬ一日もあらず冬ごもり」とは、二月十七日、桜井天壇宛書簡の末に添えられた一句である。新井町とか高田町とかまで出かけて飲む場合も少なくなかった。安女を買ったりしたとまで伝えられている。

教員としての勤務も怠りがちで、酒気を帯びたまま登校、教壇にも立ったことが何回かあったという。

七

会津八一に、俳句のみならず短歌の素養がはやくからあったことはまぎれもない。

明治三十二年（一八九九）、新潟中学校五年生のとき、教科書に収められた記紀万葉の歌のなにがしかを読んで「不思議とも云ひつべきほどに強き感動を覚え」（『鹿鳴集』）、『万葉集略解』を繙き、新潟では新潟高等女学校（現在・県立新潟中央高等学校）にだけあった『万葉集古義』を借りて読み、「俄か作りの万葉学者となり、毎週教場にて、国語の教師に向ひて、質問戦の先鋒をつとむるを聊か得意となし得たり」（同上書）と後年、回想している（この「国語教師」の一人が『良寛と万葉集』の著者、故平野秀吉氏である）。『冠辞考』『冠辞例』等を用意して「大体は俳句にて覚えたる手心にて歌を作りはじめた」（同上書）とも言う。正岡子規や伊藤左千夫の作品をも読んだという。

その結果、「東北日報」明治三十四年（一九〇一）一月二十日号の歌壇に「白水郎」のペンネームをもって初めて作品十首が公表されるにいたった。「白水郎」はもとより『万葉集』からの名である。

庚子十二月八日倭多知以痾行於相模国小田原不堪愛別苦之情陳思作歌

しらやまの　しづめのみかみ　かみならば　たびゆくきみを　まもらせたまへ　まがねぢを　くるまひきゆく
たぎちゆの　ゆげのちからは　かむちからかも　きみがゆく　かねのながてを　くりたゝば　ながてのつかさは
いなといはんかも

といったもので、詞書《ことばがき》から始まって、すべてを『万葉集』に学ぼうと努めている。「倭多知」ワダチとは八一の俳友、長谷川輟（太虚）のことで、病を養うため相州・小田原へ去って行くのを見送ったのである。

「しらやまの　しづめのみかみ」（白山の　鎮めの御神）とは、ここでは新潟の総鎮守・白山神社のこと（その神官・日野が叔父・友次郎の和歌の師）。「まがねぢ」（真鉄路）は、むろん鉄道線路。「ゆげのちから」（湯気の力）は蒸気機関の力。「きみがゆく　かねのながてを　くりたゝば」（君が行く　道の長手を　繰り畳ば）の歌が狭野弟上娘子の名高い歌を利用してのものであることなど、ことわるまでもあるまい。「ながてのつかさ」（長手の司）となれば、さしずめ鉄道大臣あたりか、それとも下って駅長か。

若者の気のきいた歌、と評するしかないできばえながら、すべて平仮名で記されているのが後の八一を偲ばせる。このとき、長谷川輸もまた同じ新聞紙上に五首の歌をむくいた。

同月二十五日、八一はさらに三首の和歌を発表した。

竹の里人の写真を見て詠める歌

田鶴のごと痩せたる君は葦たづの田鶴にしあれやとはに生きませ

吾見たる顎のにご髯いたも伸びずけりくれたけの竹の里人まさきくもあるか

ふくふくし腐りとろろぎ病みこやすきみとことはに命しにせず神にしあるらし

いうまでもなく第二・三首は旋頭歌で、初めの一首のみを短歌としたのは、やや異様である。結核のため病み細った子規の写真を「日本新聞」あたりで見た八一が、過般、面会しえた人物のこととて感を催し、気取って、よんだものとするほかなかろう。

早稲田大学に進む明治三十五年（一九〇二）一月五日には「詠梅花歌・上」十首、同八日には同「下」十首を公表した。一部を抄する。

白山《はくさん》の御園の梅はまだきかも信濃川風吹きに吹きつ、

わぎも子が赤裳のすそにすりし花とはに散りせず我梅もかも

病みこやる我ぎもが為めと我祈りし梅の釣り花散りこすなゆめ

これらに出てくる「わぎも子」はおそらく特定の女性であるまい。強いて勘ぐれば妹の庸《たか》よりは従妹の周子がおおきな比重をもって込められているであろう。

大約こうした道筋を辿って文子を偲ぶ歌、

信濃なるあさまが岳に煙立ち燃ゆる心は我妹子の為め

に到達するのである。この一首はやがて、

しなのなるあさまがたけにけぶりたちもゆるおもひはわぎもこがため

と整えられ、「翰墨録秘詠」に収められる。ただ一首とはいえ、それまでの作と比較して、ぎこちなさが消え、女を読者として意識した、しっとりと滑らかな会津調を成就しているのに注目しなければなるまい。つまり、渡辺文子との出合い、彼女への愛——それは「恋」と呼んでかまうまい——によって作者の熱情がみずみずしく胸に溢れ、今までの観念的・思弁的創作を突き抜けた、芸術の領域に入りかけることができたのであった。そうした意味で、この一首の占める位置はまことに重要なものがあるのだと思う。

八

人はいかなる分野においても、一度、開眼してしまえば、もはや、しめたもので、まさに「渠《きょ》成って水至る」ということになっていく。会津八一における短歌もまた、停滞を知らず進展した。

布引看音の像にかきて人に送れるうた

わぎもこをまもれみほとけくさまくら旅なるあれがやすいしぬべく

これは交通上の難所として知られる新潟県西頸城郡青梅町の親不知海岸の写真が刷られた絵葉書にしたためられ、十月三十一日付で伊達俊光宛に出されたものながら、もちろん渡辺文子にも出されたはずで、「わぎもこ」とは彼女を指す。

また、カエデ（楓）の葉二枚を貼りつけた葉書がその後、伊達に宛てて届けられている。

その一枚。

我妹子をしぬぶゆふべは入日さし紅葉は燃えぬわが窓のもと

〇〇の梢における白露のけぬべく妹を思ほゆるかも

前の歌の「わが窓」とは、下宿、宮沢家の一室の窓をいう。二階の部屋をあてがわれていたため、「わが窓のもと」となった。

第二首の、今は読めない初めの部分は、下から推して「秋萩」あたりか。宮沢家には人の目を引くに充分な大株の白萩があった。

続く一枚には三首の短歌がしたためられている。

ふもとには紅葉色づき尾上には白雪降れりくしき此の山

秋山の色づく見ればその山のそきへに住める妹し思ほゆ

下りたちて摘みて送れるもみぢ葉にこゝなる秋をまのあたり見よ

板倉あたりから仰ぐ頚城三山（妙高・火打・焼の三山。頚城アルプスとも呼ぶ）、ことに妙高山はまことに美しい。このあたりで山といえば妙高山の感すらある。したがって第一首の「くしき此の山」もまた妙高に違いないのである。第二首の「この山」も。そうした妙高山の「そきへに住める妹」とは、山の彼方、すなわち東京にいる文子のこと。

最後の歌の「こゝなる秋をまのあたり見よ」は、この葉書において伊達俊光への呼びかけとなるが、先述したように同じものが文子にも送られたはずだから、ここでは、文子に対する誘いとなっていたわけで、そのつもりで読むべき歌なのである。八一としては、妙高の秀でる頚城野の秋景を眺めさせることによって、文子の心をとらえようと望んだわけである。ここから察しても、以前、文子は板倉へ足を運んだのではあるまいか。その際、どうも風情が足りなかったゆえ、出直してほしい、との気持ちであろうと思われる。

九

明治四十一年（一九〇八）七月三十一日、信越線の夜行列車で会津八一は上京し、妹庸の留守居をしていた——夫・政隆（天壇）が新潟へ出向き、途中あべこべに八一を訪ねていたことを知らなかったための行き違い——桜井家（本郷森川町）に宿泊、八月四日朝、新橋駅から東海道線を経由して夜遅く大阪着、親友・伊達俊光の出迎えを受け、その宅に厄介になっている。ついに宿願の上方遊覧に踏み切ったわけで（かねて「あをによしならをめぐりてきみとしもふるきほとけをみむよしもかも」と伊達に書き送っていた）、何よりもまず文子を失った心の痛手をいやし、出直しを図るためであったとしてよい。友人の勧誘を容れたのであり、交わりをより確かにするためであり、越後で古寺古仏に親しんでいた思いを飛躍させる機会をつかもうと狙ったのであるけれども、当時の八一は精神に大きな打撃を受け、混乱していた。そこから脱出しようとして、かねて文子も遊覧を念願していた奈良・京都へ出かけているところが興味深い。文子と知り合ってのちの八一には、生涯、彼女の世界から抜け出せぬまま終わった、釈迦と孫悟空とのかかわりにも似たところのあるのが、あわれですらある（文子は、画家として無理からぬことでもあろうが、古都に憧れ、やがて関西に住んだのであった）。

さて、八一は八月六日、大阪から単身、奈良へと向かう。雨の奈良駅で、この町のガイドブックを仕入れ、東大寺・転害門に近い対山楼に宿を決める。そうして、傘を借りて、さっそく猿沢ノ池のほとりを散歩してみた。このときから、あたためられて、まとまっていった歌が、出色の、

わぎもこがきぬかけやなぎみまくほりいけをめぐりぬかささしながら

という一首である。この池に投身したと伝えられる古の采女をよみながら、その実、文子を偲んでいたわけで、「わぎもこ」はまた文子に通ずる（会津八一「衣掛柳」〔『渾斎随筆』〕参照。なお、この伝説については、吉野秀雄『鹿鳴集歌解』参照）。こうしたさまからも、八一と古都との出合いの本質を見抜かなければなるまい。

翌七日、まず修理中だった東大寺に詣で、奈良帝室博物館（現・奈良国立博物館）を見学。次いで興福寺を訪ね、足を伸ばして新薬師寺に詣でた。

あきはぎはそでにはすらじふるさとにゆきてしめさむいももあらなくに

これが誇り高き男の、せいいっぱいの泣き言なのである。

やがて春日野は暮れて月が出、

かすがののみくさおりしきふちしかのつのさへさやにてるつくよかも

という歌が生まれてゆく。

八日、佐保の法華寺・海竜王寺にお参りしたか、その時の思い出が後に次の歌となる。

ふじはらのおほききさきをうつしみにあひみるごとくあかきくちびる

なんと官能的なことよ。ここに作者は光明皇后と重ねて、美女・文子の幻を追っている。

それから八一は西の京に移り、唐招提寺・薬師寺を回った。

さらに彼は奈良から郡山町（現大和郡山市）まで汽車で行き、そこから乗合馬車を使って斑鳩の法隆寺に詣でたところ、もはや日暮だから、と、ことわられ、かせ屋に一泊、翌日、見学をゆるされた。

みとらしのあづさのまゆみつるはけてひきてかへらぬいにしへあはれ

「ひきてかへらぬいにしへあはれ」。作者において、「いにしへ」とは千三百年前の聖徳太子時代であるとともに、また文子と親しんだ数年前のことでもある。

以後、八一はほど近い富郷村の法輪寺・法起寺をも「巡拝し」（八月九日付・天壇宛）、大阪にもどり、京都へ出、大津・福井・金沢を経て高岡から海路、直江津に到着、八月十八日夕刻、なつかしい（？）板倉にもどった（八一という人の性格の特色は、この時「巡拝し」た三寺を生涯の研究の中心に置く、といったところに見られる。初めに心を捉えられたものから脱しえない人であった）。

この十九日を費やした旅から生まれた「西遊咏草抄」二十首を新版『会津八一全集』によって見るに、八一が立ち直るために、いかにこの古都巡覧が重要な意味をもつものか、推察できると思う。そうしてまた、上に具体的に指摘してみたとおり、八一の八一らしい短歌が生まれるために、渡辺文子との束の間の、しかし忘れがたい愛の思い出が、いかにい大きな作用を及ぼしたか、を説明したつもりであるが、あるいは不丁寧に過ぎたやもしれない。

会津八一は明治四十三年（一九一〇）八月、かねて（明治四十年）よんでいた、

村居の学燈に題して自らいましむ

いくまきのふみやよめるとことしまた螢とふなりわがまどのもと

という歌を残したまま学舎を辞し、翌月から早稲田中学校の教師となり、いよいよ中央で活躍するにいたる。あたかも三十歳であった。そうして、かれはもはや俳人というより歌人となっていた。早中着任早々、早稲田大学文学会において、かねて有恒学舎勤務時代に勉強した小林一茶に関しての講演をするとともに、「俳人一茶の生涯」（「早稲田文学」明治四十四年一月、第六十二号）を発表するわけであるが、これがある意味で、彼の俳句に対する袂別の儀式となっているようにも思われる。

十

以上ざっと展望してみたところによってもわかるように、俳人と呼んでさしつかえなかった青年・会津八一が歌人に変身したのは、彼が早大を卒業して務めた有恒学舎教員時代のことで、渡辺文子に傾けた愛と、それが実らなかった煩悶・失意と、それを超克しようと試みた古都巡遊とが独特な歌調を生んだものとみなしうる。

しかるに、実は八一は古都奈良と渡辺文子とを心の中ですり換えているのであって、彼における「奈良」とは、結局のところ、また「文子」なのであった。初めての奈良への旅を終えて大阪へもどる車中の作、

あをによしならやまこえてさかるともゆめにしみえこわかくさのやま

の「ゆめ」の中で、文子のおもかげと奈良の古仏の微笑とは渾然と溶け合ってしまったらしい。

近藤富枝氏の『文学者たちの愛の軌跡・相聞』（「やまばとの声・会津八一と高橋きい子」）を読んでみてほしい。

あるとき美術旅行で奈良に滞在中、八一は弟子のひとりを供に、飄然と神戸の駅にむかったことがある。そし

て初更をすぎ門を閉じて静まっている一軒の、なかなか立派な家のまわりをぐるぐるまわった。二階のかすかな灯をなつかしそうに仰ぎながら、そのまま身を翻して、奈良にとって返したという。

「亀高」という標札を、弟子は脳裏にとどめている。さてその時期であるが、残念ながら同行の弟子も忘れてしまっている。亀高は八一の失恋の相手である渡辺文子が再婚したのちの姓である。

もはや、くだくだしい説明もいるまい（会津八一「亀高五市の追憶」参照）。

まことに八一の恋は、

うつせみはうつろふらしもまぼろしにあひみるすがたとはをとめにて

との彼の一首（創作年月不明）のままのものであったとしてよく、会津八一とは、「とはをとめ」の「まぼろし」を追い続けた一個の才豊かな男だったのである。新潟退隠時代のある日、談たまたまベアトリーチエに引かれるダンテに触れながら、ことばをとぎらせては瞑目していた彼のいかつい顔を、私は決して忘れることがないであろう（知る人ぞ知る、八一はダンテを敬愛した人である）。

付記　渡辺与平が明治四十五年に病歿し、文子は二児をかかえた未亡人となったが、八一と結婚することなく、大正七年にいたって亀高五市と再婚している。この間の事情については、今触れる要を認めない。近藤氏の上記書に氏のご見解の述べられているのは当然で、また有益である。

会津八一の古寺研究
――木村孝禅師を偲びつつ――

昭和六十三年（一九八八）に亡くなられた木村孝禅（本名淑澄《よしずみ》・号秋雨）師と私とは、会津八一を介して戦後知り合い、四十年にわたり交わることができた。この「昭和の奇人」に列すべき人は、若くして会津八一の「家来《けらい》」として東京・下落合の秋草堂に住み込み、やがて八一の学位論文となる『法隆寺法起寺法輪寺建立年代の研究』を鋭意執筆中だった八一のために薪水《しんすい》の労を執ったのであった（会津キイの住み込む以前）。自然、当時の八一についての思い出話をいくつか聞かされたが、中で最も興深かったのは、八一が雨戸を閉めて読書に執筆に精を出し、「木村！今は何日だ。昼か夜か」と、ときたま、どなっていた、という話で、それほどまでの努力によって完成された上記論文は、さだめし、われわれに歯の立つ、しろものでなかろうと思い定め、まだ若者だった私は容易に繙いてみる気になれなかった。事実、単行本としての体裁を見ても、なかなかに、いかめしく、ただ内容をあれこれ想像するだけにとどまった。

しかるに、そのうち会津八一の雑談から、彼が法隆寺等の建立年代に関し本格的に研究するようになった動機の一つが、この問題について、はなばなしい非再建論を展開した中心人物たる関野貞《ただし》博士が、八一の教えた有恒学舎の所在地からきわめて近い高田の出身者だった上、彼の嫌った官学（東京帝国大学）に属した人であったところにあったらしいことを私は感づくにいたり、わかるか、わからないかにこだわらず、とにかく一読してみようと思い立つにいたった。

それより前、私は創元選書の伊東忠太著『法隆寺』などのたぐいを多少読んでいたし、『日本書紀』等にとどまらず、岩波文庫の『上宮《じょうぐう》法王帝説』といったものには目を通していたのであったが、いざ会津八一の論文に目をさらしてみると、それは意外に読みやすく、おもしろくさえ感ぜられた。しかも、学術論文というよりか、むやみに長い随筆のように感じられ、文章の格調の低さも手伝って、平気で読了できた。「若草伽藍跡」にうしろ髪を引かれながらの論述はいかにも歯切れが悪く、いわゆる専門学者の論文とも思いがたかった。正直なところ、いくらか感心させられたのは、法起寺の塔の露盤の銘文を読もうと努めた部分ぐらいのもので、これは自分が、のちに『万葉集難訓考』という小著に収めた、訓み辛い万葉仮名を訓もうとする論文を書いていたときだったためでもあろう。なあんだ、こんな問題と取り組んで会津という老人はうめき続けたのであったか、という意外感を味わったのを今に忘れない。そうして、すでに、いくらか読んでいた足立康博士の論考などに比して、なんとなく見劣りするもののごとくにも思えた。高田で度々仰ぎ見て記憶していた足立氏の師、関野博士を記念する大きな石碑を思い浮かべたりもした。もっと早くに、この会津論文を読んでいたら、自分の八一に対する心情にもいくらかの差異が生じていたやもしれない。私は自分の臆病を恥じた。ときに朝鮮戦争のころのことであった。

今に名高い法隆寺再建・非再建の論争は、略して法隆寺論争と呼ばれている。『日本書紀』天智天皇九年（六七〇）庚午四月壬申（三十日）の条に「夜半之後、災㆓法隆寺㆒、一屋無㆑余、大雨雷震」と記されたのを信ずれば、今見る法隆寺は当然それ以後、再建されたものとなる。しかし、『上宮聖徳太子伝補闕記』が太子四十七歳（六一〇）の条にかけて「庚午年四月卅日夜半、有㆑災㆓斑鳩寺㆒」と記すのを参照すると、「庚午年」を天智時代とすることに疑いが生じやすい。ここから再建・非再建の考え方が分かれる。

明治二十二年（一八八九）、小杉榲邨《おんそん》が天智九年全焼、和銅年間再建の説（「美術と歴史との関係」〔「皇典講究所講演」五〕）を発表したのに対し、三十八年（一九〇五）、関野貞《ただし》が「法隆寺金堂塔婆及中門非再建論」（「史学雑誌」一六ノ二、二月）を公表、法隆寺西院の主要堂塔は、様式上、法輪寺・法起寺塔（天武時代）より新しいものでないこと、金堂内の天蓋が飛鳥式であること、金堂屋根裏から飛鳥式文様瓦を見つけたことを指摘し、大化改新前に使用されていた高麗尺で主要堂塔が造られているゆえ、法隆寺は再建されたものでないと主張した。

また、平子尚《ひさし》（鐸嶺《たくれい》）も「法隆寺草創考」（「歴史地理」七ノ四・五、明治三十八年四・五月）により、「庚午年《かのえうま》」を『日本書紀』が天智九年としたのは干支一運のまちがいで、『補闕記』が推古十八年（六一〇）としたのが正しいと、側面的に関野説を援けた（干支一運錯簡説）。

これに対し、喜田貞吉は、「関野平子二氏の法隆寺非再建論を駁《ばく》す」（「史学雑誌」一六ノ四、明治三十八年四月）をもって、『補闕記』「庚午」炎上の記事は「庚辰」の誤りで、正史たる『日本書紀』を信ずべきであると主張し、ここに様式論対文献論とも言うべき本格的論争が展開されることとなった。高麗尺云々に対しては、次のごとく応酬して屈しなかった。「大化以前の高麗尺なるが故に其建築物が大化以前のものならざるべからざるの理なし。何となれば従前の礎石の上に柱を立てんに従前の寸法に従ふ事、これ普通の例なるべければなり。」（「法隆寺の罹災を立証して一部の芸術史家の研究方法を疑ふ」〔「歴史地理」七ノ五、明治三十八年五月〕）

昭和三年（一九二八）、関野対喜田、昭和十四年（一九三九）喜田対足立康（関野門下）の立合講演会を行なったので、この論争はいよいよ世に知られるにいたった。

西院境内の東南隅、「花園」（平安時代）と呼ばれ、のち「若草」と呼ばれる地に古い伽藍跡らしきものの存在することは、はやくから知られていたが、昭和十四年（一九三九）以来、発掘調査が行なわれて確認された「若草伽藍跡」

(石田茂作『総説飛鳥時代寺院趾の研究』他)を考慮しての研究が出現し、それを代表する観のある足立康(関野門下)の新非再建論(『法隆寺再建非再建論争史』等)は、用明天皇のため造られた薬師如来を本尊として推古時代に建てられた法隆寺が天智九年に焼失した「若草寺」であり、聖徳太子のため造られた釈迦三尊像を本尊として太子の死後建てられたのが今見る法隆寺であるとするものである。つまり、西院金堂は天智九年以前の建物ということになる。

しかし、戦後、村田治郎(『法隆寺の研究史』等)は『書紀』の天智九年炎上記事を認め、金堂再建工事が天武初年に始められ、数年後、竣功したものと推定した。この再建工事の時期について、福山敏男は孝徳時代まで遡らせうることを論じ、鈴木嘉吉(「法隆寺金堂と斑鳩宮」〔「伊珂留我」六〕)は「斑鳩寺」(若草寺)の西北に金堂だけを斉明時代ごろ造り始めたものと考えている(この項、『国史大辞典』の福山敏男氏執筆の「法隆寺論争」を参考させていただいた。福山論文が略されているのは、そのため。今日、よほど詳しい論争史でなければ会津八一の名は出てこない。)

こうした主要な研究の推移の間に埋没し去った感の拭えない会津八一の論文の意義を、どこに求めたらいいのであろうか。私の目にした限り、町田甲一氏(「『法隆寺論争』における会津学説の意義」(昭和四十四年版『会津八一全集』第一巻月報4))の加えられた評価をはなはだ妥当とする。

会津先生の新説は、正直にいって今日では、もはやそのままでは通用しない。しかし、会津先生の功績、ないし会津論文の投じた一石の効果は、そのことによって決して失われはしない。私は、第一に、主として建築史家と文献史家とによって行われた「法隆寺論争」に、美術史家として、その立場から参加した最初の人であったことを特記したい。平子鐸嶺氏の場合は、今日いうところの美術史家の範疇には入らないだろう。(下略)

もっと細かく言えば、会津門下の安藤更生氏(昭和三十三年版『会津八一全集・第一巻』編輯後記)の記されたとおり、

「行論の間に於ける著者の用意に教へられるところが尠《すくな》くない」のを功績としなければなるまい。もちろん、ご本人は最期まで自説を抱いて意気軒高たるものがあり、晩年にいたっても新潟史談会のために「法隆寺問題について」という講話を行なったりしているのである。その一節に、たとえば次のような箇所がある。

そこで私はじめてわかつたことは、この中から出るべからざる瓦が出たので不思議に思つたのです。こつちにあるべき瓦があつちから出てゐる、つまり系統の違ふ瓦が出てゐるのです。だからこの中から思ふ存分に焼土が出なくとも、こつちが焼けて滅びたのであるならば、その後に盛り土して建てたのであるとするならば、ハッキリした焼土が出て来なくても二度目に建つたものであるといふ論拠になると思ふのであります。そこで石田君は、「会津説に対して最も有力な反対を唱へてゐても会津説に甚だ似た説を唱へ、会津説といふものはこれで消滅したものであるといふ者がある。だが会津博士は再び脚光を浴びて今からもう一度学界の批評を受くべき地位にをられる」といふ意味の論文を書いてをられるのであります。

（『会津八一全集・第一巻』）

「会津博士は再び脚光を浴びて今からもう一度学界の批評を受くべき地位にをられる」とは、むしろ八一自身の念願であったろう。会津八一という人は、そういう人であったと思う。この人が傲然と構えたとき、実はかえって不安を抱いていたのであって、自分の弱身を他に気取られまいといつも努めていた。傲然たる態度は彼における一種の防衛本能というべきであろう。

若者だった私がたった一二度この法隆寺論争に触れてみたとき、老いた会津八一は不機嫌であった。直話によれば、執筆当時の八一を援けた木村孝禅師が言及してさえ、とかく表情をこわばらせたらしい。晩年の会津八一にとって、『法隆寺法起寺法輪寺建立年代の研究』が社会から受ける処遇が、はなはだ不条理に思われたもののごとくである。さすれば、八一をして「法隆寺問題について」語らせた新潟史談会の交渉者は、なかなか世故にたけた人物だったとしなければなるまい。

付記　会津八一は関野貞博士に好感をもたなかったらしく、あるとき私に向い、「過日、高田へ行ってきたが、不愉快なことだらけだった。関野貞の故郷だけあって、ただで字をせしめようとするような油断のならない人物がいた」という意味のことを口にした。私が高田に縁深い人間であるのを承知の上で皮肉ったのであるかどうか知らないが、とにかく「関野貞の故郷だけあって」に、八一の関野博士に対する感情が窺われるのであるまいか。新潟史談会における講演の記録を『全集』で見ても、同じような気分が随所に表出しているように思う。

会津八一の疎開
——罹災から越後まで——

はじめに

会津八一が、早稲田大学における草創時代からの功労者にして縁者でもあった市島謙吉氏（号春城）から無料貸与《たいよ》されていた東京・下落合の別邸、いわゆる秋草堂（滋樹園）をアメリカ軍の空襲によって焼かれ、万巻の書籍と満屋の器玩を失い、ほとんど無一物にちかい境涯におちいったのは、昭和二十年（一九四五）「四月十四」の「早暁」であった。

その日から「小島幸治方に厄介」（「日記」）になり、「四月二十日」「夜九時頃宮川」寅雄氏宅へ移り、「四月二十七日」、さらに「福田」雅之助氏宅へ移り、「四月卅日」、三浦寅吉氏等に守られて羽田から毎日新聞社の飛行機で新潟飛行場まで飛び、大野屋旅館に宿泊、「五月二日」、「松井敬」同道、羽越線を利用して新潟県北蒲原郡中条町西条の丹呉家（康平）に身を寄せるにいたる。そこで、「四月十九日」来、「野本文衛」に引き取られ、やがて、つき添われて上越線・羽越線を乗り継ぎ、すでに丹呉家に世話になっていた養女キイと合流。「七月十日」にはキイ病死という、きびしく辛い疎開生活に入り、昭和二十一年七月二十五日、人々の配慮と協力を得て、新潟市に転居するまで、中条在住時代を過ごすわけである。

そうした非常な転変のさまが八一の身の「日記」(『会津八一全集・第七巻』)によって、ほぼ知られるのであるが、「日記」だけではなお不明な点の残るのも、やむをえまい。そこで、罹災した「四月十四日」から丹呉家到着の「五月二日」までの「日記」に最小限の補説を試み、それを読むことにより会津八一という文人の、苦難の期間のあらましを確認しておきたい。

予備知識

「四月二十日」の「日記」であきらかなとおり、会津八一は昭和二十年「三月三十一日付」の「辞表」を早稲田大学に提出している。これは結局「四月十五日付」で受理されるのであるが、それはともかく、八一が六十五歳の老境に達していたとはいえ、定年に達する以前に、母校であるとともに多年勤務し、愛着深かった早大をやめる決意をしたのは、よくよくのことであったに相違ない。

それにしても、八一を当惑させたのが疎開先の確保である。新潟が故郷といっても生家・会津屋は、はやく没落して立ち退き、「新潟市にては親戚もすでに無之候」(二十年三月二十三日付、山本一郎宛書簡)という状態であった。生涯を通じ仲のよかった八一の実弟、戒三が婿養子となっていた高橋家(キイの生家)は新潟市内で、なかなか栄えていた家であったのに、戒三氏自身の性格と世才から没落してしまい、当時、戒三が岩手県水沢市に住んでいたありさまで、当主不在の家屋にキイの実姉キセ一家が疎開生活を営んでいた上、一部が軍に徴用されていた。とても入り込めるものでもないし、第一、新潟では空襲を受ける危険が多分にあり(事実、新潟は米軍の原子爆弾投下候補地とされていた)、そうした都市へ移ったところで、なんのための疎開か、大して意味もないわけであった。どうしても、もっと安全な、軍事上、重要ならざる土地を狙うほかなかったのである。

そうした八一父子にとって、白羽の矢を立ててしかるべき家が二つだけ存在した。一は実際に身を寄せることとなる新潟県北蒲原郡中条町西条の丹呉家であり、一が同県西蒲原郡松野尾村（現・巻町）の山本家である。

丹呉家はなかなかの地主であった。八一の祖母が、これまた、さらに大きな地主であった葛塚（現・北蒲原郡豊浦町）の市島家の一つ、角市市島家の娘で、丹呉家五代の妻の妹だったところから、その男子、つまり会津八一の父・会津政治郎がこどものころ、丹呉家で養育された時期があった。まして、八一の恩人、市島春城が角市市島家の六代当主なのだから、八一との親交も当然で、八一が早稲田に進学した一因もまた、実はここにあったわけである。やがて八一を保護することとなる丹呉家七代当主の康平が町、北蒲原郡の農業会長を経て中条町長の職にあり、その後さらに県会議員となる政治家だったのみならず、なかなかの教養人で、かねて八一と親しかったこと、さらには子息・協平が早大（政経学部）出身者で、在学中しばしば秋草堂に出入りした人物であったのも心強いきずなに思われる。また、家屋が広大で、八一父子を住ませるぐらいの余裕をもつに違いないと思われがちだが、実際には、八一も知っていたはずながら、すでに前年（一九四四）に春城翁の逝去していた遺族が丹呉家本宅に疎開していたりして、それほどのゆとりはなくなっていたのである。詳細な月日は不明ながら、昭和二十年の三月初めごろに八一の懇請（電報等）を受けつつも、その受け入れを承諾せぬまま日を過ごしていたには、別な理由もあったわけで、養女キイが当時の人々の考えた悪病をもつらしいという噂が丹呉家にも届いていたと思われるふしがある。なおまた康平の一女が長岡市の高橋家に嫁いだばかりで、新しい親戚との交際の上からのつごうもあった（八一の「日記」にも「八月八日」に「協平、今夜長岡より妹を伴ひて帰る」、「八月十八日」に「丹呉の娘の嫁入りさきの長岡の高橋といふもの同席にて小宴あり。酩酊す」などと記している。稿者はこの高橋夫人とお会いしたことがある）。

それにもかかわらず電報（四月二十八日）をもって東京を「卅日出発」する旨を報じ、五月二日「午後松井に送られて中条に来り松井とトランクを提げて丹呉家に来」た会津八一と先着のキイをやはり本宅に住ませず、「門側の所謂《いわゆる》前坐敷に」住ませたのは、第一に、すでに到着して母屋に泊められていたキイの病状が誰の目にも、はなはだ重いものに映ったためである（やがて丹呉家はキイをやや離れた「観音堂」に移すよう要求し、キイはそこで死んでいく）。

すくなくとも当主康平は会津八一という人物のおおよそを評価していた。年来、敬重して交わってきた八一が今、思わぬ災難に遭って自分を頼っているものを、門番の起居するための、ささやかな建物にならい、と言い渡すのが苦痛なのは自然の理である。しかし、しきりに咳をする衰えはてたキイを嫌う家族の心情も無視するわけにいかなかったし、八一の態度も決して礼を尽くした、快いものでなかった。それは、まるで押しかけに似た疎開者だったというほかない。八一自身うしろめたく、「新潟日報」の「松井敬」に「送られて」丹呉家を訪れざるをえず、「日記」にも、さすがに「松井には実に気毒なりしもかくして余は助かりたり」と白状しているほどである。八一の連絡不足のためからとはいえ、公務で多忙だった康平のみならず、本来、八一を歓迎するはずの子息・協平もまた日中不在で、夕方もどった当主と長男とに八一はようやく、あいさつするありさまであったが、協平までが在宅して八一を迎えることのなかったところに、八一父子に対する丹呉家の空気も察せられるように思われてならない。前もって当主康平が受け入れを八一に表明したわけではなかったのだから、ほんとうに会津父子が現れるものであるか否か、丹呉家の人々としては明らかには知らなかった。キイの到着によって八一もやがて来着するであろうことを認識したものの、なお細かな通知に接しなかったため、待機するとか出迎えるとかの措置は講ぜられなかったのである。八一に従った松井敬が県下を覆う新聞社の要職（編集局次長兼報道本部長）にあった人物であってみれば、いかなる通信方法も採りえたはずであるのに、いっこう、そうした機能の用いられた形跡がない。八一の態度に基づくものであろう。率直に言って、八一父子は招かれざる居候であった。

但し、ひとたび二人が丹呉家の世話になってしまって後の待遇はまた、おのずから別な問題で、丹呉家及び周囲の人々のあたたかい人情に包まれて、キイは命を終え、八一は新潟へ移っている。

八一の疎開を望んだ、もう一つの家が、新潟県西蒲原郡松野尾村（現・巻町）の山本家であった。この地主もまた、八一にとって母方の縁戚で、当主一郎が八一と再従兄弟に当たっていた。当時、当主は村長の要職にあったが、資産の割に質素で、家屋がそれほど大きなものでなかったのを記憶する。丹呉家に比べれば、かなり小さかった。そのためか、会津八一の、それとなしの依頼にもかかわらず、山本家もまた八一父子の疎開を受け入れようとしなかった。しかるに、山本家からもまた、はかばかしい返事をもらえないうち、ついに運命の「四月十四日」（秋草堂罹災）がやってきて、会津八一はいやおうなしに養女もろとも、第一候補地であった丹呉家へ身を寄せざるをえなかったのである。

実は、丹呉家に厄介になってみると、意外にも与えられた部屋が本宅でなく、門番の任に当たる使用人のために設けられた施設であったことなど、彼なりに不満な点があり、あるいは山本家を選ぶべきであったか、実地に確かめる目的をも抱いて、八一はいちはやく「五月二十八日」、まず新潟へ出、さらに「バスに乗り山本一郎を松野尾の村役場に訪ひそれより自宅に赴き一泊」、翌「五月二十九日」には「弥彦神社に詣」でて、さらに「一泊」、「五月三十日」「山本に送られて弥彦より国上に至り五合庵趾を訪ひ、次に乙子祠をたづねたるも遂に知れず。源八新田の森山耕田（号瀰水）方へ行」き、「良寛の遺物遺跡を観」、「森山に一泊」、「五月三十一日」、「バスにて新潟にかへ」り、「大野屋別館」に宿泊、「六月一日」「中条に」帰っている。表面的には前年来の念願であった良寛の遺跡巡りをはたしたこととなるが、むしろ山本家の実情を窺うのも、それに劣らぬ狙いであったわけで、観察した山本家がそれほど広くなかったため、以後、そこへ頼み込んで移り住もうとする画策は認めがたくなる。もしも、このささやかな旅が八一の触れ込みどおり良寛の遺跡を訪ねるためだけのものだったならば、せっかく国上まで行きながら、見つけにくかった「乙子祠」（乙子神社）を村人に尋ねることもせずに、「遂に知れず」などと、あっさり諦めて引き返すはずもなかろうではないか。ともかく、これ以後、八一は山本家寄寓を断念、新潟・東京等への移住を希望するようになり、結局、新潟と行先を決めて転住するようになっていく。

なお、越後へ移った会津八一の束縛を感じた第一が重い病人であった養女キイにほかならなかったさまが、やはり彼の「日記」から、ありありと看取できる。「五月二十二日」に彼は記す。

東京へ行くにしても或は十日ばかり京都へ行くにしてもキイ子起きて仕事をなしがたきやうならば旅行、不在はすべて無理となる。将来の生活の方針を立てるために根本的に考へざる（べ）からず。依て山井と五十島へ静養の世話をたのむことを考へて両方へ依頼状を出す。

前日（五月二十一日）「八幡（医師）の来診を受け」（「日記」）、「毎日半日静養せよとい」われての八一の困惑に同情したところで、なかなかの薄情ぶりであろう。今や足手まといとなったキイを「山井と五十島」のいずれかへ預けようとするのであった。「五月二十日」、「信州から見舞に来」た「吉池進」にも同じことを頼んでいることが推定できる。

以後も、こうした八一の策略が散見する。右に引いた「山井」への「依頼状」による反応であろうが、「六月二日」、「河田ネイ」が見舞に見え、「六月五日」、「八幡（医師）の診断を丹呉からききしままにキイ子に（語）り将来養生上の心がけを申きかせ」、また「六月九日」、「キイ子のことにつきて山井へ書面出」し、「六月十一日」には「吉池から手紙ありしもキイ子の世話に触れず」と憂え、「六月十二日」、「キイ子処分のことにつきて丹呉から返答をもとめられ、「六月十四日」、「山井からきい子引受けがたしといひ来る」ため、「丹呉へ観音堂へ行くといふ返事をなす」ほかなかった。その病人は「六月十六日」、「やうやく喉頭結核と観念したるよし」と、あわれをきわめる。「六月十六日」、「吉池からきい子引受けかぬるよし返事来る。」「六月廿四日」、「高橋戒三へいと子を手伝いによこせと申やる。」「いと子」とはキイの姉の名である。「六月廿八日」、「沼垂の高橋いくへ二三日手伝いを乞ふ旨電報を発す。」「七月三日」、「雨模様なりしをキイ子をリヤカーに乗せ、リヤカー七往復にて観音堂へ引越す。」「キイ衰弱加はる。キイ子心得方につき申きかす。」「七月五日」、「高橋イク来る。」「七月八日」「早朝、キイ子遺言。（中略）イク沼垂へ帰る。」「山井来る。」「七月十日」、「未明にキイ子危篤に陥る。恰も空襲警報中。」「午前、八幡の来診を乞ひ葡萄糖注射の後顔面一変し苦悶するにつき安臥せしめ余も暫時まどろみ居るところへ沼垂の人々来る。物音に目さまして病人を見れば仰臥のまますでにこときれてあり。午後四時頃なり。」と養女の生涯があっけなく終わっている。

養女の病臥と死は越後へ移ってからの悲傷事ながら、なにしろ「七月十日」に息を引き取るほどの病人であってみれば、八一と罹災し、別行動をもって疎開生活に入るころ、すでに余人なら歩行もままならぬ重い症状を示していたであろうものを、きびしい八一の手前、中条でなお、しばらくは家事に従ってさえいたことが、まことにいたましい限りである。そうした、遠慮深く、がまん強い養女に対し、八一は上記のごとく、これを他家に托すべく画策したわけで、いかに老いた男の手に余る事態であったとしても、虫のよすぎる思案と評するほかあるまい。せめて看病もしくは家事手伝いの人を捜し求めるにとどめるべきであった。ここまで病人を迷惑がる八一のそば近く臥して命を終えるほかなかったキイの心中、察するにしのびない。

なにしろ、昭和七年（一九三二）、二十歳の娘ざかりで秋草堂の家事に当たるべく、八一の実弟・戒三の妻（キミ）の末妹たる身で高橋家から移り住み、前年、早大教授となって、やがて学位をもたらす『法隆寺法起寺法輪寺建立年代の研究』の執筆に苦心していた八一をよく助け、以来十三年にもわたって苦楽を分かった、けなげな三十四歳の女性が、暮らしなれた家屋を突如失い、郷国とはいいながら、実はすでに頼れるほどの生家と一族も存在しない越後へ病身を移し、自分にとって初対面の人々の視線を浴びながら、頼るべき八一には、どうやら邪魔者扱いされて果てる境涯を思えば、せつなく、くやしく、さだめし取り乱す場面もあったはずで、「やうやく喉頭結核と観念」（六月十六日）するまでには、「態度よろしから（ざ）る」（五月十二日）ゆえに叱られることがあったとしても、何人がこれをそしりえよう。そしられてしかるべきは、むしろ養父の「態度」だったのでなかろうか。わがままで身勝手な会津八一という人物の本性が最も単的に発露した言動であったように稿者は解釈する。われわれは、こうしたキイへの理解をもって八一の罹災日記を読む要があるはずで、いたずらに会津八一を敬重し、アバタまでエクボとしてしまうのは、それこそ唾棄《だき》すべき態度にほかなるまい。

病める養女を「野本文衛」に托し、別行動で丹呉家へ赴かせているあたりに、八一のエゴがかいまみられることはないものであろうか。私の接触してみた会津八一という人物は、なかなかに自分本位の、ごつごう主義者であったように思う。

会津八一「山鳩」の背景

——茂吉・秀雄との格闘——

（一）

記憶に誤りがなければ、私は、その晩年に接した会津八一（一八八一―一九五六）から陶磁器を二種もらっている。彼の新潟市内で求めた書籍・書画骨董類を南浜通の秋草堂まで、ときどき運んでやったことへの謝礼のつもりであったらしい。

その一は白釉の肉池で、作銘がない。たぶん八一と交わりのあった陶工の作であろうゆえ、富本憲吉か斎藤三郎のものでないか。ともあれ、先年、八一研究家の某氏に呈上しておいた。氏はまた書家でもあり、使用者として私などより、はるかに、ふさわしくいらっしゃる。

そうして、その二が平福百穂画伯の絵付にかかる陶器の鉢で、箱の蓋の表に「菓子鉢・百穂絵（印）」と墨書され、裏に「喜作窯（印）」とある。口径二十三センチ、深さ七センチのほの青い鉢の内側に、百穂が得意とした馬とそれを追う人物とが小橋を渡るさまが描かれ、「百穂（印）」と署名されている。高台裏にはヘラで書かれた「喜作」の二字が大きく見える。

私はこの鉢の由来について何一つ知るところがない。八一がこれを新潟あたりの店で買ったものか、それともまた人からもらったものか。私の垣間見た会津家の暮しぶりからすれば後者の率が高い。しかも、この品が特に八一の好尚に合致したとも考えかねる。したがって、まず、いずれかの人の贈り物であろう。だとすると、案外、斎藤茂吉にもらった鉢であるまいか。百穂と茂吉とは実に仲がよかった。親友描くところの陶器が茂吉の手にわたったとしても、ふしぎがなく、それがまた会津八一に贈られたとて、これまた不自然ではなかろう。東京が米軍による空襲のため焼けつつあった昭和二十年四月七日、山田博信の案内で八一が青山の童馬山房を訪ねる、というかたちで面会し、その直後、それぞれ疎開生活に移っているありさまで、相見の時、鉢の贈与が行われた形跡はなく、その後のどういう機会か定めがたいが、人づてに、という方法もありうるゆえ、八一がもらわなかったと言い切れまい。空想を重ねて心苦しいが、奇妙な見栄っ張り屋だった会津八一が、茂吉からもらった器物なるがゆえに、そうした品を、白面の青年だった私に、よく茂吉に対する、ねたみ言を聞かされて閉口していた私に、さり気なく――当然そう装って――与えるという、世の常ならぬ仕業をやってのけたとする方が、かえって、すなおに納得できそうである。会津八一は実にそうした流儀の人物であった。なにしろ、空襲で無一物となっても、病篤い養女を、混雑を極めるうえ、途中、米軍機の機銃掃射を受けるおそれある汽車に一人乗せながら、自分は二日後、飛行機で越後へ遁《のが》れる、という人だったのである。

（二）

会津八一は恩ある斎藤茂吉に対して尊大であった。彼の歌集『鹿鳴集』に、「既に時流を超え、蒼古流動、万葉の秀歌にさへ肉薄せむとする概《がい》を示す」（「鹿鳴集」推薦文〔「東京朝日新聞」昭和十五年五月二十九日号〕）とまでの讃辞を呈して、世に広く八一の歌を認めさせたのは「アララギ」の総帥・斎藤茂吉であったから、明らかに茂吉は八一にとって感謝すべき存在だった。にもかかわらず、八一はこの近代を代表する大歌人に、いっこう敬意を払おうとしなかった。二人が相会えば、さながら八一が師のごとく、茂吉は弟子のようにふるまったものだと吉野秀雄先生にお聞きしている。どちらにも親しまれた上村占魚氏が、山形県から東京にもどった茂吉が、新宿・中村屋における会津八一書画近作展に足を運んで八一と対面した際の模様を、次のように記録してくれたのはありがたい。

（斎藤茂吉）先生は近寄って来られる会津先生に手を差しのべながら歩み寄られた。会津先生の手を取られると、目を細め懐しそうに、「会津先生、本日はおめでとうございます」と低い声ではあったが、しっかりした語調で述べ深く頭を下げられた。会津先生はその言葉が終わるか、終わらぬうちに「ときに斎藤君、体の方はいかがかね」とだけ快活に応じられていた。

傍らにいた吉野秀雄さんが、「会津のおやじは斎藤さんより一歳年長なのだ。だから斎藤君と〝君〟呼ばわりしているが、精神面では〝先生〟と呼んでいる斎藤さんがはるかに強いんだからこの〝先生〟〝君〟の言葉のやりとりには二人の性格が出ていて面白いよ」と、わたしの耳に口を寄せていった。いわれてみると、先ほど、堅く互いに手を握り合われたときも、斎藤先生は前に倒れんばかりに辞儀されているのに、会津先生は反身の姿勢であった。でも、もの腰の低い斎藤先生にねばっこい、引きの強さみたいなものがあった。吉野さんはこのへんの呼吸もふくんで、かねてから二人の性格や短歌作品その他をとおして、互いの精神面を見透していたのであろう。

（「或る日の斎藤茂吉」〔『後塵を拝す』〕）

ところで、会津八一は心からこのようにまで斎藤茂吉を見下ろすことができたのであったか。とんでもない。ほんとうのところは全く別で、八一のこうした外面的態度こそ、茂吉に対する非常な劣等感の裏返しに流露したものにほかならなかったのである。

世間では会津八一をもって男らしい男であったとしている。関取にさえ見誤られたことがあるという体軀、折口信夫の「南蛮鉄のような鬼瓦のような」（吉野秀雄「秋草道人会津八一先生」〈『やわらかな心』〉）と形容した容貌、臨終に際して、なお「天下の会津を知らんか」と啖呵を切っていたという逸話、自ら「ひとのよにひとなきごとくふるまひし」（「山鳩」〈『寒燈集』〉）と歌に述べている事実等が綯《な》い合《あ》わされて、いかにも男性的な人物であったかのごとく伝えられている。しかし、身近かに接してみれば意外に小心な人で、内柔外剛どころか、内弱外猛とでも形容したいほどの性格であった。したがって、斎藤茂吉についても、その言動は次のようになってしまう。

しかし、先生が傲然と構えていられたのは、どうやら非常に小心だった自分の本質を包み隠すための本能的な防衛手段であったように考えられてなりません。失礼をかえりみず評するならば、からいばりだったようであります。

なぜならば、一方において、先生のごとく、ぐちっぽかった男を私はちょっと知らない。お話が和歌にわたる場合、だいたい斎藤茂吉に触れるのが常でしたが、決まって茂吉の作品が必要以上に世に重んじられるのに反し、自分のすぐれた歌が不当な待遇しか受けないと、くどくど世の不公平をかこちました。それはそれは、女々《めめ》しい、ねたみと嘆きで、初め私は驚きあきれ、やがて、またか、と、がまんして聞き流すまでになりましたが、当時、会津先生を心底から尊敬できなかった理由の一つが、ここにもあります。芸術家の常として、繊細な神経の持主でもいらっしゃったんでしょうねえ。先生の指摘される、茂吉の短歌における混濁はうなづけたのですけれども、それがまた私などにとって非常な魅力でもあるわけで、斎藤茂吉のせわになり、すっかり傾倒していましたし私としては、会津先生と口を合わせて茂吉の悪口をたたく気になど、とても、なれませんでした。そうして、こうした私の態度がまた、先生をひどく、いらだたせたのでございます。（拙著『会津八一をめぐる思い出』）

老年の八一は、自分が社会的に認められたため、かえって自分以上に扱われる茂吉を人知れずねたみ、茂吉を憎んですらいたように思われてならない。敗戦直後の茂吉は、さながら罪人のごとく肩をすぼめて生きていた（資料をあげる必要もないことであろうが、特色のあるものとして大島徳丸『茂吉・光太郎の戦後—明治人における天皇と国家』を指摘してみる）。しかし、「精神面では」「はるかに強い人」（上引）である茂吉の胸奥深く、自己の巨大な業績に対する自信がどっしりと潜んでいたこともまちがいなく、いまさら、いばる必要も、身構えるつもりもなかった。彼はまぎれもなく天下の大歌人であり、卓越した和歌研究者であり、広い読者を擁するエッセイストであった（もちろん、その前に医学者であったわけであるが）。上に引いた上村氏の文章中には、茂吉が八一の書作展を見に来た時、地下足袋履きであった旨、記されているが、そうした山形県以来のいでたちに、かえって不抜の矜持を看取すべきものであろう。

これに反し、会津八一の名はまだ決して今日のごとく著しくなかった。彼自身がどのように自らを恃《たの》もうとも、社会は茂吉と彼を同列に置こうとはしなかった。

そのうえ、会津八一に、ふしぎなまでの、私学に属する者としての一種のひがみのあったのも確かである。「早稲田に学び、早稲田で教える者」を誇りながら、実はひそかに東大をはじめとする官学に異常なまでに卑屈であった。そうして、斎藤茂吉は明らかに東大系統の人物で、八一の奇妙な敵対心をそそるに足るものを備えていたわけである。

戦後、茂吉が肩をおとして生きていたので、八一は比較的容易に「斎藤君」と呼ぶことができた（話しことばと書きことばの差を考慮しなければなるまいが、とにかく八一は『自註鹿鳴集』などに「斎藤君」と記している）。だがしかし、かけ値なしに優越感をもって対せたわけではなく、心中かえって複雑な劣等感を抱かざるをえなかった。その誰に向かって吐いてみようもない思いを、子か孫ぐらいにしか相当しない年少の私にグチッて憂さ晴らししていたのであったのだろう。思えば気の毒な人でもあった。

（三）

会津八一は敗戦直前の昭和二十年七月十日、疎開先の新潟県北蒲原郡中条町西条の地主・丹呉家に属する観音堂で養女きいを肺結核のため失う。

ところで、その養女が「ひとのよにひとなきごとくたかぶれる」「われをまもりこし」人で、「あひしれるわかびとつどひいつのひかわれをかこみてなをことなさむ」と予測されたからには、八一は歌人として、周囲への手前からも若干首の挽歌を手向けずにいられなかったはずであるが、創作の行手にまず高く立ちはだかるのが世に知られた斎藤茂吉の連作「死にたまふ母」であった。

この「死にたまふ母」は「大正二年」の作で、「『其の一』十一首、『その二』十四首、『其の三』十四首、『其の四』二十首、計五十九首から成る。（五月作）」と作者によって、ことわられている。すなわち茂吉三十二歳、文字どおり壮年の力作であった。しかも一世を風靡した歌集『赤光』の目玉を成し、今日なお教科書に一部の収められがちなためもあって、それこそ人口に膾炙している。

養女きいの命尽きたとき、八一、六十五歳。早大教授としての生活も実質的に終え（二十三年五月十四日付で名誉教授とされている）、生涯をかけた自己の学芸を完成させなければならない時期に遭遇していた。歌においては、まず斎藤茂吉を凌駕するのが当面の具体的目標となる。そうして、その茂吉の代表作となれば、『白き山』が刊行されていない以上、壮時の作ながら、やはり「死にたまふ母」ということにならざるをえまい。つまり、この機会に、「死にたまふ母」を圧倒する挽歌をよまなければならなかったのである。それを果たせなければ、自分自身耐えがたかったわけである。

そうした止むに止まざる事情を秘めた彫心鏤骨《ちょうしんるこつ》の二十一首、「山鳩」――初め「紀伊子《きいこ》」と題され、数も少なかった。本名キイはよく自らの名を「紀伊子」と記したという――が完成したのが、作者の記すところに従えば八月十日のことであった（八月十日の「日記」に「今朝にて『紀伊子』を書き上げ」とある）。すなわち死者の精霊を越後の新盆にあたって慰めるため供えたものであろう。八一の「昭和二十年日記」「七月十九日」にただ一行、「きい子を追想の歌をつくる。」とあり、翌「七月二十日」にも「追憶の歌をつくる。」とあって、以後、一月間、推敲したのであろうか。それにしても制作期間が一ヶ月を出でず、八一の意気込みと努力のいかなるものであったかを窺わせる。

（四）

ところで、「山鳩」を創作する会津八一の張り合わねばならない相手がもう一人いたのだから話が複雑である。しかも、それがただ一人の歌の弟子といわれる吉野秀雄なのであった。

昭和十九年八月二十九日、最愛のはつ夫人を胃癌のため失った秀雄の慟哭の連作「玉簾花《ぎょくれんか》」がまず雑誌「創元」二十二年一月・創刊号に「短歌百余章」に含められて掲載され、次いで歌集『寒蟬集』（二十二年十月、創元社刊）に収められるや、それまで無名に近かった作者の名は一躍、全国に響きわたった。白面の青年だった私なども、非常の時代のこととて雑誌は分に過ぎて本屋で立ち読みするほかなかったが、『寒蟬集』の方を奮発して求め、後に著者に署名してもらって愛蔵、今日に及んでいる。

会津八一がいっそ、もう少し老い衰えていたなら、ともすると、もはや弟子と鎬《しのぎ》を削るようなこともなく、ただ秀作の出現を喜んで見守れたかもしれない。しかるに、当時、八一はまだまだ元気で、次のとおり意気軒昂であった。

ともあれ、秋草道人は滑らかな歌が好きでいらっしゃいました。短歌の格調ないし品格を論じ、「いよいよとなると吉野でさえ歌の格調というものを真に理解していない」と嘆かれたことがありましたが、会津八一先生において、歌の調子はあくまで澄んで滑らかで気品高きものでなければなりませんでした。そうした条件からすると、吉野秀雄の歌には、なお、いくらか、おもしろくない点が残っていることになるのでございましょう。それが会津先生を嘆かせもしたわけであります。それほどまでに歌のリズムを重んじた人でございました。

（拙者『会津八一をめぐる思い出』）

そこで左のようになる。

ある日、新潟市のある通りを、私を従えて歩かれながら急に立ち止まり、私をマジマジと見つめ、「自分は歌においいて、まだ吉野ごときにおくれをとろうとは思わんが、書では、もう追い抜かれたと思う。目下、人々が自分の書を喜んでくれるけれども、後世の人々は必ず吉野の書を私の上に置くことだろう。」と言われました。

（同右）

すなわち、「歌において、まだ吉野ごときにおくれをとろうとは思わんが」との気概をもっていたため、吉野秀雄の「玉簾花」が万人を泣かせる名作として完成するや――八一自身、「壱百余首の吉野さんの歌を、声をあげて朗読してみたが、感激のために、何度も声を呑んで、涙を押し拭った」（「友人吉野秀雄」〔『続渾斎随筆』〕）と記している――自ら、これを上回る挽歌を創作して「吉野ごときにおくれをとと」らない力量を実証せずにいられなかったわけである。

私に向かって「まだ吉野ごときにおくれをとろうとは思わんが」と語ったとき、時が経過して八一はもはや『寒燈集』を刊行していたゆえ、「山鳩」をもって「玉簾花」より高い境地のもの、とする自負を示したのでもあったろう。なぜならば「山鳩」こそ八一掉尾《ちょうび》の力作であり、そうとしか思えないことばを八一から聞かされもした。

吉野秀雄は確かに会津門下であった。しかしまた、ほんとうのところ、必ずしも終生、八一に忠実だった門弟でもない。八一と同じくらいに斎藤茂吉を尊敬してやまなかった歌人である。この事実はすでに指摘されているので、ここでは秀雄が茂吉の葬儀にうやうやしく加わっていること、秀雄の歌集『晴陰集』の中に「茂吉山荘」「箱根強羅公園」の作が存在することを数えるにとどめよう。そうして、彼等が歌人だったからには、秀雄の歌が八一・茂吉のいずれに近かったたか、で判断すべき問題ではないかと提言しておきたい。八一は「友人吉野秀雄」（上引）に記した。「吉野さんの歌の何処を見ても、単語でも、調子でも、私の歌に何一つ似たところが無い（中略）平素私のほかに子規、節、左千夫、茂吉などの先輩に対しても、いやしくもせぬほどの敬意をささげて居られる」と。

このような秀雄の茂吉に対する傾倒ぶりが誇り高い会津八一をいらだたせたこと、もちろんで、八一としては、なんとしても秀雄の心からの敬意をかちとりたかった。そのためにも、秀雄の自信作「玉簾花」をもってして、なお及びがたい神品を示さずにいられなかった事情が存在していたのである。

（五）

「山鳩」二十一首が、斎藤茂吉の「死にたまふ母」五十九首、吉野秀雄の「玉簾花」七十五首とそれに続いてよまれた、かかわり深い若干の歌以上に秀でた連作であるか否かは、もとより読者の主観的好尚に左右されやすい、きわめてむずかしい比較の問題である。

死に近き母に添寝のしんしんと遠田のかはづ天に聞ゆる
死に近き母が目に寄りをだまきの花咲きたりといひにけるかな
我が母よ死にたまひゆく我が母よ我《わ》を生まし乳足《ち》らひし母よ
のど赤き玄鳥《つばくらめ》ふたつ屋梁《はり》にゐて足乳根《たらちね》の母は死にたまふなり
わが母を焼かねばならぬ火を持てり天《あま》つ空には見るものもなし

（「死にたまふ母」抄）

病む妻の足頚にぎり昼寝する末の子を見れば死なしめがたし
をさな子の服のほころびを汝《な》は縫へり幾日《いくひ》か後《のち》に死ぬとふものを
今生《こんじやう》のつひのわかれを告げあひぬうつろに迫る時のしづもり
をさな児の兄は弟《おとと》をはげまして臨終《いまは》の母の脛《すね》さすりつつ
亡骸《なきがら》にとりつきて叫ぶをさならよ母を死なしめて申訳もなし

（「玉簾花」抄）

こうした歌をよむために、茂吉は実母を失い、秀雄は四人もの子をなした妻を死なせている。それに対し、会津八一が弔ったのは、どれだけ大事な存在であったにせよ、とにかく養女であった。悲傷の度合に微妙な差の窺われるのもまた自然の理であろう。茂吉は多感な壮時において歌い、病いを負いながら秀雄もまだ元気であった。それに対し、すでに老いていた八一は、祖国の敗戦を目前に、私財のすべてを焼かれた身の上で、多年、自分を支えてくれた、うら若い女性の死をしみじみと、かみしめている。秀雄と八一の作において、未曾有の国難がえもいわれぬバックを成しているのは、まちがいない。八一の場合、序という強力な助太刀まで用意されている。ともあれ、三人三様、彼等の歌はそれぞれの資質個性を発揮しながら読者をとらえてはなさない力をもつ。

円熟となれば、さすがに八一のものであろう。しかし、人の世の惨烈さが秀雄の力作に襟を正させ、まだ若かった茂吉の情感が甘ささえ漂わせて心に沁みる。しかも「死にたまふ母」には、こうした歌群を初めて世に問うた開拓者の名誉も加えなければなるまい。結局するところ、八一必ずしも他の両者をねじ伏せていないように思われてならない。

しかし、とにかく会津八一の「山鳩」はこのような事情と背景のもとに詠じられ、彼の全歌作中、出色の連作となった。斎藤茂吉の「死にたまふ母」、吉野秀雄の「玉簾花」等と共に、近代を代表する悲傷歌として、永く人々に誦読されていくことであろう。

付記　本稿に記した主旨については、昭和六十年九月二十八日に会津八一記念館で行なった「会津八一と吉野秀雄」と題する講演中に述べた。

「観音堂」

――中条疎開時代の会津八一――

（一）

「十年一日の如し」という形容のことばがあるが、うれしいことに、新潟市西堀通五の備前屋商店（骨董）には会津八一の、画帖はずしと思《おぼ》しい、「観音堂」と三字だけ書きかけたものが額装されて、すでに三十余年飾られている。かつて新潟市に隣接する故郷、白根市に住んだ時代はときどき、遠くに暮らすようになってからは稀に、それを鑑賞させてもらうたびごと、私は太平洋戦争敗戦前後の尾羽《おは》打ち枯らした筆者をなつかしむのである。八一が「観音堂」と題する十首の短歌を連作したころ、私は彼と出会うようになっていたけれども、そのころの八一は、私の知る越後退隠時代のうち、最もいばることも少なく、生活のために必死で、しかも祖国の復興を念願して、人間的に好ましい姿を示していた。

（二）

昭和十年（一九三五）七月から東京都板橋区下落合三丁目一三二一番地（通称・目白文化村）の秋草堂に住んでいた会

津八一は、二十年（一九四五）四月十四日早暁、アメリカ軍のB29の東京空襲によって、その家屋（借家の秋草堂）とそこに蓄えられた文献・器玩はもちろん、小鳥・植物にいたるまでの所有物を失い、養女キイと共に一旦、小島幸治方に逃れ、十九日、キイが野本文衛（小岩）に引き取られて後、四月二十四日、愛弟子の一人、宮川寅雄方に移り、やがて新潟県北蒲原郡中条町西条の丹呉康平宅に身を寄せるにいたった。しかも、いかにも彼らしく、四月三十日、羽田飛行場から新潟飛行場（松ケ崎）までは毎日新聞社の飛行場で飛び――「雲際」（『寒燈集』所収）の詞書に「四月三十日三浦寅吉に扶けられて羽田より飛行機に乗りてわずかに東京を立ち出づ」とある――、坂口献吉に「自動車にて出迎へ」られて、当時、新潟で知られた大野屋旅館に二泊、五月二日、松井敬（新潟日報社）同道、新潟からは羽越線利用、中条駅で下車、二キロメートルばかり歩いて丹呉家に達したようである。

一方、罹災後四日目、野本文衛にひきとられ、そこから別行動をとったキイは、その後、四月足らずで死ぬほどだから、すでに肺結核のため歩行も辛い状態であったに違いないのに、混雑をきわめたうえ、途中、空襲を受ける恐れもあった上越線と羽越線をようやく乗り継いで、八一より一足速く丹呉家に到着し、世話になっていた。重病人のキイを同道せず汽車に乗せ、自分は飛行機で、というところに、身がってで、みえっぱりだった会津八一という人の面目が充分窺われるように思う。キイの書いたものの中で八一批判のことばのなかなか多いのも無理からぬところであろう。

実は八一はかねて新潟県西蒲原郡巻町松野尾の山本一郎（当時、村吏）を頼って疎開するつもりでいたし、調布の中村屋も受け入れを申し出た。それを、いざとなると急遽、丹呉家に改めたのである。（四月十八日の日記に、「中村屋の相馬安雄来り、府下調布なる自邸に二人を引き取らんといふ。（中略）心甚だ迷ふも越後へ赴くのほかなかるべし」とある）。その理由は、窮極において本人以外知るよしもないところながら、私はやはりキイの肺結核が進み、人に嫌われるまでになってしまっていることを、罹災後、他人の家に厄介になりながら痛感したためであったろうと察している。その点、丹呉家なら敷地約三千坪、建坪四百坪と広く、キイを置いてかまわない部屋もなんとか、つごうしてもらえると考えたのではないか。八一逝去後、私は当時の住所からどちらも遠くなかった丹呉家、それから山本家を眺めてみたのであったが、丹呉家の方がより大きい家だったことだけは、まちがいのないところである。さらに、八一からすると丹呉家については確実な知識が多かった。八一たちの父・政次郎は北蒲原郡豊浦村の市島政次郎家から新潟市古町通五の会津家（屋号・会津屋）に入婿した人であるが、ゆえあって丹呉家に養われ、そこから会津家に移ったのであった。当然、八一は父から丹呉家について、いろいろ聞かされて育ち、父に伴われて訪問、泊まってもいる。しかも当主・康平は当時推されて中条町長だったほどの徳望家であり、その息・協平がまた早稲田大学出身で、学部は政経学部でありながら秋草堂に出入した好青年である。病気の養女を擁する八一として、最も転がり込みやすい先であったことは、まちがいない。なにしろ会津八一は死の直前まで「天下の会津を知らんか！」と豪語したと伝えられる誇り高き男である。めったな家に頭を下げて居候できるものでない。ただ丹呉家だけが例外である。父が多年「扶養を受けられた」のであってみれば、その子が気取ってみたところで、どうなるものでもない。そうした因縁の丹呉家に対してすら八一の自尊心が働くのを見る。つまり、事前に寄寓を乞うこともせず、全く突然にキイを遣わして依頼のあいさつを行わせ、やおら自分も身を寄せたのであるが、これまた自分でまず頼むのが沽券にかかわる思いであったのだろう。敗戦後、何かのはずみに私に向かって、「なにしろ丹呉は縁深い家で」と八一は語ったが、おそらく、それが八一をして最終的に疎開先を丹呉家と決めさせた理由であったのだと判断したい。

はたして、突如現われた八一の養女キイを、そうして八一自身を、とにかく丹呉家は迎え入れてくれた。但し、本宅内の部屋を与えることなく、元来、門番——実態は下男——のためにつくられた、門の脇に所在する、いわゆる門番小屋――八一は日記に「門側の所謂前座敷」と記す。八畳・二畳になにがしかの板間づき――に住むように、というのである。しかも、当時の非常な時勢から、食糧はいっさい自給のこと。丹呉家の使用人を使役しないこと、を条件としていた。後者には、自分かってな八一に備える意味もあったに相違ない。

初め八一は門番小屋に入居することを潔しとしなかったようである。しかし、人の忌み嫌う結核患者をかかえて住ませてもらおうとすれば、「所謂前座敷」と解して承知するほかないのであった。

キイがまず到着したとき、丹呉家は彼女を本宅に泊めて八一の来着を待った。ところが、その間、異常な顔色と咳から、キイが重い肺結核患者であることに人々が気づいてしまい、彼女の使用する食器を別扱いするようになっていく。当時、肺結核は肺病と呼ばれ、不治の病と恐れられていた。すくなくとも越後の民衆には悪質な伝染病として嫌われていた。しかも食糧事情の極度に悪化していた敗戦直前とて、人々は栄養失調に陥りがちで、肺結核に感染しやすかったから、いっそう嫌悪されたのであった。キイが敬遠されたのも、まことに止むをえなかったわけで、これによって丹呉家の人々を薄情視するような人があるならば早計に過ぎよう。丹後家としては、すでに本宅に収容している疎開者があったのだし、キイの病気を考慮して会津父子が揃ったとき上記のような申し渡しをしたのであった。

それが証拠に、後日キイが死んでしまうと、火葬の七月十一日にすでに当主・康平が八一に本宅に住むよう勧め（八一の日記）、事実、十月にいたって八一が応ずると本宅に迎え入れているのであって、ちょうどその時期、八一を見舞った愛弟子の一人、加藤諄が当時を追想して、「わたくしが西条に先生をたずねたのは、先生が観音堂を引きあげて、丹呉家に戻られてからの、晩秋のある日であった。丹呉家の書斎に招じ入れられたわたくしは」（「大和路の詩とこころ・会津八一展」）と書いているところからもわかるし、八一自身『寒燈集』所収「榾《ほた》の火」に、

ひといねしひろきくりやのいたのまにひとりかよひてみづのむわれは

とよんでいるのである。

してみると、詮ない比較ながら、もし会津八一が松野尾の山本家を疎開先に選び、受け容れられたとしても、はたして丹呉家以上の保護をこうむれたものかどうか、疑問であると思う。

ともかく当分の住みかとして丹呉家の一隅を恩借しえた八一の安堵感が、左に掲げる「柿若葉」をよませたのではなかろうか。

柿若葉　昭和二十年五月

新潟市はわがためには故郷なれども今はたよるべき親戚もなければ北蒲原郡西条なる丹呉氏の宗家をたづねて身を寄す。すでに亡きわが父も幼時この家に扶養を受けられたることなどしみじみ思ひ出でて眼に触るるものすべてなつかし

かきわかばもゆるにはべのしらすなにあさをあふるるみぞがはのみづ
かどにはになみたつひばのこもりばのしづえのかれをりくらしつつ
さびいろのひばをそがひにひとむらのぼたんのわかばかがやきたつも

緑もあざやかな「柿若葉」はまた、そのまま作者の気分を象徴するものであろう。しかしまた、「かりぎのむねのうたてさむきに」いっさいの物質を失った無念の思いをかみしめながら、ここで成長した「ちちのわかきひをおもふ」ことによって自らを慰め、「いにしへのおほきひじり」を忘れまいとしている。

ことが複雑になりすぎるかもしれないが、八一には六月に上京したい計画があった（五月九日の日記に「山本一郎、

相馬安雄へ六月上旬上京の旨を申しやる」とあるのがそれ）。東京では八一の教え子・安雄の両親であるだけでなく、はやくから八一に傾倒していた中村屋の相馬愛蔵夫妻が八一を調布の本宅に迎えたいと申し出ていた。これに応じて厄介になるつもりだったのである。しかるに、その相馬家もまた空襲のため焼けてしまう。八一もキイも、やはり落胆した（六月三日日記）。

八一は鉾先を変え、松野尾の山本家の実態を捜ろうとする（五月十九日の日記に「山本一郎来書」とあるのが打合せの始まり）。自分にはこうした、おちつき先もあるのだ、との心のよりどころを確認するためであり、さらに、はたして丹呉家より好ましい疎開先であるかどうかを目で確かめるためである。もちろん表向きは別で、良寛の遺跡巡りという触れ込みであった。そうして、これは半ば本心から出たところでもあって、落魄の八一が、この上なく貧しく寂しく生きた先人の軌跡を確かめたくなったとしても、いささかもふしぎでない。現に彼は前年からすでにこの希望を人に漏らしたほどである。五月二十八日から三十一日に及ぶという、敗戦直前に行われた、はなはだ八一らしい旅の記録は「鉢の子」に結実している。

鉢の子　昭和二十年五月

五月二十八日松野尾村に山本一郎を訪ひ三十日その案内にて弥彦神社に詣で山路を国上に出で良寛禅師が幽棲の故趾を探る

いやひこのこのまこえきてくがみなるきみがみあとをけふみつるかも
むらぎものこころかたまけしぬびこしこのやまのへにうぐひすなくも

（以下略）

この県内旅行を終えて中条にもどった八一が丹呉家を動こうとしなかった事実が、彼の観察結果を示す。キイの病状も悪化していた。医師に毎日半日の静養を命ぜられたキイ（五月二十一日日記に「キイ子は八幡の来診を受ける。毎日半日静養せよといふ。最近数日非常に苦しげなり」とある）は、やがて余命三月と宣告されるにいたった。

六月三日の八一の日記に、

丹呉より観音堂へ別居のことにつきて相談を受く。（下略）

とあったのが、十二日にいたって、

キイ子処分のことにつきて丹呉から返答をもとめらる。

とある。そうして、六月十四日の日記には「山井（竜三郎のこと）からきい子引受けがたしといひ来る」と書かれているのであるから、ことここに及んでは答は一つしかありえない。つまり、丹呉家が本宅から徒歩五分ばかりのところにもつ観音堂に、会津父子を移す、という丹呉案をのむことである。もっと厳密に言えば、堂に付属する普門庵と名づけられた庫裡に暮らすのである。丹呉本邸より、むしろ町並に近づく位置にありながら林に囲まれ、境内に石仏のある静かな環境で、キイの病を養うにはふさわしい場所としてよい。他人に迷惑をかける要もなくなる。よし、移るのが得策だ。八一の肚は決まった。八一はその日記、六月十四日の項に「丹呉へ観音堂へ行くといふ返事をなす」と記す。

七月三日、「雨模様なりしをキイ子とリヤカー七往復にて観音堂へ引越す。日暮れて間にあはず夕食を略す」という移転が行われた。

むろん八一が自らリヤカーを引いたのではなく、丹呉家の下男が引き、必要なときだけ八一も従ったのである。それにしても、「七往復」に注意したい。全くの着たきり雀、傘一本で越後に逃れた八一、似たり寄ったりだったキイ父子に、リヤカー何台分の生活用品があったわけで、丹呉家その他の人の情が窺える。

観音堂の生活で困ったのが障子が古びて破れ放題だったこと（八一の日記、七月一日・二日の項に、「丹呉家の人々障子の貼換へ」とあり、五日の項に「今日障子貼半分出来る」とあるのだが）、庫裡中で電球がただ一つだったことであったが（七月十四日日記）、時節がら後者はことに改善策が立たず、前者は幸いにやがて紙を入手しえたことがキイの歿後、八一を見舞った吉野秀雄の歌（『寒蟬集』所収「秋草庵」）、

観音の堂のかたへに結《ゆ》ふ庵《いほ》の白き障子よ篭《こも》り在《ま》すべし

によって証明できよう。

観音堂へ移ったとて、採るべき充分な栄養も得がたく（八一の七月二日の日記に「今日から丹呉家の牛乳を貰ふ」とあるが）、投ぜられるべき医薬品も乏しい時世とて、キイの容態は悪化の一途を辿った。死期を自覚した彼女は七月八日、八一に多年世話になって、との、あいさつを述べ、丹呉家へも自分の謝意を伝えてほしい旨、頼み（八一日記に「早朝、キイ子遺言」とあるのがそれ）、いよいよ末期的状態に入る。そうして、十日「未明にキイ子危篤に陥る。恰も空襲警報中。午前、八幡の来診を乞ひ葡萄糖注射の後顔面一変し苦悶するにつき安臥せしめ余も暫時まどろみ居るところへ沼垂の人々」——つまりキイの生家からの見舞客——の「物音に目ざめて病人を見れば迎臥のままですでにことされてあり。午後四時頃なり」（八一日記）という命終であった。後日、八一はこのキイの最期について語りたがらなかった。

瞑目に際して、キイは何を考えたのであろうか。会津八一ほど個性が強烈で自分かってな男の束縛を受ける身の上となってしまえば、もはやクモの巣にかかった小虫に等しく、キイが三十三年の生涯を独身のまま終わったのも止むをえない宿命であった。人の持ち込む縁談があっても八一に握りつぶされ、邪魔される始末で、キイが自分だけを見て、せっせと尽くさなければ満足できないわけである。彼女のように、姉や義兄の手前、秋草堂を容易に脱出できな

い人間は、本人の側から表現するなら、みすみす犠牲に供せられるほかないのであった。死後、挽歌「山鳩」二十一首（『寒燈集』）を手向けられても、それで償われる性質のものでは本来ない。

戒名は七月十一日、八一が撰んだ素月冷光信女が用いられた。初案が素月妙影信女であったことが日記に残されているが、キイの悲惨な死にざまを直視するとき、「妙影」などという、一種なまめかしいことばですますわけにいかなかった。それは、なんとしても「冷光」でなければなるまい。今日キイの書きのこしたものを見れば、いかに、この女性が冷めた、きびしい目で八一に対していたかがわかる。「冷光」とは、実はそのまま彼女の八一に浴びせた視線とも言えよう。

西条の太総寺の住職は出征中のため「柴橋の尼寺の若き尼を招きて九時読経」（八一の日記）とあるごとく、十二、三歳の雛尼が「修証義」の一節を枕経として、たどたどしく唱えた。葬儀は特に行われず、火葬は丹呉康平氏の世話で近所の男二名が棺をリヤカーで火葬場まで運び、八一それから丹呉氏自身と一族の市島昴氏がこれに従った。この上なく、さびしい葬列であったが、考えようによっては実に豪華な葬いとも言えるであろう。なにしろ会津八一と中条町長とが主として取り行なったのだから。翌朝、八一一人で骨を拾っている（八一日記）。

こうしたキイの最期とその葬いの模様は、彼女の死後十日、一気呵成と伝えられる（八一の「昭和二十年日記」「七月十九日」にただ一行、「きい子を追想の歌をつくる。」とあり、翌「七月二十日」に「追憶の歌をつくる。」とあり、「八月十日」に「今朝にて『紀伊子』を書き上げ」とある）――実はずいぶん推敲された――「山鳩」二十一首と序にみごとに表現された。「象徴」昭和二十一年十月・創刊号に発表、『寒燈集』に収録されていくが、それより一年前、増田徳兵衛の私刊本（百部）がつくられている（刊記に「昭和二十年十二月十日京都市伏見区下鳥羽長田町二十四増田徳兵衛私刊」とある）。後記に八一は次のごとく述べた。

今月今日あたかも素月冷光信女一百日の忌辰に当るを以て「山鳩」ならびに「観音堂」の二篇を印行して生前の知己に贈りて記念とす希《ねがわ》くは此の巧徳を以て普《あまね》く一切に及ぼし倶に仏果を成就せむことを

昭和二十年十月十七日

（三）

会津八一を中条に訪ねた人は、多くはないが吉池進を始めとして、観音堂居住時期に限っても、もちろんいる。たとえば昭和二十年七月四日に東京から到着した結城信一は、八一が県内糸魚川市に旧友・相馬御風を訪問した不在時で、面会できなかった。

歌の弟子・吉野秀雄氏も、苦しい交通事情を超えて鎌倉から八一を見舞っている（中条駅で偶然、吉池進と合流）。歌人の感慨は、その作品を以て語らせるのが一番であろう。

秋草庵

「越後中条の町はづれなる観音堂が庫裡《くり》に、会津八一大人をおとなふ」という詞書《ことば》があって

新津駅《にひつえき》のほどろの暁《あけ》に口漱《すす》ぐ二時後《ふたときのち》に君にまみえむ
北越《きたこし》のどよもす風に飛びまがふ青き杉の葉踏みて訪《と》ひ来《こ》し
観音の堂のかたへに結《ゆ》ふ庵《いほ》の白き障子よ篭《こも》り在《ま》すべし
一枚の羽織に足袋《たび》をそへもちてわれは来にけり旅の長路《ながて》を

まがつ火を身もて逃《のが》ると携へし鞄《かばん》ひかえて我を見たまふ

『寒蝉集』所収五首である。

第一首、当時、上越線の方から来て羽越線を利用するためには、新潟市の南、新津駅から乗るのが普通の方法であった。ここから実際には三時間ばかりを費やして観音堂に達したものであろう。

第二首の「北越《きたこし》」は越後の北部を指すことばであろうが熟さない。「越《こし》」の北で越後全体となってしまおう。下の句に良寛を思わせるものがある。

第三首について、すでに触れておいた。

第四首の「一枚の羽織に足袋をそへもちて」は、どうやら、それを罹災者・八一に贈るためでなく、師に対面する服装として持参したもののごとく読み取れる。

第五首、「鞄《かばん》ひかへて」キッと相手をみつめる八一の顔が、私には眼前に浮かぶ思いである。秋草道人には確かに、そういう癖があった。

八一の、そうしてキイの生存中は義理の父子の侘しい疎開生活が、こうした訪問者たちによって慰められた点がいかに大きかったか、容易に想定できるところで、特に重篤なキイにおいては、それは測り知れないものがあったはずである。しかも彼等の提供してくれた、いくらかずつの生活物資も、当時において、まことに貴重であった。

(四)

太平洋戦争敗戦の年十月末二十六日、八一は丹呉家にもどった。観音堂を去る直前によまれた「柴売」六首には、なおキイを死なせた、この堂に、せめて一冬を過ごして霊を弔《とむら》うべきか否かに心を迷わせる八一のおもかげがちらつく。

柴売　昭和二十年十月

みゆきふるふゆをちかみかわがかどにひにはこびこしそまびとのしば
わがかどにいくひはこびてそまびとがつみたるしばにあきつたちたつ
そまびとのつみたるしばにわがかどのさくらのしたばいろづきにけり
ひとりすむみだうのにはにつどひきてむらびとさわぐしばかふらしも
むらびとはおのもおのもにしばかひてつみたるのきのあたたかにみゆ
そまびとのくるまいにたるくさむらにしばひろひきてかしぐけふかも

「さくらのしたばいろづ」いた、すでに「みゆきふるふゆ」も「ちか」い観音堂の前庭に、「そまびと」が「しば」を「いくひはこびて」「つみ」蓄えて売り、「むらびと」がそれを「さわ」ぎ「かふ」のである。自分の家をもち、金と物を持つ「むらびと」は「おのもおのもにしばかひて」それを「つみたるのきのあたたかにみゆ」るのに比べ、八一は柴売の「そまびとのくるまいにたるくさむらに」いくらか落ちこぼれた「しばひろひきてかしぐ」身の上にすぎない。

彼は結局、「しば」を「つみたるのきのあたたかにみゆ」る丹呉氏本邸に世話になることとなったのである。

「みゆきふる」越後では、すぐに「ふゆ」が来、年の瀬も近い。キイの病篤《やまいあつ》くなった六月四日、日記に「今日から余自ら飯を炊く」としたためた八一が、ようやく煩わしい炊事などから解放され、しばらくの間、多作の歌人となる。

（五）

昭和二十年の歳末、「くにのまほらのあやにこほしき」と、よんだ会津八一にとって、翌二十一年こそ中条生活に切りをつけ、より暮らしやすい土地――具体的には新潟か東京――に打って出るべき年であった。八一に収入をもたらす土地として、まず東京が考えられるが、まだ復興していない。それなら次は新潟市である。新潟はいかにも地方都市ながら、戦災を受けず、出色の都市であった。しかも彼にとって、とにかく、なつかしい故郷であり、自然、八一を知る人々も多い。敗戦直後の当時、特に重要な生活物資であった米を全国一生産する新潟県の県庁所在地として、生活に余裕をもつ階層も存在していた。書作品を売らなければならなかった八一にとって、大いに食指を動かさずにいられない目的地だったわけである（「揮毫規定」を昭和二十年七月につくっていることに注意を要す）。

彼の希望に応じて知人たちが動き、新潟移住の準備は次第に整っていった。住所を伊藤辰治氏が提供してくれることになるが、この件はやや複雑な手順を要した。つまり、中蒲原郡横越村村沢海の大地主だった伊藤文吉氏の新潟に所有した別邸に義弟・辰治（新潟大学医学部教授。後に学部長・学長を歴任）が住んでいられたため、広い建物の一部（洋風）に八一を住まわせるとすれば、やはり本家の承諾も必要である。八一の日記、二十一年六月六日の頃に、伊藤辰治からのハガキには文吉は知らぬとあり。このことにつきて坂口へ問状を出す。

とあるのが、その打開を坂口献吉氏（前出）に頼んだ記録で、翌七日にも「伊藤の事につき坂口と電話にて語る」と記されている。そうして八日には、

新潟に赴き坂口の紹介にて伊藤文吉、岡田正平、白井〇等にあふ。伊藤に頼む。

ということとなった。さすがの八一も「頼む」ほかなかった。七月八日の日記に、

蘭子来る。伊藤方より郵便物持来る。

とあることで、すでにこのとき八一が自分の住所を伊藤辰治と同じところと一部の人々に伝えていたようすが判明するのである。伊藤家のつごうから北方文化博物館新潟分館となった施設で、いわゆる新潟秋草堂である。伊藤家の正式な承諾がいつあったものか、八一の二十一年の日記が七月九日をもって中断したため、不明であるが、この月末、会津八一の移住は実現している。

八一に定収入をもたらすため、住居に関しても苦心した坂口献吉氏は、自ら社長であった新聞「新潟日報」の分身たる「夕刊ニヒガタ」（後、ニイガタと文字を改める）の社長に推した。日記、二十一年五月二十八日の項に、

村木、将来予の飯米をひきうけるといふ。

とあるような支持者もいて、八一を喜ばせた。

移転の雑事を、佐久間書店の店主、佐久間栄治郎が引き受けてくれている。

ところで、八一の新潟移住にあたっての希望の一つが、家事を見てくれる人物――まず女性――の獲得にあったのは、まちがいないところである。これに備えて、彼は新潟に住む従弟・中山後郎の娘たち四人中、着目した蘭を養女に貰い受けることを考え、彼女を手なずけるため苦心している。二十一年の日記を見るに、

蘭子を伴て西条に帰る。蘭子一泊。但し弁当持参。（五月二十九日）

蘭子今日も一泊。（五月三十日）

早朝、蘭子去る。（五月三十一日）

から始まって、度々この娘について書かれ、新潟移住の直前、七月八日にはもはや、上記のとおり、伊藤辰治家から預った八一宛の「郵便物」を中条まで「持来る」というまでに八一になついてしまうのであった。すなわち後の養女・蘭で、もちろん新潟秋草堂の家事を担当してくれる（中山家には、「中山家月給未着にて困るよしにつき金五百円貸す」〔六月二十九日日記〕といったふうに好意を示す）。

こうして、すべての条件がととのい、会津八一は七月、思い出多い北蒲原郡中条町西条の丹呉家を辞し、新潟市民となる。

新潟移住前の中条における歌作には、なお周知のごとく「をぐさ」三首（五月）、「桜桃」八首（六月）、「錦衣」五首（六月）等があるけれども、略させてもらう。ただ一つだけ注記するとならば、「昭和二十一年五月」の「をぐさ」の詞書に、

新潟にて「夕刊ニヒガタ」創刊するとて

とあるところから、八一が「夕刊ニヒガタ」創刊に際して社長に推載された時期がわかることに注意してほしいことぐらいのものである。

（六）

会津八一の生涯とその文学において、中条疎開時代とは、いかなる位置を占める時期であろうか。

私は彼の中条滞留時代についてのみ「疎開」という二字を使用したくなるのであるが、戦災に遭って、とにかく「越後へ赴くの他なかるべし」（日記）と逃れた先が中条の丹呉家だったわけで、その厄介になりながらも、「くにのまほら」を初めとする、よその土地（鎌倉・奈良等）に視線をやっていたことを思えば、やはり疎開生活だったのだと思う。

しかも、たまたま多年、労苦を分った養女キイをここで死なせるほかなかった。彼女の遺骨も新潟市西堀通三の会津家菩提寺・瑞光寺の墓に埋葬されるまで、八一の傍らに置かれていた。

八一の生涯において、これ以上、波乱と悲嘆に満ちた時期を他に見いだせない。いやおうなしに精神が緊張高揚し、感情が激動悲傷して止むところを知らなかった。そこに「山鳩」また「観音堂」を頂点とする、彼において珍しい多作のときが生じている。自然、質もまた濃密で高いものとなった。次第に八一の心は沈潜し、新しい住居となる故郷・新潟に眼《まな》ざしを向けるにいたる。そこに希望も抱くことができた。そういう過渡期に後半が相当する。

備前屋商店で賞《め》でさせてもらう「観音堂」三字は、たぶん八一にとって単なる書き損じだったのであろう。しかし、あとの広くのこされた余白が、かえって見る者を限りない懐旧にかり立てずにおかない。そういう意味で、珍重すべき書作であり、八一の中条疎開時代を象徴するものでさえ、ありうるような気がする。

追記　後年、備前屋商店の「観音堂」の字を見せてもらったところ、ちゃんと署名が行われていた。関西の地で小文を書いたための記憶違いを詫びるほかない。

知られざる会津八一
——人と書の誤伝を訂す——

（一）

私は、故秋草道人・会津八一の新潟退隠時代、文字どおり白面の青年として、かすかに彼に接し、自分なりに、いろいろ、かけがえのない影響をこうむった者である。彼の晩年においてのみ、しかも、孫ぐらいにしかあたらない若年の身で近代学芸の一巨匠を仰ぎ見たわけであるから、その言行を正当に理解できたはずもなく、むしろ、しばしば大きな誤解を冒してきたことだろうと思う。近年ときどき頼まれても勧められても、彼について、なるべく語らず記さず過ごしたのは、身のほどを忘れ、いささかなりとも道人を不当に傷つけてはならないと自戒したためにほかならない。現に私が八一に関して書いた片々たる文章は二、三にとどまるし、彼について語ったのも会津八一記念館（新潟県）と「山中高歌語る会」（長野市）の求めに応じた二回きりで——後者を文字化したものが小著「会津八一をめぐる思い出」（北島書店刊。『越後のうた』所収）である——、会津八一の風貌に接することさえなくて彼を月旦《げったん》できる人々の器用さと勇気を、ただ羨しく見守ってきた次第である。

しかるに、いつのまにやら私も老いかけ、記憶力また著しく減退してしまった。もし今日ペンを握って誤まられた会津八一像をいくらかなりと訂しておかなければ、あるいはついに、その機会をえることなく終わるかもしれない。なおまた私の指摘を裏づけしてくださる方々もすべて世を去られるかもわからない。とにかく、私はもはや迷惑される人々のご存命に遠慮ばかりしていられなくなっているのである。

それにしても、なぜ私が多少なりと会津八一の素顔を知り、私生活まで窺い見たのか理解してもらうため、はじめに八一とのかかわりを述べておく必要を感ずるので、「会津八一をめぐる思い出」の一節を略しながら引かせてもらう（以下まとまった引用文はこの小著からのもの）。

さて、私が会津八一先生に初めてお会いできましたのは、わが国が太平洋戦争に敗れ去りました、昭和二十年のことであります。しかも、ほんとうに敗戦直後であったように記憶いたします。つまり、先生が新潟市に居住される少し前、中条時代でありますが、新潟県北蒲原郡中条町中条の丹呉家にお訪ねしたわけではありません。私は新潟市の南に位置する白根市に生まれ育ちました者で、当時はまだ生徒ではありましたものの、未曽有の混乱時代のこととて、生家に暮らす日が多かったのであります。なにしろ自由な若者の身ですし、新しい生きかたを求める意味もあって、すぐに出られる新潟へ出向くことがときどきありました。そうした際に本、とりわけ古本をあさるのを無上の楽しみとしていましたので、そのころ柾谷《まさや》小路と呼ばれる、にぎやかな大通りに店を張っていられた佐久間古書店は、私にとって、だいじな目標の一つとなりました。ところが、その佐久間書店へ立ち寄りますと、たいていドッカリと座って、居合わせる人々を相手に、さかんに学芸を論ずる、いかつい老人がいました。これがつまり会津八一先生であります。店主、佐久間栄治郎氏をはじめ、ご一家で会津先生をだいじにし、細かく、めんどうをみられましたから、会津先生は新潟へ出られると、すっかり好意に甘え、滞在されるほど、せわになっていらっしゃいました。（中略）

とにかく、佐久間書店の店頭で、学は古今にわたり、識また東西にまたがる会津先生の講説を聞けるのが、すくなくとも初め楽しくてたまらず、耳を澄ませて拝聴いたしました。私は数え年が昭和の年号と同じ者でございますから、文字通り弱冠の青年にすぎませんでしたが、その数年前から『万葉集』の勉強を志していましたから、すくなくとも和歌に関するお話ならだいじょうぶ、わかったわけであります。（中略）

一人の行きずりの若者として先生の謦咳《けいがい》に接するうちに、先生も、割合、熱心に自分の話を聞く青年の顔を次第に記憶してくださったらしく、ごあいさつすると、顔をほころばせて、うなずかれるようになり、自然にいろいろ、ものをお尋ねできるようになりました。しかし、あくまで一人の話相手以上の何者でもなかったのでございまして、最後まで基本的にこの域を出ることはなかったわけであります。（中略）

この点、ちゃんとした交わりをおもちだった方々と私などとは、性質がまるで異なるのでありまして、さっき、きょうのような会の語り手として、はなはだ、ふさわしくない人間だとことわらずにいられなかった最大の理由がここに存します。

ただしかし、私はついに会津先生から交際などしていただけなかったけれども、一人の若者として、邪魔にもされず苦にもされず、というより、ほとんど意識されない存在として従い続けましたから、案外ほかの方々のご存じない、先生の生地《きじ》を相当見ております。世人には取りつくろって見せなかった素顔を、私はま近に、しかも、ずいぶん無遠慮に見せてもらったように思うのでありまして、そうした意味で、私のような者の記憶にある先生の言動も、あるいはかなり重要な「会津八一伝」の資料たりうるものではなかろうかと近年考えなおしている次第であります。つまり、私には若者のみにゆるされる特権があったわけで、おそらく私などが会津先生に多少なりとも接触しえた最年少組でございましょう。（下略）

小著から引用はこれくらいで控え、はなはだ不充分ながらも、これをもって、ほぼ私の立場をお察しいただけたことであろう。

（二）

さて、私がまず思い切って指摘しておきたい第一の点は、会津八一が決して死に至るまで独身生活を押しとおした男でなかったという事実である。と言っても、戸籍上はおのずから別で、法的には彼は確かに独身のまま終わっているはずである。しかし、現実には新潟退隠時代、夫婦生活と呼んでさしつかえない生活を営んでいた。

私が八一に近づくようになったのが上記のとおり昭和二十年のことで、やがて南浜通の秋草堂に出入するようになり――ありていは、彼が外出先で買った品物を頼まれて運び込んだり、といったたぐいの雑役によるもので、客として訪問したわけではない――、自然、秋草堂で、あるいはまた新潟市内で、八一の養女、蘭という人――八一の従弟、中山俊郎氏の娘――とも顔を合わせる機会が生じ、八一とこの養女との生活をかいま見るにいたったわけであるが、当時、私はまだ結婚前の若者だったためもあって男女の機微にうとく、かなりの間、全く気づかずに過ごしたものの、やがて、いかに鈍い私の目にも、この二人が単なる親子にとどまらず、事実上、年齢の距る夫婦そのものであることが、はっきり、わかってきたのであった。ただし、この親子がいつから夫婦（？）に変わったのか、知るよしもない。私の気づいたのが何年のことであったのかすら、しかとは覚えていないが、朝鮮戦争のころには、二人は夫婦であったように思う。

八一は外出から帰宅したときなど、私がすぐそばに控えていない限り、蘭さんに、戦中派の私の書きにくい濃厚なしぐさを示す場合が多かったし、女もそれにこたえて、ふるまっていた。ときには、私の存在にこだわらず八一がふるまい、養女はさすがに恥ずかしがったりしたが、次第に平気になっていった。それにしても、蘭さんのために、顔をほころばせながら帯を結ぶ手伝いなどしていた老八一の姿が、今に及んで、なお忘れがたい。ただし、私の目には老醜としか映らなかった光景なのだが。

こうした二人のただならぬ関係を覚った当座、私はすっかり当惑してしまい、八一とのかすかな、かかわりをたちきりたいとさえ思ったのであったが、片田舎に住む私にとって、文化の香の漂う（?）八一と秋草堂から離れ去ることなど、あまりに辛すぎた。それにしても、私の態度がともすると反抗的になるのだけは、いたしかたなく、それが八一からの二回にわたる絶交状ともなり、ついに二度目の絶交状を機に老衰の道人から離れたまま永訣の日を迎えたのであった。思えば、いかに若かったとはいえ、短気に過ぎたしわざを恥じるほかないけれども、当時の私からすれば、彼の不倫（?）が私を苦しめ続けた結果にほかならない。

こうした問題をもちだすためには、できるだけ確かな証人を用意すべきであろう。しかるに、私が公表をためらっている長年月の間に、明らかに気づいていられた歌の門下、吉野秀雄氏——私にとって「先生」と呼びたい方ながら、行文《こうぶん》のつごう上「氏」でおゆるし願う——がはやく世を去られてしまっている。ご生前の氏とあるとき雑談していたところ、ふと氏の方から、この問題に触れられたので、さすがに詩人の神経は鋭敏なもの、と敬服したことがあったゆえ、さだめし吉野登美夫人はお聞き及びであろう。実はひそかに夫人ご健在のうちに、と念願して、この小文をしたためるのである。

この問題については、先年、会津八一記念館から一文を徴されたとき、ごく簡潔に記してみたのであったが、関係する人物のご存命を理由に削除を要望され、承知したのであって、これをもってしても、私が自分なりに気をつかいながら今日に至ったことを認めてもらえるのではなかろうか。

もし不運にして吉野夫人その他にご存じがないとしても、私は伝聞とか推測とかによって記述するのではなく、自分のたび重なる情景の目撃によって指摘しておくわけで、どのように受け取られようとも、まことに、いたしかたないのである。

ついでに触れておくなら、会津八一が長く独身生活を送った原因として、すでにいろいろ忖度《そんたく》が試みられてきたわけであるが、なお見のがされている重要な一点が存するように思われてならない。

私はかつて八一が自己の生家について語るのを聞かなかった。昔の会津屋——八一の生家——の跡を私を従えて歩きながら、ついぞ口にしなかったのである。なにゆえか。もちろん真意は私の知るところでないが、察するに、会津屋がいわゆる妓楼のたぐいであったためであろう。だとすれば、会津八一はその生家の職業から女性に対する一種独特の観念をもって生きた人であったらしい。

これが彼の勤務地を見に、はるばる越後まで旅してきたほど、八一に興味を示した渡辺文子に対する態度を煮え切らないものとし、結果を失恋（?）に導かせた有力な一因であろう、と考えさせられるわけであるが、彼女の周囲に、八一の印象を悪くさせる要因ともなりかねなかったであろう。

一方、会津八一は人一倍がっしりした体軀の持ち主であったから、さだめし生涯を通じて旺盛な性欲に苦しめられたに相違ない。かつまた繊細な神経をそなえていた男であってみれば、女性的なものを大いに求めたはずでもある。

そうした八一が心を開いて接することのできた女はおのずと限られてしまうわけで、特に、こだわりなく、いとおしむ対象となると著しく狭められてしまうはずである。

あるとき、八一はこういう意味のことを口にした。「越後への疎開にあたっては、ほかに行ける先もあったのだが、いざとなれば、なんと言っても身内だから、中条の丹呉家を頼ったわけだ」と。

蘭さんの場合、養女として一つ屋根の下に起居する前から、まちがいなく同族の女であったが、これが八一の安心感を誘ったのは、まちがいないところであろう。

それにしても、八一がすくなくとも正規には妻帯せず、女中をいくらでも雇えた時代に、二度まで養女を擁して暮らした事実に、心理学上の一資料を見いだせそうな気さえするのである。

なおまた、養女の側からするなら、八一ほど嫉妬深く執念深い男の養女になってしまえば、他の男性と結婚することなど至難なわざであったはずで、現に二人の養女（キイ、蘭）共に適齢期を逸しながら他に嫁することなく終わっている。

とにかく、新潟の秋草堂では隠微な、なまめかしい生活がくりひろげられていた。

（三）

第二に、これは「会津八一をめぐる思い出」中にかんたんに述べておいたところながら、会津八一といえば、すぐに傲慢不遜ということばを思い浮かべるほど彼は男性的な人物であったように伝えられているのに、実際には一面、驚くべき女々しい人間で、私はしょっちゅう愚にもつかぬ、ねたみごととぐちを聞かされどおしたのであった。それはそれは嫉妬深く執念深かった。

しかし、先生が傲然と構えていられたのは、どうやら非常に小心だった自分の本質を包み隠すための本能的な防衛手段であったように考えられてなりません。失礼をかえりみず評するならば、からいばりだったようであります。

なぜならば、一方において、先生のごとく、ぐちっぽかった男を私はちょっと知らない。お話が和歌にわたる場合、だいたい斎藤茂吉に触れるのが常でしたが、決まって茂吉の作品が必要以上に世に重んじられるのに反し、自分のすぐれた歌が不当な待遇しか受けないと、くどくど世の不公平をかこちました。それはそれは、女々しい、ねたみと嘆きで、初め驚きあきれ、やがて、またかと、がまんして聞き流すまでになりましたが、当時、私が会津八一先生を心底から尊敬できなかった理由の一つが、ここにもあります。芸術家の常として、繊細な神経の持ち主でもいらっしゃったんでしょうねえ。先生の指摘される、茂吉の短歌の声調における混濁はうなずけたのですけれども、それがまた私などにとって非常な魅力でもあるわけで、斎藤茂吉のせわになり、すっかり傾倒していました私としては、会津先生と口を合わせて茂吉の悪口をたたく気になど、とても、なれませんでした。そうして、こうした私の態度がまた、先生をひどく、いらだたせたのでございます。

吉野秀雄という歌人は、秋草道人に従いながらも、終生、斎藤茂吉を尊敬した人で、八一に責められながら、茂吉への敬意を公言して止まなかった。自分だけを選べ、と強いられて承知しなかった一場面が、この歌人の伝記の一節となっているほどである。八一はおのれの弟子に対してすら、ねたみを禁じがたかった異常なエゴイストであったとしてよい。

しかし、これをあくまで善意に解釈するならば、愛情の深さのゆえとも言えよう。事実、八一の「友人吉野秀雄」（『続渾斎随筆』所収）という文章など、何度読んでもホロリとさせられる程度のものである。ただ、その情愛と嫉妬が、あわさり爆発するときが恐しい。

吉野氏の歌壇への登場ぐらい、はなやかなものは、たぐいまれである。豪華誌「創元」に発表された「短歌百余章」を踏み台として、同じ年、昭和二十二年十月『寒蟬集』一冊をもって天下人士をうならせた観があった。自分なども乏しい金をたたいて一本を購い、くり返し読んでは人と感激を分かち合ったことを忘れない。

すっかり吉野党に加わった私がある日『寒蝉集』のすばらしさを口にしたところ、意外にも会津八一は喜ばず、むしろ明らかに不快感を顔面に浮かべた。弟子の名声が、彼にとって楽しいものでなかったことを私は看取せずにいられなかった。

ある日、新潟市のある通りを、私を従えて、歩かれながら急に立ち止まり、私をマジマジと見つめ、「自分は歌において、まだ吉野ごときにおくれをとろうとは思わんが、書では、もう追い抜かれたと思う。目下、人々が自分の書を喜んでくれるけれども、後世の人々は必ず吉野の書を私の上に置くだろう。」と言われました。後にこのことを鎌倉で病いに伏していられた吉野秀雄氏にお伝えしますと、吉野氏は苦しい体で床の上に座りなおし「ありがたいことだ。自分の字が先生を超せようとは思わないが、とにかく、僅かな努力を認めていただけるだけでうれしい。先生は面と向かっては実にきびしく叱られるけれども、人にはいつも私のような者のことを賞めてくださる。」と言われましたが、このことは確か吉野日記に記されているように覚えております。こうした一面の謙虚さが、会津先生を進歩させて止まなかった原動力でございましょう。

このように述べた部分が「会津八一をめぐる思い出」にあるが、実際の私は、しょっちゅう八一の知人への悪口を聞かされていたのであって、吉野秀雄氏もまた決して例外でなかったから、右の吉野氏の師に対する感謝のことばを、複雑な思いで承ったことを思い出す。

なおまた吉野氏の書に対する評価も、はたしてま正直に受け取っていいものか、どうか多少、懸念がないわけでない。道人のことであってみれば、深い自信のある場合、こうしたポーズを示しかねないのだから。

それはそれとして『寒蟬集』を賞讃して不興を買った事実に、「歌において、まだ吉野ごときにおくれをとろうとは思わんが」という言辞を合わせ考えるとき、八一が昭和二十年七月、養女キイを失ったときの絶唱「山鳩」が、吉野秀雄の、昭和十九年八月、妻に先立たれての連作「玉簾花」を意識し、対抗したものであったろうと推定した娘・伊丹浩子の小論文（「会津八一と吉野秀雄」〔「湘南文学」昭和五十八年三月、第十七号〕）に賛同せざるをえなくなる。とにかく、同じ時期に師弟は火花を散らす創作上の鍔迫《つばぜ》り合いを演じているのであって、ことに「山鳩」が会津八一の短歌における掉尾の力作であることを思えば、秀雄という、門弟にして好敵手たる歌人に恵まれた八一の老いての高揚ぶりに、ことさら興味をそそられる。

会津八一のなみなみならぬ自尊心と自負とから流れ出る羨望、嫉妬、憎悪は、斎藤茂吉を頂点とし、吉野秀雄にまで及ぶのであった。書家としては尾上八郎（柴舟）氏が最も罵倒の対象とされていたように思う。道人の尊重した良寛ですら、とばっちりを浴びかねなかった。

もしも、あれほどまでに私を相手にくどくどと自分の不遇をかこち、他人を罵り続けて止まなかった会津八一という人が、男らしい男として後世に伝えられるものとするなら、正に、あいた口のふさがらない思いを味わい続けるほかないわけである。けだし、処世の名優とでも評すべき人物であろう。

しかり、秋草道人はまちがいなく、なかなかの演技で生涯を飾った人であると思う。

　書による収入がだいじだった会津先生が、ご自分の作品の市価を高めるために苦心したのも当然で、いわゆる「潤規」をつくるほか、実にいろいろな手段を講じておられるのに気づきます。新潟在住時代の奇矯な言動も、高名な学者・文人であるうえに、さらに奇人変人と見られることによって、その書をほしがる風潮をさらに、あおるための演技である場合がきっと、あっただろうと解釈いたします。そうして、先生の野心は、やはり相当な効果を収めたのでありました。敗戦の混乱が収まるにつれ、次第に先生の書が世にもてはやされ、紙価を高めました。朝鮮戦争以後の先生の生活が、つまりは書だけでも支えられたであろうことを推測いたします。

「会津八一をめぐる思い出」に、私はすでに、そのように述べておいたのであった。

（四）

第三の指摘は、会津八一が法帖の類をはじめとして、先人の書を習わなかったかのように伝えられていることのまちがいに対するものである。なんでも、彼自身そう語っていたそうであるが、ほとんど書に明け暮れていた新潟退穏時代の本人から、私など、ついぞ、そのように随聞した覚えがない。もっとも、道人においては、しばしば逆説が行われるのであるから、学ばなかった、が、実は学んだ、でありかねないのに注意を要する。

現に私があるとき佐久間書店へ入ろうとして中をのぞきますと、いすに腰かけた会津先生が一人しんけんに、いわゆる法帖を片手で支えながら、片手の指をもって文字の上をなぞっていらっしゃいました。あまりにも、しんけんなお姿に、おじゃまするのが申しわけなく、しばらく立ちつくして見ていましたところ、ややあって手を休められましたので、ようやく入ってごあいさつした記憶が非常にはっきり残されております。確か顔真卿の文字でございましたのに、作品名を覚えていません。姪を祭る文ででもございましたでしょうか。先生は気に入った文献類を入手されると、ひときわ、きげんよく、まっすぐに帰宅されるのが常で、そのお姿は、今なお眼前に映ずるものがございますが、だれもいなければ店頭ですら習字されたほどですから、秋草堂にもどられれば愛用の筆墨が待ち構えていたわけですし、おそらく、ただちに筆を握って、臨模もされたはずだと思います。「おれは先人の書を学ばない」と言われたとするなら、それこそ先生一流の逆説でございまして、むしろ「自分はセッセと古人の筆跡を研究してきたぞ」という意味ですらありえましょう。私のひそかに尊敬しております深田康算先生は、雑文類のみが集められました『深田康算全集』のどこかで、「肯定することは否定することであり、否定することはまた肯定することであります。」という意味のことばを述べていらっしゃいますけれども、人の実体とはまことに、そのとおりでございましょう。第一、会津八一先生は、レッキとした金石学者だったではありませんか。先生ほど古今の筆跡を観賞された人も数少ないはずです。箱書すら、ときどき試みられました。

なお、本稿に着手するにあたり、五十七年十月三十一日、新潟市に佐久間栄治郎氏をお訪ねして質問してみたところ、言下に「会津先生はよく法帖によって習字されました。」と答えてくださった。これで、すくなくとも新潟時代の道人が学書にいそしんだ事実が明白である。先人の書を学ぶことなく、忽然として、あれだけの文字が書けたなどと、だれが信じえよう。私の観察していた範囲では、趙之謙《ちょうしけん》の字になども関心を示された。

戦後の会津先生の書が、それ以前に比べて格段りっぱになるのは、ただに年齢上の円熟にとどまらず、実に先生の筆に一家の生活がのしかかっていたためでございました。言わば趣味として筆をもっていた時代のものと気魄が違っています。概して肉太になっているとも思います。素人のくせに生意気を言うようですけれども、私は元来、新潟在の人間なのですから、秋草道人の若年からの筆跡を相当見て来たわけで、まず、まちがいないところだろうと考えております。

どうやら、八一の字がいかなる法帖の字とも外形を異にするため、学習を認めがたいとするインチキ書家――独自の字も書けないくせに、自分を「書家」と称するような者をこう呼ぶほかなかろう――もいるようだが、おのれが人の字の猿まねしかしてきていないために、そんな考えかたしか、できないわけで、笑止千万と評するほかない。つまり、摂取というものの本質をまるで知らないわけである。

まだ納得してもらえない場合、近年刊行されている『会津八一・書の指導』（考古堂書店）という本を繙いてみてほしい。ちゃんと川村佐武郎氏等のために、もう若くなかった道人が、昭和二年から四年にかけて、「白鶴泉銘」「説文部首」（以上、呉大澂）、「秦漢金篆八種放大本」、「孔廟礼器碑」、「張遷碑」、「鄭文公碑」（鄭道昭）を習わせ、懇切丁寧な実技指導を行なっていた実例が、写真入りで記録されているではないか。

（五）

以上の指摘に共通するものを求めるならば、会津八一に色濃く見られる陰湿性ないし粘液性ではあるまいか。ひそかに夫婦生活（？）を営み、無名の一青年に向かっては、くどくど自らの不遇をグチリ、人を罵る。その書においてすら、熱心に習字しながら、学んだためしがないように装ったりする。すべて、この流儀だから、世人はもとより、周囲さえ、だまされやすい。

結局するところ、会津八一もまた、生まれ育った雪国の風土にふさわしい人であり、さらにはまた、生家の陰影を曳きずりながら生涯を終えたのであったと思う。

かつて八一と生活を共にされた木村孝禅師の直話によれば、学究時代の彼は昼夜を分かたず雨戸を閉じたまま読書したものだという。それが鉛色の雪空に覆われる新潟、そしてまた豪雪で知られる高田（現上越市）在の有恒学舎に育ち、かつ務め、しかも妓楼・会津屋の奥深く、一種の居候的生活――のうちに長じた八一にとって、雨戸を閉じたままの読書は、もっとも心おちつく環境だったに相違なく、上記したところは、秋草道人の人と学芸を考察するとき、決して、なおざりにできない一視点であろうと信ずるものである。

（一九八二・一一・八）

付記　本稿に記した第一の問題、すなわち会津八一の新潟時代における私生活について、私は最も神経を使いながら記したのであるが、脱稿後、今春（昭和五十九年）のある日、新潟で知人Y氏と話し合った際、この地では今日このことがある程度、公然の秘密として語られている、ということを聞かされた。八一は何度か人に養女を指して「自分の女房だ」と言っていたそうである。してみれば、私がこの事実を書いても、もはや支障ない気運が生じていると見ていいはずで、いくらか気が楽になってきた。これが、しばらく筐底に秘めた本稿を公表する勇気をもたらしてくれた一因である。

それにつけても、新潟時代の八一に親しく接した人々の記述を別として、多くの彼に関する伝記が、ずいぶんと実際にそぐわない書きかたをしているのは困った現象で、遠方に住み、稀に八一を訪うて一日や二日で帰っていったような人物に、八一の実生活がわかったはずがないわけである。しかるに、そうしたたぐいの人の著述が幅をきかせているのだから、また何をか言わんや、である。今後より広範囲の資料を総合して、「会津八一伝」は書き直されなければなるまい。

（一九八四・一一・一〇）

会津八一の書の振幅
――『中田みづほ随筆集』を読んで――

今日《こんにち》、会津八一は、戦前、早稲田大学で講義を担当した美術史学者としてよりも、また英文学者としてよりも、むしろ歌人として、さらには書家として世に知られているように思われる（総合して文人と呼ぶべきか）。そうして、その幅広い業績中でも、とりわけまだ明らかにされていない、いくつかの問題が彼の個性溢れる書の中に残されているように考えられてならない。私の目から見る限り、『中田みづほ随筆集』中に収められた、いくつかの文章が最もよく八一の揮毫ぶりを伝えていてくれるのであるが、しかしまた、中田博士の伝えてくれたところで充分なわけでもなさそうであるため、新潟退隠時代の八一にいくらか接した一人として、見聞したところ、記憶する点を少しでも書きつけておかなければなるまいとペンを執った。

会津八一は、彼自身が元来、不器用で、書を不得手とした旨、再三語っているし、書いてもいる。しかし、実際には叔父・会津友次郎をはじめ一族の多くが能筆であったからには、彼にもまた書家たるべき素質が備わっていたとして格別ふしぎはあるまい。さすれば、これまた彼一流の逆説とみなしてかまわないものかも知れないのである。

ただしかし、八一が生来、左利きの人であった事実は、いくら注意しても、なお、し足りないほど重要な条件であると考えずにいられない。念のため八一自身語ったところによれば、次のような育ち方をしている。

どうして私が字を書けないかと申しますと、他の人より下手だといふこともありますが、それは今からよく考へてみますと私は左利きなのです。今でも左手でも字が書ける程度であります。それを右の手に筆を持たされて字を書かされるために書けなかったといふこともありませう。

（昭和二十二年、新潟史談会講演）

老いてなお、ふとした折に元来の左利きぶりをちょいちょい発揮していたのであって、私はすぐには気づかなかったものの、ある時、おや、この人は、と、どちらの手も同じように使える便利さに驚いたのを覚えている。

忘れないうちにことわっておきたいのであるが、私は八一が新潟秋草堂の一室で本格的に揮毫するありさまをしっかり見たことがない。私みたいに、たまに出入して雑談ぐらいしかしなかった者には、遠慮しなければならない点が多く、そうしなければ、どうせ一喝を食らうはずだったので、せいぜいでのぞき見するぐらいなものであった。したがって、はたして八一がいつも右手で書いたものかどうかも知らない。しかし、両手を同じように使えた人だったのだから、誰も見ていないところでは、時として左手も使用されたのであろうと推測してみるのである。吉野秀雄『自註・寒蟬集』にも、「左ぎきの先生は左手で大根を俎に刻まれて」との描写があり、まず、まちがいあるまい。中田博士のごとく何度か八一の揮毫するさまを見られた方ですら「左手で字を書いてみられることが偶々あったそうである」と、養女の蘭さんに聞いたところを記されているほどで、私などは、さだめし、そうであったろうと思いやるだけのことである。そのため、八一の揮毫席が歿後、公開された時など、私はなんとも言えない感慨に浸らされたのを想起する。

「負け嫌い」（中田博士「先生の学術論文」）な八一であってみれば、人前では右利きのごとくふるまっていたものの、

ともかく、もともと左利きの八一が小学校入学と同時に無理矢理、右手で字を書かされたのであるから、そこにお

のずからなる八一式の佶屈《きっくつ》が生じ、それがえも言われぬ味わいを漂わせる。私は、この佶屈が八一の書において絶大な魅力をもたらしていることを指摘せずにいられない。

そうして、太平洋戦争時代までの会津八一は、自分の字に生じがちな佶屈を積極的に生かそうとする意識に乏しく、若い年代にはむしろ、そこからの脱却に努めたふしがある。北国・新潟から上京した田舎者らしさの窺われるゴツゴツした文字からの脱出、つまり瀟洒たる書への志向が感じられてならないのだが、まちがいであろうか。私は新潟市に隣接する市に生まれ育ち、長く暮らしたうえ、八一が早稲田大学を卒えてすぐ勤務した有恒学舎にほど近い上越市にも昭和十六年以来、多年住ませてもらってきたため、彼の若い時代の筆跡を実に多く見てきたと思う。のみならず、八一の東京時代の書についてもまた、故木村孝禅師がかつて所持されたものをはじめ、かなり見る機会に恵まれてきたので、ほぼその概況と推移を頭に描くことができるわけであるが、洗練された、颯爽たる書が彼の狙いであった時期は決して短くなかったはずである。それは八一が俳人であった年代と色濃く重なっているように思われる。

しかるに、彼の金石学が深まり、人間が熟するにつれ、その書もまた次第に変容したのは確かである。彼の好んだ「広開土王碑」をはじめとする古人の文字の影響が大きいのであろう。そうして、顕著な現象として、書そのもののみならぬ、書にかかわる知識の具備に努め、異常な神経質ぶりで人に笑われぬ作品を成就しようとした形跡が認められ、晩年にいたって初めてこの面における自由さが窺えるようになる。東京在住時代の八一の書は、かなり気取ったものであったとして支障なかろう。

これに対し、戦災に遭って新潟県北蒲原郡中条町の丹呉家に疎開寄寓した時からの八一の書は大きく変わってしまう。ほとんど一管の筆をもって家計を支えるほかなくなったためである（罹災翌日（四月十五日）付、増田徳兵衛氏宛はがきに「しかしながら何とかして当分は文墨にて口《くち》を糊《のり》し可申候」と記した）。着たきり雀の彼に人々の同情が寄せられたものの、それがいつまでも会津家の生活を助けてくれる道理もなく、東京時代の預金と早大の退職金等が敗戦による未曽有のインフレに耐えるはずがなかった。八一はたちまち、なんらかの方法で収入を図らねばならない境涯におちいり、知人の多い東京を離れた彼にとって、とりあえず書作品を売るほか手段がないのであった。著作による利益は社会がややおちついてからのもので、手っ取り早い方法はなんと言っても揮毫であった。しかし、時が時であり、住地が小さな町とて（当時）、それも容易でなく、焦燥の彼はやがて坂口献吉氏の提供してくれた夕刊ニヒガタ社々長の椅子を喜んで受け入れ、新潟市へと移住していく。定収入が大きな魅力であったし、己《おの》が書を望んでくれる人々もいくらかいるであろうと考えられたからである。

敗戦時、書が一家の生計のよりどころとなってしまった会津八一において、当然、この道にかける覚悟もまた変わらずにいなかった。東京在住時代の、言わば趣味によるものとわけが違う。そのためであろう、総じて越後退隠後の字は肉太となり、がっしりとしたものとなる。そうして佶屈が顕著となる。これは年齢的に人間としての円熟期に達したためであろうし、必死の思いの流露でもあろうし、とにかく腰のすわった、彼なりの完成である。東京時代と新潟退隠時代の書の差を、私は機会あるごとに指摘してきたつもりであるが、中田博士もまた同じように主張されている。部分的引用では読み取りにくくなってしまうが、たとえば「それとそれ以前との間に、一つ何となく、大きな溝があるようである」（「渾斎近墨とその後」）などと指摘されている。

新潟退隠時代の八一が自らの書のさらに一歩の前進を図った時、おそらく念頭にのぼった一点が、もともと左利きを克服しての右手による佶屈《きっくつ》気味だった書を、いっそう明らかに発揮することによる独特の書への到達であったことは、ほとんどまちがいあるまい。中田博士の用語によれば「歪曲、変態」また「奇矯」ということになるのであろうが、私はかねてから佶屈と表現させてもらっているので、適否をあやぶみながら自分流にそれを踏襲するわけである。

そうして、中田博士が「先生の書体の歪曲、変態は美の根本の必然に出来上がったものであって、変わった字を作り人を驚かそうなどという二義的なものではない」（「デフォルマシオン」）と説かれているのは、もっともながら、あえて卑見を加えるなら、やはり意識的に個性を発揮するうち、そうした境地へ到達されたものと考えてかまうまい。なぜならば、あるとき八一は私に向かって、こうした意味のことを語った。王羲之は偉大である。彼の字に魅せられて実に多数の後人がこれに倣った。顔真卿もまた、これに次ぐ人物であろう。されば、今頃になって王羲之や顔真卿をいかに学んだとて、彼等無数の上に出られるとは思えない。したがって、新しい書を開拓しようとするなら、いっそのこと、そうした先人達と別なところから出発するほかないわけで、すなおさからするならば王羲之あたりが最たるものであろうが、自分にはその道を行くつもりがないのだ、と。つまり、八一自身、「美の根本の必然」ということになれば、やはり王羲之の書あたりを思い描いたのであるまいかと推測されるからである。しかるに、そのコースがすでに無数の人々によって踏み尽くされ、「負け嫌い」（中田みづほ「先生の学術論文」）で誇り高き男であった八一にとって糟粕《そうはく》をなめるにしのびないものであったのみならず、自分の性格に合わず、しかも生来の左利きを無理に右利きに切り換えての技術的限界を感じていたための選択が佶屈――中田博士の形容される「歪曲、変態」「奇矯」（「神秘の謎」）の書であったのだと解されるのである。

八一にヒントを与えた、いくつかのうちの一が良寛の書であり、一が吉野秀雄氏の書であったことを私はほぼ断言できるように思う。これまた、ある日、彼の語ったところによれば、自分には長い間、良寛の偉さがわからなかった。そこで悪口もたたいたものだ。しかし、少し書を稽古してみるに、これ以上、形を変えれば、もはやその字でなくなってしまうだけの自由な姿の字をドシドシ書いて充分に美を感じさせる手腕はやはり大したものである、というのである。八一は戦災に遭って越後に遁れた直後の昭和二十年五月末、前年から企てていた（書信）良寛の遺蹟巡りを行っているが、他の目的もあったとは言え、すでにどれだけ和尚に強い関心を抱いていたか、よくわかる小旅行に違いない。そうして、どうやら、その際、森山家（西蒲原郡分水町当新田）で見せられた良寛の書作などから学ぶところが大いにあったものらしく、この先人に対する態度を改めたことを洩らしたのであったと理解される。書に限って述べるなら、「歪曲、変態」「奇矯」――佶屈の道に自信を抱き、今後の完成について期するところあったのであろう。この時から八一の佶屈の度は大いに深まっていった。

なおまた、ついでに触れておくならば八一の「楷書嫌い」（「楷書嫌いについて」等における中田博士の用語）もいっそう顕著となったようで、彼は良寛が法隆寺の古い仏像の銘などに迫る、みごとな楷書――特に細楷に到達していた事実を再確認し、この分野において良寛を超えがたいと認識せざるをえなかったらしい。

ともかく、敗戦のころから八一の書は、中田博士の、「書きはじめ右が上がっていると思うと、いつしか右下がりになり」（「神秘の謎」）とか「又書体も先生のいわれる通り、時には思いきってひん曲がることがある」（同上）とか「まさに倒れんとする字があり、馬の顔のように長いのもあれば、腰をひねって乙に気取ったような字もある」（同上）とか、いろいろに描いてみせられるような「奇矯」（同上）な字は、まずもって良寛に啓発されてのものであったと思う。

次に思い当たるのが、歌の門人、吉野秀雄氏の書の影響であって、これは容易に認めてもらえぬところに相違なかろうけれども、私の固く信じて疑わぬ観察の結果である。

吉野氏の直話によれば、光明皇后の「楽毅論」や伝嵯峨天皇の「李嶠詩」を学ばれたそうであるが、趣き深い、これまた佶屈の書をものされた、このすぐれた歌人は、書道史上にも名をとどめる資格をもつ書人であったと考えられる。そうした吉野氏の『寒蝉集』（昭和二十二年刊）前後の筆跡が八一に刺戟を与えなかった道理があるまいと指摘するわけで、八一はいよいよ佶屈の道を登っていく。

中田博士は会津八一の死後、その解剖に当たられた脳外科の世界的権威でいらっしゃるから、死者の「脳の中に（中略）却て書字には利となるほどの（補注「不随意運動症の」）小病巣を見つけ」（「神秘の謎」）られた旨、記されているのは、まちがいのないところであろう。したがって、そのために「書字の際、意識や計画なくして思わぬ歪曲や線条の変化に最上の武器となるという幸運が恵まれたのではなかったか」（同上）と言われれば、なるほど、そういうものか、と頷く一方で、また、ご本人の思いどおりに筆が運ばなかったとするならば、意外な失敗もしばしば生じたはずでなかろうか、という疑念も湧くのは止むをえまい。これを考慮するとして、新潟退隠時代の会津八一の書を総合するとき、やはり中田博士のご所見に服すべきものであろうと判断する。

中田説を裏づける事実として、八一の書における偶然性を採りあげずにいられない。彼は晩年にいたってもなお努力の人であった。いくらかなりと注意を払いながら彼の書作を見るならば、何人も、ときに八一の即席の書に遭遇し、その字の粗末さに一驚する機会をもつことであろう。もちろん悪筆をきわめる筆者などとは類を異にするとして、これが真に会津八一の揮筆かと目を疑いたくなる例がいろいろ残されている。つまり、八一は、貧しくて筆紙を所有せず、人に与えられるや、いきなり、みごとな書をのこすことの多かった良寛と大きく異なり、同じ文言を何度も何度も書いて初めて公表すべき一枚を獲得した刻苦の書家にほかならなかった。八一ほどの人物が何枚か書けばどうしても中にできのいいものが生ずるわけで、その間の事情を中田博士も詳しく記されている。

同じ字を書いても寸分違わぬということは殆どあり得ない。その字で意外に美しいところが出来るのも、困った字になってしまうことも。屡々《しばしば》意図に反することはある筈である。書人の力量と偶然とがうまく一緒になって傑作が出来上がるので、それがうまく行ったからといっても、二枚同じ出来に上がるというわけに行かないと思う。

特にすばらしい美しさは、要するにこの偶然の恵みがあった時であり、折角の美しさを一挙に壊すのもこの偶然である。

（「秋草道人書の線条」）

手っ取り早く言えば、書のできばえには偶然が大きく影響する、とのご趣旨であるはずで、確かに八一の書には偶然性が強く作用していた。

念のため、ここで会津八一の揮毫ぶりを略述してみよう。中田博士の随筆集中、「揮毫に接して」に、
あまり神経質にならないために、少しの酒でいい機嫌になられた上、筆をとられることもあったと思うが、常にはそういうことなく、いきなり書かれるようであった。しかし、よほどのいい条件でないと筆はとられなかった。

とあるのを誤解される読者もありうるだろうと思うので、この記録から少し説明しておきたいが、「常にはそういうことなく、いきなり書かれるようであった」といっても、決して、ただ一枚書いて仕上げたのでなく、くり返し書いて、その中の一点を人に示すのが例であるから、「いきなり書かれる」とは、いきなり書き始める、との意に近いわけである。しかも、それは「よほどのいい条件でないと」行われない行為なのであってみれば、ほとんどの場合、もっと面倒な手順を要した。

八一は、おびただしい数の「様本」を手ずからつくり、使用していた。いわゆる粉本のことで、「墨場必携」と呼んでみた方がわかりやすいかもしれない。本人の死後、その一部が中田博士に届けられたそうであるが（「様本」）、われわれは今日、会津八一記念館でこれを何冊も見ることができる。本格的揮毫に着手しようとする時、もちろん八一はこれを披見して参考することがあったが、それは書き慣れない文言における場合が多く、彼のように、しばしば同じ文字を書いた人物にあっては、もはや「様本」に頼る要のないこともしばしばであった。そうした揮筆を中田博士が「いきなり書かれるようであった」と表現されたわけである。

八一は毛氈の敷かれた揮毫用の机に展べられた紙を眺めながら、しばし文字の配置、形態等について沈思する。そうした彼の姿が撮影され、たとえば『会津八一墨蹟集』（宮川寅雄編・新潟日報事業社）の口絵写真に利用されている。『秋草道人の書』（中央公論美術出版）も同じい。

やおら筆を執って書き始めるが、書き慣れない文言のときは特に、まず字の形と位置とを決めるために軽い気持ちで一枚、試験的に書いてみるのである。その際、署名もすることが多かった。押印までしてみる場合もあったようである。短か過ぎる画に気づけば加筆して伸ばし、細過ぎた線があれば、これまた太く直し、といった工夫が当然施される。続いて二枚目が書かれ、さらに必要な修正が加えられ、三枚、四枚と練られていくのが常で、ときとして何十枚も試みられる。そうした精進のさまがまた幸い撮影され、たとえば『会津八一遺宝』（渡辺秀英監修・新潟日報事業社）の口絵写真に利用されているが、その写真には明らかに同一文字の作品が五枚写され、うち四枚に署名も行われ、うしろに掲げられた一枚には印も捺されているのに、どうやら作者は満足できず、むしろ眼前の三枚中に選択の目を注いでいるように見られるのである。いっしょに写された、違う文言の書らしきものも、みな、それぞれ何枚、もしくは十枚以上、書かれているさまがわかり、メチャクチャに墨の塗られた反故も確認できる。私はチラリとのぞき見することしかできなかったが、正にこれが会津八一という書家の書きざまであった。しかも、今指摘してみた写真は明らかに晩年の、円熟し切った八一の揮毫ぶりを伝えるもので、凄まじく精進を重ねていた新潟移住直後の彼には、何十枚中一点を得る場合がきわめて多かった。今に伝わる、ほおえましい逸話が生まれたのもそのころのことである。

ある社長が八一の名を慕って揮毫を依頼し、できたから、との連絡を受けて秋草堂に赴いたものの、謝礼すべき金額の大きさに驚きあわて、思わず「先生、いかになんでも高過ぎませんか」となじったところ、「これを見ろ！」と八一が押入をあけると、そこに何十枚とも知れぬ書き損じが入っている。社長は平身低頭、自己の不明を詫びて要求どおりの礼金を置いて辞去した、というものである。私はすでに新潟秋草堂の家作をも忘れてしまい、表現が不正確であろうが、ほぼ、このような話が伝承されているほど会津八一は書に苦心したわけで、彼の「日記」を見ても、「昨日の揮毫を見るに墨汁稍々《しょうしょう》、うすく文字の布置も面白からぬもの数葉あり。依て朝から午後へかけて書き直しに一日を費す。やうやくいくらかよくなれり。」（昭和二十六年二月十八日）といった調子である。印を一つ捺すにも神経を費やし、しかも、ときどき失敗したりした。ともすると、これまた中田博士が教えられた「不随意運動症」とかかわる現象かも知れないが、元来の左利きらしく、左手で懸命に押印しているさまを、たとえば安藤更生著『書豪会津八一』の口絵写真が如実に伝えている。それにしても、あまり人に見せたくないはずの場面を、八一がよく撮影させたもので、貴重な写真としてかまわないのであるまいか。

今日、世に伝わる会津八一の書作品の数がどれだけのものか、私は知るすべをもたない。ただ、決して少量にとどまらないことだけは確実である。そうして、それら発表された一点々々の裏に、その何倍かの字が反故として消えていったのだと思うと、書家・八一の精進ぶりに敬意を払わざるをえない。しかも、当然ながら、八一が人に手渡した完成作品だけがすぐれた書であったはずもなく、彼ほどの人の審美眼に大きな誤りがあったとは思わないものの、ときとして、他人が見たら最上の作とする作品までがひそかに処分されてしまった場合すらなしとすまい。すくなくとも、甲乙つけがたい優作も往々にして抹殺されていったわけである。

こうして、八一の揮筆した多数の書の大半が反故とされてしまったのであったが、そうした大量の反故のたどった運命はどのようなものであったのだろう。それは決して一様でないらしい。もちろん原則として廃棄処分されたわけで、新潟秋草堂時代、主として養女により行われた。しかし、いつも蘭さんによって処理されたかと言えば、それは必ずしもそうでなかった。現に私も会津家の雑役にいくらか当たった一人として、おそらくただ二度だけだったと思うのだが、少量の廃棄を言いつかった思い出をもち、そうした際、目にした反故によって上述のような八一の揮毫ぶりを知ることができたのである。しかも、処分の方法についてまで指示された覚えがない。つまり、事実上、持ち帰ろうがどう扱おうが、私の思いどおりにできたはずであるが、若者の潔癖さからも私は悉くそれを抹殺した。

私の直接聞いた限りでは、故斎藤三郎氏（一九一三―一九八一・陶芸家）もまた書き反故の始末を頼まれたことがあったそうである。但し、その回数などまでは承らなかったように思われる。氏がそれを私達何人かを相手に語られたのが、ふしぎにも昭和五十六年三月二十六日、堀口大学先生（一八九二―一九八一・詩人・フランス文学者）の葉山町葬に参列し、堀口家のご家族と夕食を共にしての帰途、横須賀線の電車の中においてであった。そうした時に、なにゆえ斎藤氏が堀口先生ならぬ会津八一について、しきりに語られたか、さっき、ふしぎにもと記しながら、内実、私には痛いほど、よくわかっていた。つまり、亡くなられたばかりの堀口先生に触れる話は辛過ぎるものだったため、わざと話題をすりかえられていたわけで、それがかえって私のみならぬ聞き手の心を打った。今なお心にとどめられる方もいられることと思う。氏の追憶談は大要、次のごときものであったはずである。

自分が戦後、復員して兄（故泰禅師）を頼り、当時、彼が住職だった上越市高田の久昌寺境内に窯を築いて陶業を始めたころ、しばらくはひどい貧乏暮らしで、遠くまで出向きたい用件があっても、旅費がなかった。仕方がないから、まず新潟の秋草堂へ寄ると、苦労人の会津先生は、すでにしたためられてある色紙・短冊を二枚くださる。しかも、目下おれの字をほしがっているのが市内のどこに住む、なんという男だ、というふうに、ひとり言のように教えて手渡されるのであった。そこで自分はその人物を訪ねて先生の小品を買ってもらい、その金で旅に出たものだった。万事この調子でお世話になったのだから、会津家に足を向けて寝られない身の上である。

この懐旧談は真実を述べられたもので、斎藤氏と私とは、実に新潟秋草堂で知り合った間柄であったから、私に隠し立てをしても仕方ないことを充分ご承知で、車中、直接には私に向かって大声で語られたのであった。知る人ぞ知る、斎藤氏が若者だったころ、富本憲吉氏（一八八六―一九六三）の下で働いていられた時期があったところから、富本氏と交わりのあった八一がこれを保護したわけである。この話のついでに、ときたま会津家の雑役に当たっていた私に共通する思い出として、自分もまた、いくらかの手伝いを頼まれ、確か墨を磨らされたことなどはないが、書き損じの始末を言いつかって、というふうに、なつかしそうに、むしろ自らの壮時を楽しむかのごとく語られたのであった。

ともあれ、白面の青年だった私のみならず、斎藤三郎氏あたりまでが反故の処分を依頼されたからには、おそらく他にも同じように廃棄に従事した人がいられるはずであろう。それだけ多くの反故が生じていたということでもあって、ことに新潟移住直後、会津八一の書における精進は全く一通りのものでなかった。

それにしても、そうした反故の中に、かえって気取らず、のびのびとした、さまざまな字形の、味深い書が多く加わっていたのはまちがいないところで、惜しいと言えば惜しい処分であった。上記『会津八一遺宝』の口絵写真でも察せられるとおり、署名捺印ずみの、客観的には全く完成した作品まで時として廃棄の憂き目に遭ったのであるから、なんとも痛ましい措置である。

とは言え、多年、越後に住む私の目に、ふしぎにも会津八一が廃棄するはずであったに違いない反故のいくらかが生き残っていて、ときたま去来するのであるから、おもしろいではないか。なにゆえ書き反故とわかるか。一目明瞭な加筆修正が施されているためであって、そうしたものを八一が人に手渡したとは考えがたいわけである。実は、そういうことのない、ちょっと見には完成作品として充分通用する書がかなり世に布かれていて、その理由もほぼ説明できるのであるが、合わせれば、ある程度の数量に達するはずである。人によって見解が異なるであろうが、ただ二度にしても、とにかく反故の廃棄に当たったことのある者として、りっぱな書作の抹殺を惜しむ情深く、したがって私は反故のかすかな残存をむしろ喜びたい。八一の書の完成過程を教えてもらえるだけでありがたいと思うのである。すくなくとも私にとって、それらはいろいろな内情を示してくれる貴重な資料にほかならない。

このように記すと、あるいは事の意外に驚かれる読者もいられるやも知れないけれども、反故の世界にまで範囲を広げるとなると、会津八一の書の真偽の判定も非常にむずかしい仕事となるのであって、筆舌に尽くしがたい微妙な問題が実際には存在するのであり、白内症が進行中の私などの見分けうるところは知れたものである。ほんとうはなにものも恐れることなく勉強しなければ真に八一の書法を知るところまで参入できないはずなのだと思う。結局、虎穴にまでも踏み込んでトコトンまで学ぶ人は稀有なのであろう。すくなくとも私ごときには到達の至難な余地が残されていて、切歯しながら諦めざるをえないように思われる。

いたしかたなく、私は今、自分としての開き直った方法で会津八一の書に対することとしている。こう言うと、何か、よほど特別な手段を模索しつつあるかのごとく聞こえるかも知らないが、実は最も平凡陳腐なもので、ただ無心に眺め入って、不自然な書は排す、というだけのことにすぎない。しかし、結構これで偽作をあらかた看破できそうな気もしてくる。現に先日、人の持ち込んだ功妙な偽物を見破ることができた（吉野秀雄氏も同じようなことを「秋草道人の偽筆」（「新潟日報」昭和三十三年七月十一日号）に述べていられる）。

想えば、この無心に接する、という、ひどく簡単そうでいて、その実、必ずしも容易でない観賞吟味の道を教えてくださったのは故鎌倉芳太郎先生（一八九九―一九八三。美術史家。人間国宝）であった。先生の思い出を記す機会はかつてなかったが、一介の万葉学徒たる私が方面を異にする鎌倉先生にめぐり会えたのには、おもしろい事情があった。

二十年ばかりも前のことながら、先生が私の住む市に当時、存在した大学（分校）の集中講義にいらっしゃり、池大雅について説かれる上から、大雅の作品の用意を私のお世話になったK教授に依頼された。そこでK教授が私に白羽の矢を立てられ、所有するならば借りたいと申し入れられたので、私は喜んで数点の大雅の画および書をお届けしてみたのであった。これが縁でお目にかかれたわけで、その際、君の大雅は真作であった。失礼ながら、まだ若い身で、田舎に住みながら、これだけ確かな品を所持するとは驚くほかない。思うに、君が専攻を異にするゆえに、なんの欲ももたず、趣味に任せて書画に接してきたためであろう。今後とも無心に作品に対するように。さすれば、まず大過なく真偽を見分けて行けるであろう、という趣旨のご教導があり、以来、私ごとき門外者を、美術を解する者として待遇してくださったのだから、まことに過分な幸せであった。先生はまた、この教えを身をもって実践して見せてもくださったのであって、茅屋においでくださるや、懸けてお迎えした浦上玉堂の一軸に、「いいなあ、いいなあ」を連発しながら浅酌、時を過ごされてなお、他にお心の移るようすがなかった。こうした鎌倉式にあやかったなら、あるいは会津八一の筆跡もまた真の姿を見せてくれるやも知れぬ、と私は今、縋《すが》る思いで故鎌倉先生のご遺法を奉じているだけである。

会津八一の書の偽作を私は彼の在世中から見てきたが、近年めっきり数が増している。今からしっかり勉強を積んでおかなければ、そのうち八一の書の何たるかを見失うおそれも生じかねまい。

付記　昭和五十一年に出版された『中田みづほ随筆集』を私は借読しただけで所有せず、平成元年に出た『会津八一と私――中田みづほ随筆集より』によって引用させていただいた。副題は長くなるのを恐れて前者によらせていただいた。

〔講演記録〕

回想の吉野秀雄先生

ただ今ご紹介いただきました伊丹という者でございます。

私が僅かながらも、これからお話申しあげたい故吉野秀雄先生（一九〇二―一九六七）の知遇を受けるに至りました動機は、残念ながら今となりましては、あまりに年月が流れすぎ、記憶がおぼろげとなってしまいまして、明確ではありません。しかし、会津八一先生を何等かの意味で介したものであったことだけは確かであります。

私は新潟市の南に連なる白根《しろね》市に生まれ育ち、昭和二十二年春から教員として市の中心部にある中学校に勤めました関係上、独身ののんきさから、隣接の市たる新潟市へ日曜祭日など、のべつまくなしに出かけましたが、そうしたとき、佐久間書店の店頭などで、さかんに学芸を論じている人品いやしからぬ老人を見かけ、その話を傾聴するようになりました。それが敗戦直前、東京で戦火にあい、養女・きい子さんと郷国・越後の北蒲原《きたかんばら》郡中条《なかじょう》町の親類、丹呉《たんご》家を頼り、やがて、きい子さんを病のため失って新潟に移られた会津先生だったわけで、初めて謦咳に接したのは、厳密に言うなら新潟へ移られる直前だったはずでございます。

以来、学は古今にわたり東西にまたがる、この先生にすっかり魅惑され、よくはわからぬながらも、しんけんに教えを受けようと努めました私を、八一先生もけっこう、かわいがってくれました。幸い私はすでに『万葉集』を中心とする、わが国の古典をいくらか学んでいましたから、新潟という、あまり大きくなかった町に隠退して、語るに足る人物をえられずに寂しがっていた先生にとって、どうやら、がまんできる話相手の一人であったらしいのであります。

このようにして身近に接するようになりました会津八一のよく口にする人名の一つに、「吉野秀雄」という歌人がありました。会津先生は、「吉野が」「吉野が」と呼び捨てにしていたわけであります。

さて、その吉野秀雄という人物がいよいよ痛切に私に印象づけられましたのは、敗戦直後として目をみはるべき豪華な装いで生まれ出ました文芸雑誌「創元」の創刊号――昭和二十一年一月――に発表された「短歌百余章」のためでありましたけれども、貧しい書生の身にはこの雑誌がなかなか買えませず、店頭で立ち読みして吉野先生の思いがけない力量に敬服していたものでありました。

やがて、それをも含めた名歌集『寒蝉集《かんせんしゅう》』が、十月、創元社から刊行され、著者をして一躍、天下の大歌人としたわけでありますが、さすがに、この歌集だけはなんとしても求めなければなるまいと、無理をして一本を購《あがな》い、愛読して今日に及んでおります。

吉野先生との直接のつながりが生じたのは、『寒蝉集』が出て、やがてでありました。

それにいたしましても、じかにお会いできたのが、いつであったか、はっきり思い出せません。しかし、どうやら昭和二十六年以後のことであったようでございまして、その証拠としては、会津先生が社長でいらした「夕刊ニイガタ」二十六年三月十七・十八日号に吉野先生の「伊丹君の万葉研究について」(『吉野秀雄全集・第九巻』所収)という文章が載りましたが、その冒頭に、「まだ一度も直接会ふ機会のないわたしではあるが」と記されているのであります。ひどい健忘症の私の記憶など、どうしようもありませんから、今この吉野先生の記述に頼るほか、なかろうと思います。

しかるに、二十六年八月のある日、五十歳の先生はわざわざ白根まで、やってきてくださいました。角川文庫『吉野秀雄歌集』の「年譜」に、「八月、新潟県高田・柏崎・新津・新潟(秋草道人を訪ひ、良寛詩の講義を聴く)・白根を旅す」とある旅のことでございます。

学校の夏休み中のこととて、下宿でボンヤリ休んでいましたところへ、これから行くからとの電報が届き、心待ちしておりますと、やがて「伊丹さーん、伊丹さんはいないか！」と大声でどなる声が聞こえ始めました。驚いて門の外へ出てみますと、白っぽい夏服の上着を肩にひっかけた吉野先生が、まだ舗装されていなかった砂利道の、雨で水たまりだらけのところへ、ドサリと倒れ、やっと起き、また倒れ、という、ひどい酔いっぷりで、やってこられたのであります。走り寄って、「いったい、どうなさったのですか」と抱くようにして自分の部屋へ導き、休んでもらいますと、

「実はきょう新潟で会津先生その他の人々と酒をご馳走になったところ、自分が意地汚なく飲み続けるのにゴウを煮やした先生が、『コラ、吉野、きさまはいい齢《とし》して、まだ、そんな飲みかたしかできんのか』と大喝された。叱られてみれば、なるほど、おっしゃるとおりだと思う。私ももう五十、もっと大人にならねばならんのに、先生にどなられるまで酒を切り上げられない始末だ、と思うと、自分で自分が情なく、どこにこの怒りをぶちまけてみようもないから、迷惑ながら慰めてもらおうと急にやってきた次第。どうぞ、よろしく」

とのごあいさつに、なんとお答えしていいものか、わかりませんでした。この事情は『吉野全集』の会津先生を偲んだ二・三の文章中にも記されております。

私の数え年は昭和の年号と同じですから、そのとき、まだ二十六歳、独身で下宿暮らしだったわけですが、寺が宿でしたため、広く、いい部屋を二つか三つ与えられており、先生にゆっくり、くつろいでいただけたのは幸いでした。

確か、さっそく一眠りされたはずです。

なにしろ服が泥だらけで、手入れの必要がありましたので、とりあえず私の衣類を利用していただき、洗濯屋に頼

んで、どうやら見苦しくないようにしてもらいました。

白根という土地は新潟平野のまん中みたいな土地ですから、米のおいしさもさることながら、くだものの産地でもございまして、モモとかブドウとかナシとかの新鮮なくだものをお目覚めの先生に食べていただいた記憶があります。

なにしろ、「当分、酒をつつしみましょう」とのことでしたので、すべて甘党なみの、おもてなしとなったわけですが、酒なしの夕食をすまされると、私の案内で、「夕刊ニイガタ」の歌壇にセッセと力作を投稿していられた川口信夫氏、それから福原夏子さんを訪ねられました。その帰途、先生と私と福原さんの三人だったような気がするのですけれども、笹周《ささしゅう》という喫茶店でアズキの入った、名物のアイスクリームなどを、けっこうおいしそうに口にされながら歌を語り人を評されたのであります。自分を尊信する人間だけに囲まれての一刻《ひととき》ですから、すっかり心を開かれたのに違いありません。

しばらくして私と宿にもどられたのでありますが、そのとき、よまれた即興の歌が二首、幸いにも私のメモ帳に残り、昨年発表されました『妻として母として』と題する福原さんの歌集の巻頭に注づきで収めさせていただいておりますので、ちょっと引かせていただきましょう。

序歌　　　　吉野　秀雄

さにづらふ越後乙女と見るまでに君うるはしくわれを迎ふる
あどけなき歌よむ君と語らへば歌のままなる人にしありけり
（以下に編者の注があるが、略す）

なおついでながら、川口信夫氏はやがて作歌をフッツリ止められましたけれども、その作品が吉野先生のご著書、『短歌とは何か』中に取り上げられていますので書き添えておきます。

今にして想えば昭和二十六年のころには、もう、かなり打ちとけた、おつき合いをいただいていたことが明らかであります。

その後のことを一々ここで述べたてるわけにまいりませんから、おゆるしいただきますが、私が吉野先生のご生前、鎌倉のお宅を訪ねたのは、前後ほんの数回であったはずであります。隣の市に会津先生が昭和三十一年までご生存でしたので、吉野家のごようすは会津先生を通じてだけでも、かなり承ることができたのでありました。その便を失ってからも、いろんな方々から、おうわさを聞けましたので、いつも、だいたいを知ることができたのであります。

会津先生がお亡くなりになり、吉野先生が病床に親しまれるようになってからでも、まれにはお訪ねすることができましたし、ご消息を聞く手段もけっこうございました。

まれにお訪ねすれば、妻のためにまで扇に歌を書いてくださったりして、恐縮してしまうのが常でした。

それにいたしましても、私の吉野先生に対する傾倒ぶりには、はなはだ不徹底のものがありまして、今日なお良心の呵責を受けずにいられません。と申しますのは、私が作歌を志す人間でなく、ただ古い歌を好み、学んでまいりましたため、どうしても、いわゆる学者の方々との交わりに追われ、歌人・吉野先生に心身を傾けて接するだけの余裕をもてなかったわけでございます。したがって、私ごときがこうして先生を語るのは僭越きわまる、しわざにほかなりませず、冷汗三斗の思いでここに立っている次第であります。

そうこうするうち先生ご逝去の昭和四十二年が回ってきたのでありますが、先生の病い重しと聞きましては、怠け者の私もさすがに気が気でなく、家族を引き連れて鎌倉へお見舞に出かけました。『吉野全集』所収の「日記」三月

三十日の条に、

〇夜に入りて越後白根の伊丹末雄氏見舞に来り、玄関にて去る。その後小品二点とみ子に届けさす。宿は長沢屋ときけたればなり。

とあるのがすなわち、これであります。もちろん先生はこのとき、すでに重態で、それゆえ「玄関にて去る」ということになったのでありますが、また一方、「宿は長沢屋ときたればなり」とも記されておりますごとく、私の声はすべてご臥床の先生に届き、先生の別れのおことばも耳にすることができたのでありました。なんの心残りもございません。しかも、先生ご存命中の訪問もこれきりであろうと思われましたので、玄関前の、先生が何度となく踏み歩かれたであろう小石を一つ記念のため頂戴して帰ったのでございました。今なお書斎に置いて先生を偲ぶよすがとしております。さて、「日記」のとおり、夫人がその夜の宿まで追いかけて来られ、「主人の最近の字をお持ち帰りください。主人はもう字は書けないだろうから、形見としてお持ち帰り願いたい、と言っていました」とおっしゃるが、かんたんに、いただくわけにまいりません。「私には、もったいなさすぎます。もっと、しかるべき方にさしあげてくださいと、くり返し辞退してみたのですけれども、「それでは私が叱られますから」とのことで、ついにありがたく、いただいて帰りました。教え子の一人に表具を頼み、ご命日ごとに掲げて供養申しあげているのが、自作の短歌をしたためられた、このときの二点でございます。私がお伺いしたのち、もはや先生に揮毫を楽しまれる機会があったとも思えませんから、私の頂戴した二枚がおそらく吉野先生の絶筆に近いお作でありましょう。私は昭和二十年代の吉野先生の書風を好み、晩年の肉太の字をそれほど好かないのでありますが、さすがに最後の文字は枯れて、りっぱなものだと思います。

先生のご逝去後も、吉野家との、おつきあいはそのまま続いておりまして、夫人がご生地である新潟県の高田、つまり私の住む市へいらっしゃったことが、私のお供しただけで二度もあります。数年前には夫人のお姉さまもまた、おいでになり、市内をご案内することもできました。

もう、さっき申し述べましたように、私は和歌の実作を志す者でありませず、ただ『万葉集』をはじめとする古代の和歌を学んできた者にほかなりません。そのため吉野先生との関係がそれほど深まらずに終わったわけでありますが、それにしても、まれにお会いする度に『万葉集』を中心として、いろいろ熱心にお尋ねくださったことをなつかしく記憶いたします。

先生が慶応大学の経済学部をご病気のため中途退学されたのは人の知るところで、創立百年祭に際して卒業生に準じた扱いを受けられたようでありました。そのときの短歌が『含紅集《がんこう》』に収められています。

慶應義塾百年祭に歌を乞はれて

上毛《かみつけ》の鄙より出でて福翁が絵像《えぞう》仰ぎし日を忘れめや

図書館の垣に沈丁《ぢんちょう》咲くころは恋も試験も苦しかりにき

そうして「経済学は断念し、方針を変へてこれより以後国文学の独修に励み」（角川文庫本『吉野秀雄歌集』年譜）ということになるのでありますが、会津八一・松岡静雄・田辺松坡《しょうは》といった方々について学ばれたのですから、決して単なる「独修」でなどなく、和歌はもちろん、「上代文学・言語学」それから漢学に通じていられたわけで、それなればこそ昭和二十一年四月から二十五年三月の廃校に至るまで「鎌倉アカデミア文学部の教師」として数多くの英才たちに深い影響を与えられたのでありました。

だがしかし、ともすると先生はご自分の学識に絶えず不安をもっていらっしゃたのかもしれません。良心的な人ほど、えてして、そういうものでございます。しかるに、戦後の先生はすでに著名人でいらっしゃいました。いまさら人にものを尋ねるのが、なんとなく、おもはゆかったのではないでしょうか。その点私ならば全く無名の田舎住まいの青年でありますゆえ、かえって、ものを尋ねやすかったのでございましょう。原因は不明ながら、とにかく時間を惜しんで質問してくださいました。夫人がおそばにいられるときには、そういうことが少なく、立ち去られるとドシドシ問いを発するのが常でございましたが、あるいは先生のほおえましいミエのせいなのかもしれません。

もちろん、『万葉集』についてのお尋ねが多かったわけで、私がどうやら、お答えできるのもまた『万葉集』関係ぐらいのものであります。万葉学における術語とか、新しく開拓された部面とか、をご説明申しあげたような気がいたします。

他面、私もまた当然、恩恵をこうむったのでございまして、もう引かせてもらいました「伊丹君の万葉研究について」という先生のご文章をもしお読みくだされば、よく、おわかりのとおり、『万葉集』のまだ、うまく読めない歌の読みかたを少しずつ調べていました若いころ、自分の到達した読みかたが、はたして芸術的にどの程度のものか判断していただこうと、何回か先生をわずらわしました。ですから、後年『万葉集難訓考』として公刊いたしました、ささやかな研究の上で、先生のお助けくださった点は必ずしも小さくなかったのであります。

たとえば、巻一・九番の歌の私の読みかた、つまり訓について述べてみますならば、私は「莫囂円隣《ばくごうえんりん》之《し》・大相七兄《たいそうしちけい》爪湯《そうとう》気《き》」と書かれている上《かみ》二《に》句《く》を、「ユフヅキノ・カゲフミテユケ」としようか、「カゲフミテタツ」としようか、すっかり迷ってしまい、両方を温存したのでありますが、先生は断乎としてユケを支持され、その理由をいかにも歌人らしく直截に述べてくださいました。しかるに私はついに吉野説に忠実でなかったのでございますけれども、しかし先生のお気持は痛いほど、よくわかりました。ユケを捨て去ることだけはしなかったのも、つまり先生のご意見を重視したからにほかなりません。学問といいましても、結局は、それに従事する人間の性格ないし感覚から流れ出るものでございましょう。

ただ今も触れましたとおり、人には生まれながらの好みがありまして、はなはだ口はばったい申し分ながら、和歌に関する限り、私の感覚はふしぎに先生のそれに近かったようでございます。それが二人をしっかり結びつけてくれた最大のキズナでありました。先生のよしとされる歌はほとんど私のような者にもそう文句なしに思えるものであり、先生のきらわれる作品もまた、ほぼ私の好まないところのものであったのでございます。たとえば河出書房版『万葉集講座・第一巻』において試みられた選歌も批評も、私にとって何一つ異議をさしはさむ必要を感じないほど共感できる、お仕事であります。

『万葉集』以外でも、先生・私ともに源実朝を尊重し、吉野先生は実朝研究史上、決して忘れてならない「鶴岡《つるがおか》」という雑誌の源実朝号を昭和十七年八月に出すために大いに尽力されたほどでありますし、私もまた三十二年八月に『実朝《さねとも》秀歌《しゅうか》』というガリ版刷の小著をつくっている始末であります。しかも題字が吉野先生によるものですから、おもしろい組合せでございましょう。実は私が『実朝秀歌』を書きました時、「出版の交渉を自分にまかせてみないか」と言ってくださったのでありましたが、なにしろ、その原稿がいいところ半月ばかりで書かれたシロモノであったため、気がひけまして、どうにも、おことばに甘えるわけにいかなかった次第でございます。それではどうして、そんなに大急ぎで書かれたのかと申しますならば、「序」の初めに、「昨年の末、私は両足に火傷を負い、身心の苦痛から、当時着手したばかりの良寛の研究を続行することが、できなかったので、回復するまでの一二箇月を利用して、軽い仕事を一つだけやろうと思い立った。本書成立の原因である」と記しましたので、ただちにご了解いただけましょう。

これでは、まさに著者としてジクジたるものを覚えるわけでございます。したがい、ほんの少部数だけ刷り、しかるべき方々にさしあげてみますと、夢想だにしなかった好評をいただき、たとえば日本古典文学大系本の『山家集《さんか》・金槐集《きんかい》』などに過分の扱いを受けているのであります。

うっかり、よけいなことまで申し述べてしまいましたが、先生もまた良寛が好きでございまして、先生には世間周知のみごとなご本が何冊かありますし、私もまた近年『良寛—寂寥《せきりょう》の人』『書人良寛—その生涯と書風』という二冊を発表してしまいました。もしご在世当時でありましたら、まちがいなく苦笑される性質の小著でございます。

その程度の良寛党にすぎない私を、どうやら吉野先生は、ただ越後人であるということだけで、買いかぶられたようでございまして、あるとき、

遅魯咄拙頑漫迂遅愚鈍《ちーろとっせつがんまんうーちぐーどん》君がごときはわが恋ひやまず

という良書讃仰歌をしたためて送ってくださいましたが、なんでも、先生から見て、良寛という人を理解している人に敬意を込めて進呈するのだから、というような、お話で、私のような俗物を大いに誤解してくださったことを知ったのでございます。

そんなわけで、会津先生をめぐる話を除くとしても、『万葉集』以下、話題はけっこう、いろいろとありました。話題といえば、私は今なお、ひどい金釘《かなくぎ》流で、毛筆を手にすることなど、めったにない男でありますのに、どういうわけか、人のすぐれた筆跡を見るのは大好きですので、先生のお話が書に及ぶ場合もありました。吉野先生のご名筆は、夫人のご苦心に成った『吉野秀雄書』という書物によって天下熟知ですから、説明を要さないわけでございま

すが、「自分は性分から光明皇后や嵯峨天皇の字が好きだから、病床で習っています」と語られたことがありました。「楽毅論」とか「李嶠詩」とかを指されたのでありましょう。厳密にいえば「楽毅論」がはたして光明皇后のご自筆かどうか疑問だそうですし、嵯峨天皇の確実なご筆跡としては「光定戒牒《こうじょうかいちょう》」しか伝来していないのだそうですから、ともすると吉野先生がお習いになったものは光明皇后でもなければ嵯峨天皇でもないかもしれないわけであります。しかし、それは、この際どうでもいい問題でありまして、そうした性質の書を好まれ、かつ学ばれた、ということだけがたいせつな事実でございます。

つまり、流麗な書でなく、いくらか佶屈な字を喜ばれた、と推測できます。これはご本人の性格からそうなるわけで、古武士を偲ばせた先生にふさわしい好みでありましょう。

ご承知のとおり、会津八一先生の字もまことに、りっぱで魅力的ですが、どちらかといえば滑らかでないと思います。だとすれば、師弟そろって男性的な字を書かれたわけで、比べれば吉野先生の方がいっそうゴツゴツして見えます。短歌と同じことでございます。

それにいたしましても、容貌厳しかった会津先生があくまで滑らかな歌をよみ、ずっと、やさしげに見えた吉野先生が必ずしも滑らかでない歌と書を遺された事実を、どのように考えたらいいものでありましょうか。

私は吉野先生が会津先生に師事できた因縁をはなはだ羨しくも思いますが、また一面、非常に辛くいらっしゃったことであろうと、お察しする者でございます。なぜならば、会津先生ほどの稀代の傑物に対抗しなければならなかったわけですから、容易な努力で接触できたはずがないのでありまして、かすかに会津先生に接してみることのできた私などは、ご苦心のほどを思いやらずにいられません。実際、なみたいていなことで傍《かたわら》にいられる相手ではなかったのであります。

当然、吉野先生は多少の無理も冒さなければならなかった。だいいち、ものまねをゆるす会津先生でなど、なかったのであります。いつか私に向かい、「伝統的な書など、いくら、がんばって書いても、えらい奴がどっさりいて、頭角をあらわせる道理がなかったから、おれは人の意表を突く字を書いたんだ」という意味の述懐をされていましたが、そうした豪傑と相対《あいたい》さなければならなかった吉野先生の苦しみを思いやる必要があるはずです。吉野秀雄の歌も書も、そこから、負けずに湧いたものでございました。私たちもまた、そのつもりで味わい、評価しなければならないはずであります。

会津先生があるとき、「いよいよとなると、吉野ですら歌の声調というものを解さない」と嘆きました。しかし、吉野先生の方からするなら、会津調のよみかたをすれば、師の糟粕《そうはく》をなめることになりかねないことになってしまうのではないでしょうか。

また繰り返しになりますが、あるとき、

「おれは歌においてはまだ吉野ごときに、おくれをとるつもりはないが書において、残念ながら吉野に越されてしまったと思う。今の人々がおれの書を吉野の上に置いてくれるとしても、後の世の人々は、きっと逆に吉野の書をおれの上に置くことだろう。」

と告白されましたが、つまり、意外に神経質な会津先生の側には、やはり一種の対抗意識があったわけで、師匠の方でさえこれですから、当然、吉野先生の方には、より以上、気を使わねばならない点があったはずでございましょう。まるで、親子ほどの年齢の差がありましたし、吉野先生と私などはそんな緊張状態など生じてみようもない、淡く自由な関係で終わったのでありましたから、そういう意味では、まことに幸いでした。

陶磁器などにいたるまで楽しく話を交わした思い出がございまして、吉野家にほど近い、鎌倉の若宮小路《わかみやこうじ》に何軒かある道具屋の一つで買ったばかりの瀬戸物を、そのまま、さしあげたことさえありました。もとより先生のご希望にによってでございます。

しかし、いくら、ふしぎにウマが合ったとしても、いつもまことに気持よく接していただけましたのは、第一に先生が私みたいな若僧をバカにせず、努めて待遇してくださったおかげでございまして、今、想起いたしましても、まことに感謝にたえません。こうした先生の度量が人を引きつけたこと、もちろんで、たとえば白根市の生原《いけはら》明人さんとつれ立って、お訪ねいたした際、初対面の青年、生原氏をあたたかく、もてなしてくださったため、氏がすっかり吉野先生に心酔してしまい、次にお訪ねしました久松潜一先生に不満を抱かれ、私をてこずらせたことがございました。どうやら老久松先生のお話の不明瞭さが、生原氏にとって苦手だったようであります。とにかく吉野先生は、いかにも、男らしく、ハキハキした言動で、独特な魅力の持主でいらっしゃいました。

「歌はリンリンと充実した心で、よまねばならぬ」とは、今日もはや広く知られている先生の口癖でございましたし、私はついにお聞きしませんでしたけれども、鎌倉アカデミアで吉野先生の教えを受けた小説家、山口瞳氏によれば「マグワイをしろ」とも、しきりに言われたそうです。おもしろい方でございました。

いつでありましたか、先生にお金をお届けすべき用が出来《しゅったい》し、郵送したつもりでいましたところ、お便りがありまして「封筒の中に金は入っていなかったぞ」ということでありました。すぐに気がついて粗忽を詫び、送金しなおさせていただきましたが、あるいは、なんでもないこととする方もいらっしゃいましょうけれども、私には先生の素直さが、ひどく快く感じられたのであります。

とにかく、先生にまつわる思い出を辿ってみますに、先生はどこまでも男らしい方でいらっしゃったのであります。

長坂吉和《よしかず》氏の『会津八一―人と書』という本に、私が吉野先生に関して、もし、ものを多く教えた方が先生ならばあるいは私の方が先生であるかもしれない、といったように記されているのでありますが、誤解をしていただきたくないと思います。確かに知識だけについて計算したなら、ものをよけいに教えたのは私の方であったかもしれません。どうやら、そうだったろうと考えられます。しかし、そんなものと比べものにならない大問題、すなわち、人間の生きかたについて、私は先生に教えられるところ、はなはだ大でございました。ですから、まちがいなく吉野秀雄が私にとって「先生」でいらっしゃいます。私は吉野先生に出合えたことを非常な幸せとし、誇りとし、感謝せずにいられないのでございます。

ただし、吉野秀雄というと、ただちに清らかな人、純粋な人とする方々がいらっしゃるようでありますけれども、私には一概にそう思えないのでありまして、吉野先生がなかなか世故《せこ》にたけていらっしゃったことを忘れてならないでしょう。激動混乱の時代をちゃんと生き抜かれたのが、その何よりの証拠であります。公務員として闇米を食うべきでないと決意され、栄養失調のため死んでゆかれたと聞く国語学者、橋本進吉先生などとは、全く違ったタイプの方でいらっしゃったと見ています。酢いも甘いも、かみ分けた苦労人であったはずであります。清濁合わせ呑めた方でありました。

ですから、先生の歌にもまた適度な濁りが混じていて、一種の魅力をかもし出しています。会津八一の歌との根本的な差でありましょう。それが会津先生はもの足りなかったようでありますが、資質の相違ですから、どだい無理な話であります。

私の見るところでは、素質的に、吉野先生はかえって斎藤茂吉に近かったでしょう。

あるいはまだ、ご存じでない人もいらっしゃるかもしれないので触れておくのでありますが、若いころの吉野先生は会津先生と同じく斎藤茂吉を尊んだのでございまして、この気持を生涯失いませんでした。会津先生の門に出入をゆるされてからでさえ、好きな歌人を五人あげよと言われて茂吉を数え、二人にしぼれ、と迫られて、なお茂吉を八一とともに指名しているありさまです。円熟の日においてすら斎藤茂吉を尊敬していた実態が、『吉野全集』にアリアリと窺われます。

それを知ってか知らずか、というより、感づいていたでしょうが、会津先生は斎藤茂吉にひどく嫉妬していました。私はどれだけの回数、茂吉への、ねたみのことばをクドクドと聞かされたことでしょう。

ともすると、吉野先生は会津先生よりか、斎藤茂吉をめざしながら作歌していたのかもしれません。具体的に三人、つまり会津八一・吉野秀雄・斎藤茂吉の遺した歌を比較検討したら、そういう論説も成り立つのではないでしょうか。

たとえば吉野先生の『寒蟬集』所収「たらちねの母」の一首、

　こときれし母がみ手とり懐《ふところ》に温《ぬく》めまゐらす子なればわれは

を眺めますなら、どなたも茂吉の「赤光《しゃっこう》」中の「死に給ふ母」を思い出されることでございましょう。特に結句「子なればわれは」に至っては、茂吉の名高い歌の句をもじって用いたものと言えます。初句の「ことぎれし」には同じくアララギ派の夭折した歌人、松倉米吉《よねきち》すら想起したくなるではありませんか。右の歌を成就したとき、吉野先生がすでに四十四歳に達していられたのですから、単なる模倣でなど決してないはずでありますが、そうであればあるほど、いかに斎藤茂吉の影響を強く大きく受けているか、考えてみなければならないわけでございます。

吉野先生はしばしば「身を責めて」と表現されていますが、「身を責めて」歌をよむことが多かったわけで、そのためには心身が充実していなければならず、「歌はリンリンとよまねばならない」のでありました。それに対し、会津先生の方はかなり違っていて、「南京新唱《なんきょうしんしょう》」の自序だけを見ましても、「採訪散策の時、いつとなく思ひ泛びしを、いく度もくりかへし口ずさみて、おのずから詠み据ゑたるもの、これ吾が歌なり」と白状しているのでありまして、

会津八一（右）と吉野秀雄
『吉野秀雄全集３』月報　筑摩書房

無理がありません。だいたい会津先生という人は俳句をずいぶんとやられてから短歌に進まれた方ですので、どちらかというと余裕をもって作歌したようであります。よく「遊芸」芸ニ遊ブと書かれましたが、これが会津先生のご境地でしょう。ですから、短歌を揮毫されても、よく俳画まがいの絵を楽しげに描き添えました。ススキだの、カマツカだの、タケだの、百万塔だの、どなたもご存じのとおりであります。あれは若いとき俳句に打ち込まれた名残りと言ってかまわないはずです。俳人だった時代から、なかなか、お上手でした。

今、若いころから、と申し述べましたけれども、まちがいないことでございまして、ここ何年見失いまして、がっかりしているのですが、おそらく有恒《ゆうこう》学舎にお勤めの時代の作でしょう、「鹿鳴《ろくめい》道人」という署名の、俳句に俳画の伴なった作品が私の手もとに保存されてありました。「鹿鳴道人」といえば、会津先生の書に確か「鹿鳴呦々《ようよう》」という額の字があり「鹿鳴荘主人ノ為ニ」と記されていたはずです。私は『秋草道人の書』という本の写真を見て覚えているのでございますが、そうすると、「鹿鳴」ということばが気に入って、人の名を奪ったのでもありましょうか、とにかく自ら「鹿鳴道人」と称した一時期があったわけであります。字を見ても正しく会津先生のお作で、すでに松の枝から手をつなぎ合って、ぶら下った猿の絵は、軽妙な、りっぱなものでございました。初めて奈良へ旅されて後の短期間、会津先生が「鹿鳴道人」と名のっておられたことを、どなたもご存じないようですので、念のため、ちょっと申し添えておく次第であります。奈良に魅せられてから『鹿鳴集』に至るまでの道程がきわめて長いものであったと知らなければなりません。

さて、それはそれとして、会津先生に元来、余裕というものがタップリあるのに比して、吉野先生の方には、それが少なかったのでないか、ということを指摘すれば私の狙いが達せられます。そうして稀有の大才、会津先生と対抗しようとすれば、どうしたって気のゆるむときがないことになるはずで、吉野先生ほどの方だったから、なんとか最後までモッタのであろう、と、心からの同情と敬意を捧げたいのでございます。「後生畏ル可シ」といいますが、会津先生ほどの方を師にもてば、けだし「先生恐ル可シ」であります。

会津調を学んだためなのでしょうか、吉野先生の初期の歌は概して滑らかなリズムのものが多く、次第にそうでなくなります。ものまねをきらったためであるとともに、斎藤茂吉などに影響されたのでなかろうか、という私見をすでに述べておきました。

吉野先生の歌が、次第に円熟していったものであることを、私として、さらさら疑わないのでありますが、世間の方々に比べて、私はお若いころの歌の中に好きなものを多数見いだします。

「いのち」

みごもれる妹《いも》をおもへば道のべの愛《かな》しき子らは沁みて見るべし

つつしみて妹《いも》と守《も》り経《へ》しいのち一つ吾子《あこ》につたへて悔《くい》あるべきや

といったような作品に、なぜか心をひかれるのであります。

ともすると、一見、後年の歌に比べて弱そうに見える。お若いころ——といっても、もはや中年以後でございますが——

の作品が、必ずしも弱くないのかもしれません。どうやら、そんな気がいたします。ちょうど、吉野先生の歌より柔和に見える会津先生の歌が、実は吉野先生の歌より必ずしも弱くないのと同じように。

それから、別に歌の材料を仕入れるため、また歌に変化を与えるための意識的なしわざでなかったでしょうが、弱いお体で海外へのお出かけは無理だったはずですが、国内各地を実によく旅されました。しかし、私の好みからいたしますならば、吉野先生の旅の歌に、概して感心しません。

吉野先生の歌で私が好むものは人事に関する歌でございます。太平洋戦争がすでに凄惨な状態を呈しておりました昭和十九年八月、はつ夫人を亡くされた前後に材を求めた「玉簾花《たますだれ》」（『寒蝉集』）の連作を初めといたしまして、人間をめぐる歌の中に、うっとりするようなものがしばしば存在するように思うのであります。もっとも、広く考えれば、およそ人に関係しない短歌が生まれるはずもないわけでありますけれども、中でもムンムン人間臭い歌を好むのでありります。たとえば「榾火《ほだび》」（『晴陰集』）十一首中の第五首、

重吉《じゅうきち》の妻なりしいまのわが妻よためらはずその墓に手を置け

のような歌を、私は非常に好む者でございます。

人事の歌の中で、吉野先生が最も力作を成就されているのが妻・母・父それから友人の死を嘆いた挽歌というか、悲傷歌というか、そうした歌でありましょうが、これは天下公認の評価らしゅうございますから、議論を止めます。

奥さんのご逝去で思い出しました。吉野先生が男女のマグワイを敢然と歌によまれ、少しも、いやしくない、きたなくない作品とされていることは、大げさに言えば、一つの、特筆すべき、てがらでさえあろうと思う次第でございます。お認めいただけませんでしょうか。

「秋冬歳晩雑詠」
まぐはひははかなきものといはめども七日《なぬか》経《へ》ぬればわれこひにけり（『苔径集』）
「彼岸」
真命《まいのち》の極みに堪へてししむらを敢《あ》てゆだねしわぎも子あはれ（『寒蟬集』）
「夏季日常詠」
まぐはひのあとを己が床《とこ》の上《へ》に主《しゆ》を祈りてぞ寝に就く妻は（『晴陰集』）

二番目の歌がとりわけ名高いもので、山本健吉氏なども絶讃されている（?）ようでありますが、これほどの作品が今後、容易に出現しようとは思われません。

それから、悲しみの歌にまつわる宗教色の濃さにも注目されます。吉野先生の場合、浄土真宗が土台でありますが、仏教全体、さらに後にキリスト教まで登場いたします。むろん、とみ夫人の影響で、先生ご自身は身近に夫人というキリスト教信者を抱え、その匂いに、ひたっているのですけれども、とにかく無視しかねる影響を受けていられます。純情で、感受性の強かった方ですから、人生の悲喜を契機として、おのずから宗教的心情にタップリひたられたのであって、いわゆる宗教家とは異なる、人間性から結ばれた白露のような宗教が感じられます。もっとも、失礼ながら先生の宗教はたぶんに「苦しい時の神頼み」といった性格を帯びてもおります。正直な人だったために、随所からそれがバレてしまうのであります。

かつて机を並べることのあった、カナダ国籍の秀でた二世の女性が、「日本の仏教はお葬式のためのもので、真の意味の宗教でなどないように思われる」と、きめつけましたが、ほんとうのところ、そのとおりでございましょう。

どういう宗教も拒まずに取り入れるが、いっこう信仰しない私たち日本人は、よその国の人々から見たら、きっと、ふしぎな、グウタラな人種なのだろうと考えますが、吉野先生にもまた、昭和時代の日本人らしい宗教的寛容さを認めるだけのことであります。

もっとも、私の「下種《げす》のかんぐり」からいたしますならば、吉野先生には肉親のみならず短歌というものがあり、会津先生という師が存在した。もっと細かく言えば、『万葉集』も実朝も良寛も控えていました。それらが、すべて先生にとって一種宗教的な役割をはたしていたと推測すべきでありましょうから、確固不動の宗派など、あえて必要でなかったかもしれません。これは自分のかすかな体験をもって察しうるところでございます。

和歌が宗教的役割をはたすと申しますと、さぞ奇妙に聞こえるかと思うのですが、『万葉集』巻十五の巻頭に、

新羅《しらき》に遣《つか》はさるる使人等《しじんら》、別れを悲しびて贈答《ぞうとう》し、また海路《うみつじ》に情《こころ》を慟《いた》ましめて思ひを陳《の》べ、并《あわ》せて所に当たりて誦《うた》ふ古歌

があります。「続日本紀」によれば、天平八年二月に阿倍朝臣継麻呂《あべのあそみつぎまろ》が遣新羅大使《けんしらきたいし》に任命され、翌年正月、大判官・壬生使主宇太麻呂《みぶのおみうだまろ》等が帰京していますけれども、大使は対馬で没し副使は伝染病のため翌三月、ようやく帰京します。生きて帰った者八十五名。いったいどれだけの陣容で出発したのでありましたろう。当時、わが国と新羅の関係は悪く、したがって日本の使節団に対する待遇もきびしく、第一、使いの趣きを受けつけなかったといいます。そうした状況ですから、食糧も医薬品も水も十分の供給を受けることができなかったはずで、だからこそ大使自ら対馬で力尽きて死ぬという悲惨な旅となったのであります。そうした彼等の一団が帰国するまで自分とグループの志気を高めるためにとった手段の一つが、「古歌」すなわち既成の和歌を「誦詠」するということであったわけで、「所に当たりて誦詠する古歌」と記されたのがそれでございまして、十首記録されております。みんなで短歌を唄いながら元気を出

し合って、歯をくいしばって祖国に辿りついたわけであります。

人生の荒波にもまれながら、吉野先生が、さっきの『万葉集』の用語を借りるとすれば「古歌」、つまり既成の歌を口ずさんで自ら励まされたことはなかったであろうか。当然しばしば、あったはずで、そうでなければ、およそ詩人、歌人でなど、ありえません。

あるいはまた、自作の歌が「古歌」にまさって作者を元気づけてくれたでしょう。はつ夫人を失ったときの「玉簾《たますだれ》花」をはじめとして、苦しいとき悲しいときほど充実した作品を遺しているのがその証となってくれます。

つまり、歌人・吉野秀雄にとって歌こそが一種の宗教であったと思うのでございます。

その吉野先生の短歌作品に、それこそ「古歌」のことばがどっさり用いられているのも、むしろ当然というべきでありましょう。『万葉集』が、実朝が、良寛が、子規が、八一が、そして茂吉が作者を濾過して投影しています。ただ、その古語が吉野先生の場合、はっきり目につきまして、なにかしら、露出といった感じもいたします。それが、会津先生あたりでは、あまり気にかからない、つつましやかな、くすんだ使いかたになっているのでございまして、深く隠して、なかなか本心を露呈しない会津先生と、ズバリズバリものを言われた吉野先生の差が現われるのだろうと思われます。

実際、会津先生という方は、何を言いたいのか、なかなか、わからない、ものの言いかたをなさることが多かったようで、私みたいな者は、よほど後になって、やっと、ハハアと膝をたたいて合点することが多かったのでありまして、一例をあげますならば、長坂氏が『会津八一――人と書』中に詳しく記されました、長岡市での講演の謝礼をめぐる長文の手紙も、私に解釈させますならば、もっと金をよこせ、と言われたのだと思うのですが、みなさま紳士でいらっしゃいまして、あたかも深遠なる哲理でも述べられたかの如く論議しておられるのであります。歯がゆい感じすらいたします。

一見豪放な人物、会津八一が、実は一面、すこぶる小心な人で、ものごとにクヨクヨこだわったことを私は何度か指摘してまいりました。そうした会津先生のご性格が短歌によく表われているのでございまして、細心の注意を払いながら倦むことなく磨きあげていった作品だらけであります。歌の完成度において、実際、会津先生は吉野先生と比較するまでもなく卓越しておられます。ことに初期の奈良方面を旅しての作品など、明治四十一年から大正十三年に至る十七年間に、『南京新唱』について見る限り、僅かに九十八首という寡作ぶりで、いかに彫琢に苦しんでいたか、よくわかります。単なる豪放磊落な人物のよくなしうるところではありません。執念深い、がまん強い、いかにも越後人らしい人でありました。

そこへゆきますと、吉野先生の方も、ご両親が越後の柏崎在から出られた方々ながら、先生ご自身は明治三十五年、群馬県高崎市に出生されていまして、富岡小学校・高崎商業高校と、慶應義塾へ進むまで全くの上州暮らしですから、「自分は越後人のつもりでいる」と、あるとき私に語られたほど越後との因縁をもたれながらも、やはり丈余の雪になずみながら育つ越後人と異なるところがあるわけです。じかに接してみましても、吉野先生はあくまで明快でありました。会津先生は陰険ぎみでありました。会津先生の表情に雪国の鉛色の空を感じたのは決して私一人でなかったはずですし、吉野先生のガラガラ声に赤城おろしを聞く思いがしたものでございます。人間、基本的には生まれ育った土地の風土から逃れ去ることができないのでありましょうか。

吉野先生のご命日に当たり、みなさまのおいいつけによって以上のつまらない話を述べまして、先生のみ霊《たま》の平安ならんことをお祈り申しあげる次第でございます。

「玉簾花《たますだれ》」等の形成について

――これもまた創作――

吉野秀雄（一九〇二―一九六七）ののこした数多くの短歌中、私が古今の「絶唱」（吉野登美子『わが胸の底ひに―吉野秀雄の妻として』）として尊重してやまないのは、『寒蟬集』巻頭に収められている「玉簾花」（八十三首）を中核とする、はつ夫人病死に際しての長大な一連の作である。

これらの歌が「創元」創刊号（昭和二十二年一月）に「短歌百余章」と題して公表されたとき、私はある書店の店頭でこれを一読して感激し、たちまち吉野秀雄という歌人を尊敬することとした。いや、したのでなく、せずにいられなくなってしまったのである。

やがて、上記の作品を含む歌集、『寒蟬集』を手にするに及び、自分の愛誦する、これらの連作の形成過程が妙に気にかかり、作者にお会いできるようになると、少しでも納得できる答を引き出すべく、何度か、しつこくお尋ねしてみた。回答には、そのつど差があり、ノートできる機会もほとんどなかったため、私はできるだけ脳裡に刻み込むべく努めるほかなかった。登美夫人のお話しくださったところも忘れないようにしたつもりである。

それなのに、いつのまにか何十年か経過してしまい、記憶も次第におぼろとなりつつあるから、今にして書きつけておかなければ、そのうち、せっかく教えられたものも忘却の彼方へ消え去るに決まっている。なんとしても記しておきたい。しかし、私の僅かに覚えている点だけでは、どうしても客観性に欠けるのでなかろうか。そこで、できるだけ吉野氏及び夫人ご自身の書かれたものを利用させていただきながら、もし間隙が生じた節は自分の記憶で埋めるようにしてみたら、どうにか、はたせるかもしれない、と考える次第である。

まず連作形式の概略について、『自註・寒蟬集』に吉野氏の述べられたところを読もう。

「玉簾花」は本書収録歌数でいふと八十三首の群作の見出しで、原版の詞書に「昭和十九年夏妻はつ子胃を病みて鎌倉佐藤外科に入院し、遂に再び起たず、八月二十九日四児を残して命絶えき。享年四十二。会津八一大人戒名を授けたまひて淑真院釈尼貞初といふ。」と記しておいたやうな事態を中心に詠み出でたもので、即日詠もあれば回想詠もあつて雑然としてゐたのを、『寒蟬集』編輯の際、適当に配置したのである。

作者自身の記述であるからには最も正確なはずで、簡潔に表現すれば、このとおりに違いないけれども、しかしまた、これだけでは、なんとも取りつく島のない感じだから、もう少し具体的なものを探らずにいられないのである。右の引用文中「『寒蟬集』編輯の際」とあるが、このとき、まずつくられた「原『寒蟬集』」の存在を忘れるわけにいくまい。『吉野秀雄全集・第二巻』の「解題」、「昭和二十年」に斎藤正二氏がかなり詳しく記されている。

この昭和二十年といふ年は、歌集で云ふと『寒蟬集』の諸作品を産みあげた時期に当るので、〝拾遺作品〟を拾輯するなどのことは恐らくあり得ないであらうと考へてゐたところ、吉野家遺族から、鄭寧にハトロン紙で包《くる》んだ厚い艸稿の束を渡され、校訂者は驚倒してしまった。表て書に、登美子夫人の筆蹟で「吉野秀雄の原稿／寒蝉集はこの中より選ぶ／最重要」と認《したた》められてある。事情を質《たづ》ぬるに、歌集『寒蝉集』が刊行されたのち、歌びとは斯れ等艸稿を焼き捨てるやうに言つたのを、夫人が一存《いちぞん》で秘《ひそ》かに保管して置かれたさう。斯《か》かる夫人の心馳《こころば》せ無かりせば、〝原『寒蝉集』〟とも称すべき自筆艸稿は永遠に燼滅《じんめつ》したことであらうし、亦《ま》た本全集が収録すべき同時期の〝拾遺作品〟は永遠に消殄《せうてん》したことであらう。さて、艸稿の束のうちに、大型原稿用紙に墨書清記した（一）から（十）までの十冊二百四十三首の短歌作品がある。「乙酉年頭吟」から始まつて「亡妻小祥忌前後」で終つてゐるのは、浄書の日時が昭和二十年十月七日より以前であることを証《あか》してゐる。（以下略）

この「解題」に記された「原『寒蝉集』」の姿は、『吉野秀雄全集・第二巻』「短歌作品拾遺」によって知ることができるのだが、「浄書の日時が昭和二十年十月七日より以前」のその「原寒蝉集」がどのように、つくられたものであるかを窺いたい。

『自註・寒蝉集』に吉野氏自身、「通夜の晩」、すなわち夫人ご死去の二十九日夜にしたためられ、「玉簾花」等の歌の資料となった一種の「ノート」が存在したことを記している。その部分を引かせてもらうが、始めの部分の数字が「玉簾花」の歌の番号であることをご承知の上、お読みいただきたい。

㉗　以下（36）に至る十首は通夜の晩の歌だ。わたしはその夜、老母と二人で屍体を守りつつ、一枚の紙切れに鉛筆で数十の単語を書き連ね、いつ読んでも刻々の気持が如実に甦るやうにしておいた。かかる厳粛な人生の出来事に直面して、かりそめにも記録的な文字を記すなど人間として恥づべきであることはむろん反省されたが、その際の実感をいふと、慌てふためいてじたばたしてゐる自分と、さういふ自分をも自分の周囲をも客観的に冷

然と眺めてゐる自分と二つに分裂してゐて、その後者がノートを作ることを前者は如何ともすることができなかつたのだ。後に考へてみれば、さういふ自分があって、どんな事態をも客観視し、短歌の表現を与へ得ることにこそ自分の救ひがあり、さういふ力を恵まれたことこそ短歌に身を託した冥加といふものなのであつたが、件《くだん》のノートは文庫に入れたまま久しい間恐しくて手を触れることができず、半年以上も後に大いに勇を鼓して開き見て、これらの歌を作ったのであった。——日記も二十九日夜から三十一日までは、さすがに一行の記事もなくして終ってゐるのである。

しかし、夫人ご死去以前の歌の主な資料となったのは「日記」であり、それが簡約されたものを吉野氏が同じく『自註・寒蟬集』に示している。上引の文に「日記も二十九日夜から三十一日までは、さすがに一行の記事もなくして終ってゐるのである」とあるからには、末尾の部分をそのつもりで受容しなければならないであろう。

こうした「日記」が「玉簾花」等の歌とどのように通い合っているのか、念のため、ほんの少しだけ照合してみたい。

○十二日。（前略）今夕、その精神状態をたしかむ。曰く、自分は幸福なり、満足なり、あなたを信ずるゆゑ、子供達のことも一向心配せず、すでに生も死も超ち越えたつもりなりと。

信ずれば子らを頼むといまさらにあにいはめやといひて死にけり（「彼岸」4）

○十七日（前略）内科の江上先生来診。夜その私宅を訪ふに、癌にあらで肉腫ならんといひ、絶望を宣せらる。

幼子《をさなご》は死にゆく母とつゆ知らで釣りこし魚の魚籃《びく》を覗《のぞ》かす（「玉簾花」14）

をさな子の服《ふく》のほころびを汝《な》は縫へり幾日《いくか》か後《のち》に死ぬといふものを（同21）

○十八日（前略）毎日由比ヶ浜通りへ氷買ひにゆく。統制きびしく一塊の氷さへ容易には得難し。

氷買ふ日毎《ひごと》の途《みち》にをろがみつ饑渇畠《けかちばたけ》の六体地蔵（「玉簾花」8）

提《ひつさ》げし氷を置きて百日紅《さるすべり》燃えたつかげにひた嘆くなれ（同15）

○二十九日。（前略）指をしみじみ眺めて、ああ指の先までむくみが来たといひ、おもむろに永別を告げあふ。本人あまりに自若としてむしろ物足りぬ思ひせし位なり。会津先生に戒名付与依頼の手紙かく。夜、危篤に陥り、十一時二十分瞑目す。母と二人通夜。

今生《こんじやう》のつひのわかれを告げあひぬうつろに迫る時のしづもり（「玉簾花」24）

（「日記も二十九日夜から三十一日までは」「一行の記事もなく」というのであるから、いくつかの歌と「玉簾花」の詞書を指摘しないでおく。）

こうして、「玉簾花」等の歌の多くが作者の「日記」や「ノート」を資料として、次第に創作されていったものであることがわかるのであって、これに作者の言う「即日詠」も加えられている。

『自註・寒蝉集』に、

自転車をひたぶる飛ばすわが頬を汗も涙も滴《したた》りて落つ（「玉簾花」6）

の歌について、

たしか自転車を駆りつつ即詠したかと思ふ。

と記されているごときものがそれである。

はつ夫人を失った吉野家に乞われて入ろうとしていた八木登美、すなわち、やがて吉野秀雄夫人となる人に宛てた手紙（十九年十月二十七日夜半）に書き添えられた秀雄歌の、

子供部屋に残りし太鼓とりいでて敲《う》ちうつこころ誰知るらめや
配給の麦酒もてきて共に飲み大仏次郎われをはげます
人の妻下駄と傘持ちゆふぐれの駅に待てるをわれに妻なし
けふ電車の中でよんだうた

三首に注目してみても、この第一首が「玉簾花」の第六十四首、第二首が第五十六首、第三首は第六十六首とされているのを知る。もっとも、

人の妻下駄と傘持ちゆふぐれの駅に待てるをわれに妻なし　（手紙1）
人の妻傘と下駄もち夜時雨《よしぐれ》の駅に待てるをわれに妻亡し　（「玉簾花」64）
配給の麦酒もてきて共に飲み大仏次郎われをはげます　（手紙2）
配給の麦酒《ビール》もてきて飲みかはし大仏次郎《おさらぎじらう》われをはげます　（「玉簾花」56）
子供部屋に残りし太鼓とりいでて敲ちうつこころ誰知るらめや　（手紙3）
子供部屋に忘られし太鼓とりいでて敲《う》ちうつこころ誰知るらめや　（「玉簾花」66）

というふうに改められていっているのだが、この後の登美夫人宛の手紙が「十月二十七日夜半」に書かれているものであることは注意を要する。すくなくとも、この三首がこの日よまれたわけで、八月二十九日に夫人を失った身で、

「十月二十七日」のころ、吉野氏はさかんに「玉簾花」等にまとめられる歌を創作していたのである。

登美夫人が吉野家に赴いたのが右の手紙から、あまり距《へだ》たらない「十一月六日」のことだったそうだから（吉野登美子『わが胸の底ひに―吉野秀雄の妻として』）、もちろん「今後の家庭のきりまはしについて何より悩みぬいて」（九月十九日付、八木登美子宛、吉野秀雄書簡）いた吉野秀雄にとって、どんなに心強く、うれしい、できごとであったか、容易に思いやれる。「吉野は喜んで迎えて、みずから家の中を案内して回ってくれた」（上記書）のも、さもありなんと理解できるのである。「玉簾花」等のごとき性質の歌においてすら、吉野氏にとって歌は創作にほかならなかった。それが歌人という者の宿命であり、業《ごう》であるわけで、はつ夫人死去の夜においてなお「ノート」をとって歌作に備えずにいられないのだった。

しかり、吉野秀雄が歌人であった以上、その作品はまぎれもない創作だったわけで、よまれたところが悉く事実でなければならない道理など、どこにもないのである。われわれは、いや、私などは、つい歌の表現するところを真実と受け取ってしまいがちであるけれども、文芸にフィクションは、つきもののはずで、吉野氏の「玉簾花」等の挽歌にも、それがあったとしても、いささかも支障はないのである。

こうして、「玉簾花」等においてフィクションがはなはだ少ないのでないか、と推測される理由を考えてみるに、なにしろ、歌によまれたことがことだけに、とても「経過」をデッチあげる気になどなれず、作者らしい純真な心情をもって、ほぼ実際に即して一首々々の歌がよまれ、後でそれらが整理按配されて今目にするごとき連作を形づくった、という事情が存在したのであろう。つまり、基本的には作者・吉野秀雄の人柄に基づく現象のように思われる。

すでに諸家が規定されたように（たとえば木俣修氏・橋本徳寿氏）、吉野秀雄の本質は「文人」なのであろう。そうして、その個性に満ちた文人趣味が橋本徳寿氏の用語を借りるならば一種の「臭味」（『現代短歌全集・第七巻』）ということになるのだと思うが、「玉簾花」等においては、「さすがに多年の修練があらはれた」（橋本氏）と共に、あまりに悲しみが深く、痛手が大きかったがゆえに、「臭味」のつきまとう余地もほとんど、なかった。つまり、作者の人間性が露出した作品であるため、万人に肉迫する連作となったのに相違あるまい。

「原寒蟬集」にありながら省かれる運命をたどった相当数の歌（斎藤正二氏によれば「八十一首」）の中には、のこしても、さしつかえなかったのでないか、と惜しまれる歌もある程度見られる。私の好みからするなら、たとえば、

壕内小詠　（昭和二十年）

壕の内日暮れてさむしたらちねの亡き母恋ふる子らをはげます
学徒奉仕に出でたる二人《ふたり》気にかかり家《うち》なる子らを敵機より護《も》る

折りにふれて　（昭和二十年）

妻在らば蓋し罵《の》らえむ朝《あした》より牀《とこ》にもぐりて歌詠みちらす
工場《こうば》よりゆふべ疲れて戻る子をねぎらふ母の声すでになし

などの中には、少し手を加えたら『寒蟬集』にとどめて、さしつかえなかったものがあるように思われるのに、作者はいさぎよく大量に捨ててしまった。確かに右のままでは、ちょっと見劣りするように考えられるけれども、推敲によっては面目を改めえただろうに。

できる限り自身のことばをつつしみ、以上したためておく。はつ夫人を失って、よまれた「絶唱」も、結局また歌人としての宿命がよませた苦心の創作なのであった。

歌人・吉野秀雄の真面目《しんめんもく》

——人生の窮極処《きゅうきょくしょ》をよむ——

昭和時代を代表する歌人の一人、吉野秀雄が、病がちだった「我命《わぎのち》をおしかたむけて」（『寒蝉集』「富士」の歌語）その生涯に切り拓いて見せたところのものは、そもそも、なんであったのだろう。

『寒蝉集』所収、昭和十九年（一九四四）作の「彼岸」八首中に、彼はこうよんでいる。

　真命《まいのち》の極みに堪へてししむらを敢てゆだねしわぎも子あはれ
　これやこの一期《いちご》のいのち炎《ほむら》立《だ》ちせよと迫りし吾妹《わぎも》よ吾妹
　ひしがれてあいろもわかぢ堕地獄《だぢごく》のやぶれかぶれに五体《ごたい》震はす

私などは、ちょうど子どもぐらいにしか当たらない後輩であるため、吉野秀雄の名歌集『寒蝉集』が刊行されたとき、まだ、やっと大人になりかけたばかりの身の上であった。右に引いた歌が初めて発表された雑誌「創元」は同じ昭和二十二年の一月に創刊号を出し、私はそこに収められた氏の「短歌百余章」を書店の店頭で立ち読みして、異常な感激を味わったのであったが、雑誌が敗戦国の一生徒には高価に過ぎ、求めがたかった無念さを今に忘れない。しかし、同じ年のうちに『寒蝉集』が出たと知っては、さすがに、がまんできず、ようやく一本を求め、後に著者に署名していただいて、たいせつに読み、かつ保存してきた。もとより今も『吉野秀雄歌集』などと共に貧しい書架を飾っていてくれる。

弱冠の青年をすら興奮させ、以来、作者のご逝去に至るまで、いや、そのご死去後においても変わらぬ尊敬の念を抱かせるにたる『寒蝉集』の歌とは、いうまでもなく最愛のはつ夫人を失われての一連の作にほかならず、「彼岸」八首もまた、この中に含まれるものである。

しかし、白状しておくなら、独身の若者でしかなかった私にとって、「彼岸」などはまだ充分に理解しうる性質の歌でなく、「玉簾花《たますだれ》」を中心に感激を味わっていた。その程度の人生経験しかもち合わせなかった私ですら、一九四九年に刊行された吉野氏と木俣修氏との『互評自註歌集』を読んでみて、自分が断然、吉野党であると覚ったことを記憶する。そうして、人間としての悲傷の極限をよむ吉野氏の歌に、さしたる同情を示そうとしない木俣氏にいくらかの反感さえ抱き、後年、主宰された歌誌への寄稿を一両度求められた氏に対し、それこそ、にべないご返事しかしなかったのも、若気の至りと今に恥じ入るほかない。

やがて、少しずつ大人の世界に近づけたらしい私は、冒頭のごとき歌にも敬意を払いうるようになったが、そうした時期、昭和三十九年（一九六四）に山本健吉氏の『日本の恋の歌』が刊行され、上に引いたとおりの吉野氏の絶唱歌に対する評言を読んで、さすがに、と、この卓越した文芸評論家に向かって脱帽したものである。

『寒蝉集』をめぐる世の評価は刊行当初から、いかにも高い。失礼ながら、それまで、ほとんど無名に近かった作者・吉野秀雄を一挙に天下の歌人としたのがこの一巻であったことも確かである。だがしかし、上に引いた歌を山本氏のようにまで率直に讃嘆した人物を他に知らない。おそらく氏が最初の人であったのだろう。そうして、氏のご指摘はまことにわが意を得たものどころか、広く世人を説得するだけの適確さをもっと信じたい。現に、山本氏のご批評への反論らしい反論をいまだに見聞しないのである。それにしても、山本氏が「かういう歌は、めったに作られるものではありません。かういふ歌を作るには、やはり作者の大きな勇気がいります」と言われたのに倣って述べるなら、山本氏のごとき批評を公にするためにもまた、「大きな勇気」が必要であったはずのことと思う。

歌の作者、吉野氏の、「こんなにも深い理解のえられたわたしのよろこび」は察するに余りある。作者としては、経済を学ぼうとして病のため慶応義塾大学を退かざるをえず、志を改めて何十年、一途に作歌に励み、しかも妻を失うという人生最大の悲運をなめて、よんだ作品で、かちえた、この知己の言に、どうして歓喜せずにいられよう。それはもはや歓喜などという、なまやさしいものでなく、感激であり感謝ですらあったに違いあるまい。

「この二首をただひと息に押し出して」「わたしは歌よみとしての誇りを感ぜざるを得なかった」（『自註・寒蟬集』。「二首」とは冒頭に引いた三首中の第一二首をいう）と自負しながらも、病臥して余命の長からざるを悟っていたはずの吉野氏の満足を思うごとに、かすかに作者に接した者として、山本健吉氏に心からなる礼を述べたい気持ちを制しがたいものがある。その、文芸に関する高い見識と秀でた業績はもちろん、その勇気に向かってもまた敬意を表さずにいられないのである。こう言いながら、実はそれ以後、ほんの何度か山本氏と同じ会（堀口大学先生を祝う集い等）に参じながら氏に、ていねいなごあいさつすらせずに終わったことを省みれば、自分が吉野氏に負けない照れ屋で、などという言いわけでのがれうる問題でなく、結局、人間としての誠意の度合に帰すべきものであろう。

いずれにせよ、歌人・吉野秀雄の面目は、山本氏ほどの人をこれまでに動かす歌をよみのこしたところにある。純真で大胆で、しかも粗雑ならざる表現にある。和歌史ないし文学史が、ここのところをいつまでも公正に伝えてくれることを願う。

戦後、設立された異色の鎌倉アカデミアで、吉野氏の愛弟子だった山口瞳氏の『小説・吉野秀雄先生』には、さすがに恩師に対する敬意が溢れていて読者を魅了するものがあるが、その一節に、次のような模写が行われている。

「山口君！恋をしなさい」

と、先生が言った。

「恋愛をしなさい。恋愛をしなければ駄目ですよ。山口君。いいですか。恋をしなさい。交合《まぐわい》をしなさい」

先生は、力をこめて、声をはげまして言った。


『小説・吉野秀雄先生』と題されているとしても、もとより、これは事実を描かれたものであろう。「交合《まぐわい》」はその後も何度か採りあげられている。


「それから、社があるだろう。あの前で交合《まぐわい》をやったんですよ」

先生は、こういう話をするときは、ちっとも照れない。八木夫人も同様である。ドギマギするのは私である。

「暑かったでしょう……」

実は、私も、と言いかけてやめた。

「暑いのなんのって。……だけど、暑さなんかものともせずにやったな」


といった具合にである。

ここに山口氏によって描かれているのが、はつ夫人を失った後、登美夫人と結ばれたころの吉野氏の姿である点、特に興深く、「彼岸」を詠じた歌人の面目、躍如たるものがある。

沈痛をきわめる「玉簾花」中にも注目すべき作がないわけでない。

風呂にしてわれとわが見る陰処《ほとどころ》きよくすがしく保ちてをあらな（『寒蟬集』）

やはり歌によみにくく、まして公表しがたい性質のものに相違なかろう。

人の妻傘と下駄もち夜時雨《よしぐれ》の駅に待てるをわれに妻亡し（『寒蟬集』）

などと共に、読者を泣かせる歌でもあるけれども。人を泣かせる歌といえば、後年よまれた、

重吉の妻なりし今のわが妻よためらはずその墓に手を置け（『晴陰集』）

なども忘れるわけにいくまいが、ただ、そのすぐ後に

夏季日常詠

まぐはひのあとを已れが床《とこ》の上《へ》に主《しゅ》を祈りてぞ寝に就く妻は（『晴陰集』）

を見て、とまどうのは、はたして私だけであろうか。

登美夫人がかつて八木重吉の妻であったからには、そうして、夫と子ども二人の悉くに先立たれて、ひとたび孤独

の身となられた女性であることを思えば、熱心なクリスチャンであって、むしろ当然ながら、こうまで、あからさまによまれると、読者の方であわててしまう。それは、すでに「玉簾花」における、

念仏をとなへながらにある折のなまめきし汝《な》が声一つ恋ふ（『寒蟬集』）

において味わった種類のものでもあるのだが、しかも作者自ら『自註・寒蟬集』にこう書いているではないか。

心こめて念仏を唱へながらも、妄想はむやみに湧いて来て、「なまめきし汝《な》が声一つ」まで耳を刺戟するのだ。

この句は極度にエロティッシュな声を暗示してゐるものととってかまはない。

吉野秀雄が歌の師と仰いだ会津八一の歌にも、ときとして、なんとも言いがたいエロチシズムを看取できる。

なまめきてひざにたてたるしろたへのほとけのひぢはうつつともなし
ふぢはらのおほきさきをうつしみにあひみるごとくあかきくちびる
からふろのゆげたちまよふゆかのうへにうみにあきたるあかきくちびる
（『鹿鳴集』）

これらは、いずれも、おのずと、にじみでたるもので、「秘すれば花」とでも言おうか、かえって読者の目をみはらせるものがある。

これに対し、吉野秀雄は人間の性を正面から見すえ、歌によみ続けたわけで、はつ夫人を失うという悲運に泣きながらも、ついに人生の窮極処に踏み込んで見せたのであった。

吉野氏が宿痾の「身を責めて」（歌人のしばしば用いたことば）成就した少なからぬ短歌に示された特色、それに発揮された魅力を分析するならば、当然、他にも一二の和歌史的功績を指摘できるかもしれない。私自身にも腹案がないわけでない。しかしながら、そうした諸点を指摘し始めたら、その論説は印象を薄めてしまうであろう。よって、ここでは、あえてただ一つのみを言うにとどめるのである。

吉野秀雄の羈旅歌《きりょか》

——ささやかな評価の試み——

(一) 旅のあらまし

吉野秀雄をもって「旅の歌人」と呼んだ識者がいる。識者なるがゆえに気になることばだ。古来多くの詩人が旅することによって詩心を磨き、詩嚢《しのう》を肥やし、名作を生んだごとく、昭和時代を彩った歌人・吉野秀雄もまた、病躯をおして旅行し、そこから少なからぬ短歌作品を得た人物に相違ない。登美夫人が『わが胸の底ひに—吉野秀雄の妻として』に「吉野は病気がちであったが、癒《い》えるとまた旅に出るということをくりかえして、歌を書いた」と述べられたとおりである。

ともあれ、二十世紀初頭に生まれた日本人として、吉野秀雄はどちらかといえば旅することの多かった一人であろう。持病のためもあって、その範囲が国内に限られたとしても。北海道から九州まで足跡を印している。ただ、私なりの欲を表明させてもらうなら、歌人として、平泉とか多賀城跡とか金沢とか、あるいはまた熊野周辺・高野山とか、高山・郡上八幡《ぐじょうはちまん》とか、松江・津和野・萩のようなところへも足を伸ばし、作品を示してほしかった、などと、かってなことまでもち出したくなるのである。しかし、中尊寺などは一九一七年の「東北」旅行の際に詣でたのかもしれない。もし行っているとしても、十六歳という年齢を考えるに、やはり再度の参詣が望まれたわけである。「年譜」

は詳《くわ》しからず、発表されずに終わった歌稿を『全集』によって見るに「越前永平禅寺にて」（一九四三）があるのであれば、そこからほど近い金沢にも行っていられるのでないか、と思われてくる、といったように、記された以上に足跡は広かったのではなかろうか。伊勢神宮参拝と記されないのに、未完成の歌がちゃんと存在するくらいだから。

もちろん氏の旅において「所用」（一九五八・一二）のためのものがあり、講演・会合の類もある。これは同行者のあることを思わせるが、中でも松本たかし（俳人）・中村琢二（洋画家）・上村占魚（俳人）等諸氏の名がしばしば出てくる。俳人と連れ立つ旅の多かったのも注目に値する。新潟県は氏のご両親の出生地である上、歌の師と仰いだ会津八一が生まれ育ったのみか、敗戦のころから退隠して終わった地であり、登美夫人もまた上越市に生まれた人であるため、どうしても吉野氏にとって「所用」の多かった、そしてまた、足の向きやすい土地であった。氏の慕われた良寛の遺跡も大半がここに存在する。経費の面では概して質素で、たとえば『吉野秀雄全集・第八巻』に収められた「書翰」一二八六、登美夫人宛葉書に「厳島に渡りて、岩惣といふ宿は一流なれど最低千五百円ではとまれず、宮島館の別荘に泊る」とあるごとくで、三三二〇、上村占魚宛葉書にも「なほ小島夫妻（奥さんも同行のよし）は特別二等なら んも、私は三等です」とある。歌を検しても、たとえば

伊香保

妻子らと二夜《ふたよ》伊香保の湯を浴みぬ帰りてはまた費《つひ》えをいはむ　（昭和十二年）

というふうである。しかし、各地に吉野氏を歓待する縁者やファン（高知市・町田雅尚等）もいたわけであり、ご本人の性格からして、みじめったらしい旅など一度もしていない。そうして、師友を見舞い（中村琢二・会津八一氏等）、

親しかった人の墓に詣で（松本たかし・須賀幸造等）、といった律気さがよく窺えると思う。なお吉野氏は「神奈川県鎌倉」「静岡県伊東」「千葉県那古」「新潟県赤倉」「長野県戸倉」に療養生活を送っているが、これらのほとんどの地に後年また出向いているのは、ある種のなつかしさが手伝っての仕業《しわざ》であろうか。

(二) 羇旅歌を読む

こうした少なからぬ旅に触発されて、多くの短歌がよまれた。以下、世に流布された角川文庫『吉野秀雄歌集』により、なにがしかの作品を吟味してみたい。

『万葉集』を愛読してやまなかったご本人の好み、会津八一等の影響から、吉野氏は何度か大和路をたどり、たとえば次のような歌をつくっている。

奈良万葉植物園　（昭和十四年）

この園の春の花みな過ぎつればいま土針《つちはり》の白きが咲けり

猿沢池

いづくにてか飯《めし》を食はむと猿沢の池のともしび見おろして立つ

猿沢の柳の絮《わた》の舞ひ飛びて池の面《も》しろしあはれ白しも

奈良博物館諸像　（昭和十七年）

かきくらすさみだれ時と乾闥婆《けんだつば》いよよ沈鬱《ぢんうつ》にまゆ根寄せたり

これらは、作者の大和に遊んでの歌の一部、それも『早梅集』所収のものにほかならないから、昭和十八年（一九四三）以前の、まだ歌名を確立していない年代の作なのであって、分量的理由から引用をこれで打ち切らざるをえないのを残念とはするものの、吉野氏の場合、のちの歌もさまで変わることがなかったゆえ、ほんとうのところ、さしたる支障は生じないわけである。

氏の歌に大衆性を求めるのは元来、無理であって、学者文人の余技を思わせる性格をもち、それも富岡鉄斎の画よりは浦上玉堂のそれに通ずるはずである。知る人ぞ知る、の気概をもって氏は歌をよみ続けたらしいから、ある意味で吉野文学には武士の商法を思わせるものがあった。事実、吉野氏には古武士にも似た風格があり、いよいよとなると、それが発揮されもする。例を短歌で示すため、死期近い昭和四十二年の二種を『含紅集』から引くこととしたい。

病中雑詠

世の中には思ひがけぬことが起きるものだ。私も無念なので歌の二首位は詠み残しておきたい

北越に野干《やかん》一尾あり七年前のわが横領と法に訴ふ

言ひざまは古臭くともおのれわれ素是《もとこ》レ神州清潔ノ民

「横領」を疑われての作。「北越」はもとより越後のこと。「野干《やかん》」とは射干とも呼ぶ狐の類。憎みて余りある相手ゆえかく喩え、「一尾」と数えた。そうして、「おのれ」はいさ知らず、自らを「神州清潔ノ民」と誇ったわけである。もって作者平生の心意気を偲ぶに足りよう。

こういう竹を割ったような気性が最後まで、

夏秋遺悶詠

長田秀雄《ながたひでを》逝きて香奠の金もなし庭の筍《たけのこ》を掘りて供ふる
八月二十八日夜　（昭和四十一年）
質屋にて金作り旅に出でし頃は楽しかりきと死の床にいふ

というふうな、よみにくい歌をよませたのみならず、生涯の作品をまっすぐ明快なものとしてしまった。ほんとうのところ、短詩型による短歌などは多少おぼめかしたり、とぼけたり、といった策略もいるわけなのに、吉野氏の歌にはそれが少ないため、ほとんどの場合わかりすぎるほど、よくわかってしまい、とかく後に残るものがいくらもないこととなる。さらに、その表現がむずかしいことばで行われるから、読者は主としてその障害を突破するのに力を費やし、ヤレヤレと心を休めてしまい、さらに踏み込んで味わい楽しむ労をいとう点も確かに手伝うらしい。

『万葉集』に学んで、いい歌をよみのこした良寛を、はやくから吉野氏は敬慕した。初めに引いた「年譜」の一九三〇年にすでに、

五月、佐藤耐雪を頼りて新潟県出雲崎に赴き、良寛百年祭式典に列し、（中略）その遺蹟を巡る。

とあったとおりである。あるいはご両親から和尚の名を聞きながら育ったやもしれない。越後へしばしば出向いた氏のこととて、当然、良寛にかかわる歌がかなり、よまれた。

越信羇旅吟　（昭和五年）
出雲崎
あわただしく我は来《こ》しかど濁り波の藻をただよはすことも見るべし
越《こし》の国の淡き若葉にまぎれつつ山藤の総《ふさ》もほぐれそめしか

蒼波《あをなみ》に霞ながれて見えわかぬ佐渡が島根は恋ふらくの島
耐雪翁《たいせつをう》今夜《こよひ》ねんごろに酒たまふ六年《むとせ》おもひて来りけるわれに

「越後羈旅吟」はすでに「年譜」で明らかなとおり、昭和五年五月のもので、「出雲崎」の第三首、下の句「佐渡が島根は恋ふらくの島」は、良寛の、

たらちねの母が形見と朝夕に佐渡の島べをうち見つるかも

という歌を踏まえている。

次の歌の「耐雪翁《たいせつをう》」は「年譜」に「佐藤耐雪を頼りて」とある佐藤吉太郎氏（一八七六—一九六〇）のことで、郷土史の研究に励み、良寛顕彰のために力を尽くした、もっと知られてしかるべき人物である。ひとかどの俳人でもあった。吉野氏は知人を通じて、この人と知り合い、「六年《むとせ》おもひて」訪い、世話になったのである。

直接、良寛についての歌でないため引くのを遠慮したのであったが、実は「越信羈旅吟」（昭和五年）の初めに、晩年の良寛に和歌を学び、師の死に水をとった、というよりは、その、さびしい生活に彩りを添えた貞心尼を扱った一首も存在するのである。

柏崎にて貞心尼の墓に詣づ
うるはしき尼《あま》なりきとふ山藤の短き房を墓にたむけぬ

さて、幸か不幸か、稿者（私）は生粋の越後人ゆえ、吉野秀雄氏の右の諸歌を読み味わう上での大きな便をもつ。よまれたところへは、たいてい何度も行って見ているし、吉野氏同様「耐雪翁」にもいろいろ世話になった。したがって、大和や太宰府以上になつかしい土地と言えるわけだが、多くの読者にとって、はたして、どれだけ共感を呼びう

るものがあろうか。一九三〇年における越後への旅の記録に、「良寛百年祭式典に列し、（中略）その遺蹟を巡る」とあるごとく、出雲崎にほど近い、和尚の主要な居住地だった国上《くがみ》（西蒲原郡分水町）へも作者は行ったのであったにかかわらず、五合庵などでよまれた歌は見ない。また、後年（一九五一）、良寛修行の寺たる倉敷市玉島の円通寺に参詣しながら、やはり歌をのこしていない。そうした実情からも、良寛に関する旅の歌は数多くならなかった。もちろん良寛をよんだ作は他にもあるけれども、旅によって生まれたものと違う。

良寛和尚讃称　（昭和二十九年）
遅《ちー》魯《ろー》訥《とつ》拙《せつ》 頑《ぐわん》 漫《まん》迂《う》痴《ちー》愚《ぐー》鈍《どん》きみがごときは吾《あ》が恋ひやまず
頑愚《ぐわんぐ》 信《まことに》 無比《ひなし》の君が五字額の下に常居て恥ぢつつわれは

注釈を試みるつもりもないけれども、旅をふりかえった最後の歌で、吉野氏が国上の五合庵や乙子《おとご》神社草庵を見ていることが確認できるし、「土佐の趾」、つまり近藤万丈の「寝覚の友」に、

おのれ万丈、よはひいと若かりしむかし、土佐の国へ行きしとき、城下より三里ばかりこなたにて、雨いとう降り日さへ暮れ「たため」、道より二丁ばかり右の山の麓に、いぶせき庵の見えけるを行きて宿乞ひ「庵主たる」越州の産了寛「の世話になった思い出をもつ」（「　」内は稿者）

という意味のことが記されている、その現地まで訪ねたことに驚かされてしまう。宮栄二氏（『良寛』）によれば、どうやら万丈という人物のつくり話らしいというのに、吉野氏が「土佐の趾」をどのようにして確認しえたものか、ふしぎと言えばふしぎでもある。吉野氏は一九五七年「十月下旬上村占魚と共に高知に至り」、また一九五九年「八月」にも「病床を出でて高知に赴き」と「年譜」にあるのだから、いずれかの際における行動とみなすべきであろう。

良寛の遺跡をたどっての諸歌を概観しても、やはり一首で読者をとらえて放さないできのものが見当らないように考えられる。歌群として相当な迫力を発揮しても、単独となると、話が別である。

おびただしき禅師の遺墨まなかひにはなはだ時を惜しまざらめや

の歌は詞書に頼って初めて「禅師」が良寛であると知れるのであり、

伏直《ふせなほ》し一番草《いちばんぐさ》も済みけらし田の面《も》しづもる君がみ墓路《はかぢ》

における「君」も同様である。

そのかみは夢と過ぎつつ飴色の牛の後方《しりへ》をわが歩みをり

とあっても、「そのかみ」がいつの時代か、よまれた人物を知らなければ、わからない。

続く歌、

よき人の往来《ゆきき》になれし畷路《なはてぢ》に憶《おも》ひすずろぐ田蛙《たかはづ》のこゑ

にしたところで、「よき人」とは何人か。

というように、吉野秀雄の連作における、それぞれの歌は、概して自立性に乏しく、完結性に欠けるのである。したがって、一首で世人に記憶される性格の歌がほとんど発見できないわけで、吉野氏は大いに損をしているはずである。短歌は、基本的には一首で鑑賞にたえるものでなければなるまい。近代の若山牧水の、

白鳥《しらとり》はかなしからずや空の青海の青にも染まずただよふ（『海の声』）

幾山河《いくやまかは》越えさりゆかば寂しさのはてなむ国ぞ今日も旅ゆく（『海の声』）

いざゆかむ行きてまだ見ぬ山を見むこのさびしさに君は耐ふるや（『独り歌へる』）

山ねむる山のふもとに海ねむるかなしき春の国を旅ゆく（『別離』）

かたはらに秋草の花かたるらくほろびしものはなつかしきかな（『路上』）

などを見ても、そうした性質を備え、古典的な羇旅歌を思い浮かべても同じことが言えよう。

田児《たご》の浦ゆうち出《い》でてみれば真白《ましら》にぞ不尽《ふじ》の高嶺《たかね》に雪は降りける　山部赤人
天《あま》の原ふりさけみれば春日《かすが》なる三笠《みかさ》の山にいでし月かも　阿倍仲麿
唐衣《からごろも》きつつなれにし妻しあればはるばる来《き》ぬる旅をしぞ思ふ　（在原業平）
都をば霞とともにたちしかど秋風ぞ吹く白河《しらかは》の関《せき》　（能因）
吹く風をなこその関《せき》と思へども道もせに散る山桜かな　（源義家）
年たけてまた越ゆべしとおもひきや命なりけり小夜《さや》の中山　（西行）
駒とめて袖うちはらふかげもなし佐野《さの》のわたりの雪の夕暮　（藤原定家）

といったようなもの、さらに「三夕の歌」など、みな、そういう条件に支えられているかと思う。

吉野秀雄の旅において、もう一つ大事な目当てがあった。歌の師と仰いだ会津八一を訪ねることである。人も知るごとく、敗戦直前の四月十四日早暁、八一は東京の住まいを戦火で失い、郷国・越後に退隠して終わったゆえ、吉野氏は一九四五年には「米麦を負うての容易ならぬ旅」（『寒蟬集』後記）によって新潟県北蒲原郡中条町にこれを見舞い、次からは新潟市の定住先に訪ねている。

秋草庵　（昭和二十年）

越後中条の町はづれなる観音堂が庫裏に、会津八一

　大人をおとなふ

新津駅《にひつえき》のほどろの暁《あけ》に口嗽《すす》ぐ二時後《ふたときのち》に君にまみえむ

北越《きたこし》のどよもす風に飛びまがふ青き杉の葉踏みて訪《と》ひ来《こ》し

　秋草堂（「越後雑詠」のうち）　（昭和二十三年）

先生のまなかひに立つわれの身にさながら若き血しほはたぎる

火箸にて耳ほりながらゆゆしくも述べて倦むなし秋艸道人

右二種の連作の間に、羇旅の歌ではないけれども、「夏季日常詠」（昭和二十二年）中に、

銭湯に秋草道人を見し友は肉付きよしと報じくれけり

が見えていて参考になる。なお、公表されなかった歌（『吉野秀雄全集』『短歌作品拾遺』）に次の歌もある。

四十六歳の会津先生をわれは知るその齢《よはひ》までにはや二年《ふたとせ》ぞ　（「折にふれて」昭和二十年）

そうして、やがて悲しい日が到来することとなる。

　会津八一先生永眠

　十一月二十一日、新潟大学医学部付属病院にてつひにはかなくなり給ひき

五尺大のボンベ押し立て酸素ガス吐き吸ふ君となり給ひしか

ひろやかに胸おしはだけ迫り来《く》るものに堪へ在《ま》すゆゆしますらを

十《と》とせ前吾のささげし帯しめて逝《ゆ》きます君と思《も》へば泣かるる

こういうものを読んだ上で、もう一度、吉野氏の会津八一に関して、よんだ歌（公表されなかった「新薬師寺・秋草道人の歌碑」（昭和十七年）等の作品をも含む）を読み返してみるに、確かに心に響くものを覚えるのであるが、しかし、万人に記憶されるほどの歌となると、さらにいろいろな要素が求められるのを否めまい。

おわりに

吉野秀雄が文人にふさわしく努めて旅をし、そこに作因を求めて相当量の短歌を遺した歌人であるのは確かである。力作もまた決して少しとしない。しかし、人間味溢れる人物だった吉野氏に最もふさわしい制作の対象が人事であるのも自然な話で、率直なところ、やはり、引きくるめて羇旅歌は及ばないように思う。したがって、もし質的に評価するならば、吉野氏を「旅の歌人」とするのは考えものであろう。しかしながら、病軀をおして旅し、そこから多くの作品を生み出して文人にふさわしい歌境を展開して見せた労苦を重んずるとするなら、氏はまた「旅の歌人」に違いあるまい。はなはだ、あいまいな結論ながら、これが今日における私の自問自答なのである。

吉野秀雄の歌二首
――福原夏子歌集について――

どれだけの方々がご存じくださるであろうか、福原夏子著『歌集・妻として母として』(北越出版)という、タイプ印刷になる百十一ページのつつましすぎるほどにつつましい本が一九七七年につくられている。この歌集の大要を察していただくために、やや長いのが心苦しいものの、私のしたためさせてもらった「後記」のご一読を乞いたい。

後記

もし吉野秀雄先生が世に在られたならば、欣然《きんぜん》として本書の序文を記されたに違いない。なぜならば、本書の著者、福原夏子女史こそ、故先生の最も愛された弟子の一人でいらっしゃるからだ。

著者は明治四十五年、新潟県北魚沼郡広神村並柳に出生し、昭和十年、写真を業とされた夫君広氏と結婚以来、現住所、すなわち新潟県白根市旭町に居住され、昭和四十四年、夫君に先立たれてから、そのまま二女ご夫婦と同居されている。

思えば三女の母として、お嬢さんたちの養育に励まれながら、またよく夫君のお仕事を助け、良妻賢母のおもむきがあった。それは本書を繙いてくださる方々もまた、ひとしく看取してくださるであろうところにほかならず、私が独断をもって「妻として母として」と名づけたゆえんでもある。

多忙な生活を重ねられながら、女史は太平洋戦争中から作歌に親しみ、少しずつ作品を蓄積されていった。戦後、「寒蝉集」をひっさげて彗星のごとく歌壇に現われ、「新潟日報」――新潟市内から刊行されている日刊新聞――の選者としても熱心に後進を指導された吉野秀雄先生をことに敬慕し、力を尽くした作品の多くをその歌壇に投ぜられたのであったが、昭和四十二年、吉野先生ご逝去の後、他の歌人の選を受ける場合もあった。その間、各種の栄誉を受けられたこと、たびたびである。実際、福原女史が日報歌壇を舞台に活躍された主要な歌人の一人であることなど、購読者各位のひとしく記憶されるところであろう。

私は上代を主な対象とする一介の国文学徒にすぎないが、敗戦後、成人するとともに幸い吉野先生の知遇をこうむり、今日にいたるまで故先生とご家族のおせわになってきた者であるうえ、かつて多年、著者と同じ町に住んで、お子さんを教える立場にあったため、自然、著者ご夫妻ともおつきあいいただくようになり、作歌者としてのご精進ぶりをつぶさに見てきた。昭和二十六年八月、故先生が白根においでくださった際、福原家までご案内したのもまた私であった。

されば、すでに最愛の夫君に先立たれ、得がたい師を失われた著者の、多年営々として詠み続けられた作品をとりまとめ、一冊の歌集とすることが、今や私に課せられた責務のような気さえしてならない。

それゆえ、四五年前から作品の整理をお勧めする一方、上梓してくれる出版社を見つけるべく交渉にあたってみたのであったが、あたかも、いわゆる経済高度成長時代のこととて、刊行も意外に容易な情勢で、単純な私など、すっかり安堵させられた。しかるに、著者ご身辺の事情から原稿をなかなか作成していただけず、今年（五十一年）晩春にいたり、突然ほぼ成るのご報に接したときには、出版界の情勢が一変してしまっていて、歌集のごとき地味きわまるものをあえて手がけようとする書肆が跡を絶っていた。

とは言え、やや老いられた著者が、せっかく、お子さんのご助力をえて、まとめられた原稿を、長く筐底に秘めるわけにもいかず、思い悩んだ末、はなはだ不本意ながら、ここに、かかる粗末な体裁をもって、ひとまず世に布くこととする次第であるが、久しく斯道《しどう》に苦心された著者に対し、それから著者の歌人と人柄を愛された故先生に対し、あまりの無力ぶりを自ら恥じ入るばかりである。そうして、将来、本書が心ある出版人の目にとまり、美装をもって再度刊行されるにいたるであろうことを信じたい。

しかり、本書は「万葉集」という水源から流れ来たった短歌の本流に属するものであって、日に月に送迎する売らんかなの歌集と、少しく類を異にするのである。論より証拠、願わくは本書のどの一ページなりと熟視せられよ。いずれの歌にも、激動悽惨な時代を、明るく、けなげに生きぬいた一人の女性の感懐が、なんの虚飾もなく、率直に、高らかに表明されている事実に心を打たれるはずである。

はなはだ失礼ながら、著者の作品を評するなら、いわゆる専門歌人の歌のごとく、技巧に磨きあげられた性質のものでなく、かなり粗い。しかも、材料、舞台ともに狭く限定されて変化に乏しい。しかし、それにもかかわらず、なお本書が強烈な魅力を発してやまない理由は、あくまで作者の態度の真率さによる。集中いくらかの作品には、「万葉集」の作者不詳歌などと共通する点すら見いだされるのではなかろうか。

換言するなら、戦後三十年間、一人の平均的主婦が、越後の小さな町に、いかなる思いをもって一日々々を生きたかを知りうる、戦後史の一資料として、さしつかえない歌集でもあろう。

本書が成る日、おそらく私も著者のしりえにしたがいながら、一本をうやうやしく故吉野先生の霊に、さらに一冊を夫君の魂に供え、しばし首を垂れること必定であるが、そのとき眼前に映るお二人のお顔は、はたして、かすかになりと、ほおえんでくださるものであろうか。

昭和五十一年七月一日、越後高田の寓居において

伊丹末雄

これで、ほぼ、おわかりいただけたはずであるが、著者・福原夏子さんの作歌上、主として指導を受けたのが吉野秀雄先生（一九〇二—一九六七）だった以上、著者を吉野先生のお弟子さんの一人とみなしてかまうまい。事実、福原さんの歌そのものを見ても、そう考えさせられる。念のために十首ばかり抜き出してみたい。

わが生みてまだ日も浅きみどり児のそのやわ肌の匂いかぐなり
喪服をば着し妹の常よりも美しくして吾を泣かしむ
雪の日の撮影終えて帰り来し夫《つま》のオーバー重たかりけり
暗室のくらきになれて泣かぬ子をわが背負いいて現像手伝う
洗い髪下げたるままに口紅を赤くぬりたち夫《つま》勧むれば
たまさかに私服を着れば子供らはどこへ行くかとひとりひとり聞く
末の子は夕餉《ゆうげ》のおかず聞きに来てまた朗らかにかけてゆきたり
幼らに分け与えんと桐の花手にあまるばかり吾は拾いぬ
さっきまで争いていし夫《つま》と子が声を合わせて歌い出したり
目のふちのつり上がるまで我が髪を固く結いくれし母も老いたり

第二首、何が著者を「泣かしむ」のか、説明はないけれども、おのずから察することができる。
次の歌の「オーバー」が「重」い原因はもとより「雪」にあるわけで、暖国の人々には通じかねるかもしれない。

第四首、なるほど写真屋さんに生まれれば幼なるも暗室を恐れぬものか、と覚らせられる。その次の歌など、巧まざる官能の一首。

第六首には敗戦直後の著者のみならざる生活が窺えると思う。

七番目の歌になると、食べ物のまだ乏しかったころの、しかしまた、そうでなくなってからの子どものあどけなさが明快に描き出されていて、いかにも、ほおえましい。「また朗らかに」が単純すぎて気になるが、すでに「後記」でも指摘させてもらったように、こうしたところが「専門歌人」ならざるゆえんであろう。

著者の天成の詩人としての資質をのぞかせる歌の一つとして、私など、第八首を尊重したい。「手にあまるばかり」という音余りが有効で、もし「あまるだけ」とでもされたら、大いに味わいが減じてしまうはずである。「花」はやはり「桐の花」でなければならない。そうして、これを「分け与え」られたであろう「幼ら」は幸せと評すべく、私が「後記」中に「良妻賢母のおもむきがあった」と著者をほめた理由の一端を察していただけるのでなかろうか。

このような父母のつくった家庭には当然、第九首のような光景が見られたわけで、羨ましい思いすら生じてくる。

最後の歌の第一二句に私は感心させられた。なるほど的確な描写だと思うし、女なればこその体験である。「母も老いたり」という月並なことばが、ここでは、よく、つりあっている。

さて、こうした歌をよんだ福原さんが、いつから吉野先生の教えを受けられたものか、かつてお聞きしたことがあったのに老いのためか忘却してしまっている。確か戦後、「新潟日報」という新聞の歌壇に投稿して選者でいらっしゃった吉野先生の指導に浴するようになられたのであったように思うのだが、明言しかねる。但し、角川文庫『吉野秀雄歌集』の「年譜」昭和二十六年「八月」の項に

新潟県高田・柏崎・新津・新潟（秋草道人を訪ひ、良寛詩の講説を聴く）・白根を旅す。

とある「白根」、つまり新潟県白根市（当時、町）に福原さんも私も住んでいて、この時、私達はまちがいなく吉野先生にお会いしたのである。

吉野先生はまず私を訪ねてくださり、ゆっくりお休みののち、ご所望による私の案内で福原家に立ち寄られ、次いで当時、これまた先生の門下として作歌に励まれた川口信夫氏をも訪ねられた。両家は幸い、きわめて近いのであった。そうして、みんなで連れ立って、これまた間近い笹周という喫茶店（もともと菓子店として知られた店ながら、このころ喫茶店を兼ねていた）で冷たいものなどを味わいながら、しばらく歓談したのであった。月がきれいで、浴衣姿の人々の行き交う夜だったのをよく覚えている。念のため書き添えておくならば、川口氏は海軍兵学校出の俊才で、その清新な歌が吉野先生の『短歌とは何か――短歌の作り方と味はひ方』（至文堂）中にちりばめられているのである。

さて、心をゆるせる人々に囲まれて、しばらく歓談された吉野先生は、やがて私の用意した宿に着かれ、なお私を相手に、さっき会われた福原・川口両氏の印象などを楽しそうに語られたが、福原さんについては、即興の歌を口づさまれたので、私はあわててメモさせていただいた。それが後年『妻として母として』の巻頭に、登美夫人のおゆるしをえて「序歌」とさせていただくことのできた二首である。

　さにづらふ越後乙女と見るまでに君うるはしくわれを迎ふる
　あどけなき歌よむ君と語らへば歌のままなる人にしありけり

ところで、今にして、この二首を味わいなおすに、第二首の第四五句から推して、どうやら先生は福原さんに初めて会われたのでなかったか。きっと、そうであったのだろう。第一首にも、そうした気分がみなぎっている。

それにしても、「あどけなき歌よむ君」とは、さすがに吉野先生、福原さんの歌の性格をよく把握されていたと思う。まことに「あどけなき歌」をよみ続けた著者であったが、選者にじかに会い、そのあたたかい人柄に接し、激励を受けたことがいかに大きな刺戟となったか、余人の察するところ以上のものがあったであろうし、吉野先生の側に立てば、作者とその家庭に触れてみるほど歌を理解して指導するために有効な手段はありえまい。思えば私は、たいせつな師弟相見《していそうけん》の場に立ち合っていたのであった。

「弟子は師にまさらず」という語句が『新約聖書』だったかにあったのを思い出す。実際、「出藍」ということは、なまやさしいものであるまい。吉野先生ご自身、会津八一という稀有の師と対して苦労された。歌に書にのみならず、上述のごとく、人間的にまでも。そうして、「万巻の書をよみ千里の道をゆかねば」（一九五一年六月五日付登美夫人宛葉書）ときびしく精進された吉野先生の諸門下もまた師に追い縋るだけで、すでに容易でなかったように見受けられてならない。その点、福原さんは、はやくからご自分を一主婦と規定され、それを越えての「歌人」などは目標にされなかったのだから、文字どおり短歌創作を趣味として生涯を終えられた、幸せな女性だったこととなろう。と言うのは、この小文をしたためながら私は福原さんがすでに死去されていた事実を、白根市の発行物（「文芸しろね」第十一号）で知ったのである。道理で多年にわたり頂戴した年賀状も今春いただけなかったはずだ。悲しいかな。吉野先生の愛弟子は、またお一人減ってしまったわけであるが、先生を後に伝える責務は、それだけ、われわれ生存者の肩に重くのしかかっているように思われてならない。

（一九九二・五・五）

吉野秀雄における仏教
――信仰よりは芸術――

吉野秀雄が仏教に深く心を寄せた歌人であったことは、疑う余地のないところであろう。若くして難病に罹患《りかん》して、学業半ばで慶応大学（経済学部）を退かざるえず、ようやく歌人として世に立とうとするとき、最愛の、はつ夫人に先立たれ、四人の子を擁して敗戦のうきめにあう。せっかく歌名あがり、第二の妻を得て、はなばなしく活動し始めたにもかかわらず、久しからずして臥床《がしょう》の身となり、そのまま生を了えねばならなかったのだから、宗教に近づかない方がふしぎなくらいの一生であったはずである。しかも両親が浄土真宗の信者で、ことに母堂は秀雄に大きな影響を与えたし、登美夫人が夫（八木重吉）も子も結核に奪われた、熱心なキリスト教信者であったこともまた、信仰心をそそってくれた。秀雄は仏教、夫人はキリスト教という、おもしろい組み合わせのご夫婦だったと思うが、互いの宗教を尊重しながら、自らの信仰は捨てず、という生活が円満に行われたのだから、なんとも、ほおえましい限りであったのに、すでに秀雄は仏の国に移り、夫人一人、老いの身を養っていられるのがさびしい。

吉野秀雄は歌人だったのだから、何よりも、まず、よみのこされた歌によって、その宗教的生活をかいまみるべきであろう。

　昼の月消《け》ぬがに空をわたるときいのちひとむきに愛《を》しとおもへり

処女歌集『天井凝視』「大正十三年」のこの歌あたりが、作者の大いなるものに縋ろうとする心の芽生えを示すものであろうか。

咲きよろふ菊のあかるさにうらなごみ命を惜しと人に洩らしつ（大正十三年）

まのあたり父母《ちちはは》おはすかたじけなさ心ゆるびて眠りつぎたり（同）

うからみな安んじあれどわが病あるひはかくて癒えざらむかも（同）

友らみな独り世に立つときほふめりわれは常病《とこや》み猿にかも劣る（大正十四年）

かつて机を並べた「友ら」は慶応大学を卒業し、「われは常病《とこや》み」の身。吉野秀雄の心中いかばかりであったことか。「猿にかも劣る」も、ご本人においては実感であったのだろう。

わがやまひ癒ゆる日おもふ春さりてあかとき高き潮鳴りの音（大正十五年）

第二歌集『苔径集』の初めに、注目すべき二首がある。

みごもれる妹《いも》をおもへば道のべの愛《かな》しき子らは泌みて見るべし

つつしみて妹《いも》と守《も》り経しいのち一つ吾子《あこ》につたへて悔《くい》あるべきや（大正十五年）

作者はなんとしても生きなければならなかった。

口ごもり経唱《きやうとな》へつつわが背《せな》をさすり飽かざる母を泣くなり（昭和二年）

病床《やみどこ》をひそかに抜けてをさなごの太鼓打つなり幼児《をさなご》のべに（同）

「昭和三年」に初めて「常仙寺」（二首）や「極楽寺開山忍性菩薩石塔」（五首）のような詞書が見えるようになり、

血をはきて何にすがらむたどきなし冷たき秀処《ほと》を掴みゐるのみ（昭和四年）

わが病おこたりそめししるしとて妻の活《い》けたる白木蓮《はくれん》の花（同）

を経て、

臥《ね》つつ読む善き人の書《ふみ》は一向《いつかう》に不生仏心《ふしやうぶつしん》と誨《をし》へけるかも（昭和四年）

と初めて浄土真宗の仏典を登場させている。

作者夫婦は幼な子を一人失っていた（「年譜」中の「大正十五年（昭和元年）」の項に、「後年、（中略）二男、（中略）二女を得。外に一男夭す」とある）。

死にし子をまったく忘れてゐる日あり百日忌日《ひやくにちきじつ》にそれをしぞ嘆く（昭和四年）

「昭和五年」に、歌人は「越信羇旅吟」を得、「越後柏崎にて貞心尼の墓に詣づ」（一首）「島崎村なる良寛禅師の墓に詣づ」（一首）等、そうして「信州柏原一茶終焉の地」をとどめた。

次いで「昭和六年」、源実朝の墓に詣でて「実朝唐草窟《からくさやぐら》」（三首）をよみ、『万葉集』研究の先覚者、仙覚を弔う「新釈迦堂跡」（二首）をのこし、のちに自ら永く眠ることとなる寺に遊んで「瑞泉禅寺の道」（六首）をとどめた。

六百年《むほとせ》は易《やす》からぬ間《ま》か夢窓国師が築《きづ》きし林泉《しま》もただの池なり

続く「寿福寺」（三首）は淡々として、そこが悪くない。

「昭和七年」には「相州藤沢遊行寺」に詣でての作（二首）が見え、「八年」に「光則寺」一首がある。この年、「妻盲腸炎の手術を受けし折に」の連作（十首）があり、末尾の一首が印象的である。

夕餉《ゆふげ》の蕎麦を食《く》ひに来ておもふ人の世の相《すがた》つらつら常《つね》あらずけり

「昭和九年」、「京都博物館」（五首）中、

宋僧《そうそう》可宣《かせん》三《さん》自省語《じせいご》墨搨《ぼくたふ》三幅《さんぷく》はたどきもしらに愛《をし》みつきなく

は「宋僧可宣」の「墨搨」のすばらしさをよみ上げているわけであるが、すぐれた禅僧への畏敬、みごとな筆蹟への愛着が作者の好みをよく示す。ここにもまた吉野流の仏教への小径が一筋見受けられるのだと思う。

これに続く「知恩院」はただ一首で、しかも「寺にのぼらず」とある。

「洛西西芳寺林泉」（二首）で、吉野氏が再びこの寺を訪ねていることを知る。

第三歌集『早梅集』は「昭和十一年」から十八年に及ぶ歌を集めたものである。

その初めの年には五月二十三日に逝かれた「松岡静雄先生五十日祭」（五首）の作があるが、この「祭」は神道による行事と思われる。

「夏日雑詠」に

　それがしの聖《ひじり》はおのが脛《すね》の血を蚊にすはするをたのしみきとふ（昭和十一年）

が見え、「円覚寺」（三首）には次のような歌もある。

　死にし子を憶ふ現《うつつ》に木隠《こがく》れの燈《ひ》にまつはれる虫は静けし（同）

「昭和十二年」は日支事変の始まった年であった。

　事務室に掛けおく一休《いつきゆう》の一行《いちぎやう》を何ぞもと訊《き》く者もなく経《へ》つ

「昭和十三年」には次のようによんでいる。

　うつし身の生死《しやうじ》の大事《だいじ》つくづくと病めば身に知れ常忘れゐて
　いまむかしまこと清浄《きよ》かりし唯一人《ただひとり》一生不犯明恵上人《いつしやうふぼんみやうゑしやうにん》

「昭和十四年」一月、「親友」（「年譜」）「須賀幸造」氏「宇都宮にて逝く」。ために「挽歌」（五首）あり。

　やみがたくつきつめし坐禅弁道の旅の真旅に君果てにけり

「東山法然院」（七首）、「猿沢池」（二首）の作を見る。

「昭和十五年」の「閑日」（六首）には、

訪《たつ》ね来て春日《はるび》よろしみ友とあり床《とこ》に江月《かうげつ》の春遊芳草

見もてゆくむかしのひとの手蹟《てのあと》の勁《つよ》さゆかしさ身にぞ泌むなる

のようなものが見えるが、言うまでもなく「江月」は大徳寺百五十六代、江月宋玩のことである。「春遊芳草」が書かれた文字。この程度の人の字に吉野氏が本気で感心したとも思えず、「友」に対する心づかいか。

折本の経文《きやうもん》二冊枕べに置きならはして触れぬ夜もあり（昭和十五年）

「釈勝信命日」（三首）のうち一首を抜く。

子の面輪《おもわ》すでに忘れておぼつかなただ戒名をこの日つぶやく

太平洋戦争下の「昭和十七年」を見るに、まず「寿福寺実朝忌」（七首）から始まる。

ひと巻の金槐集をえにしにてわれら歳歳《としどし》に君を弔《とぶら》ふ

けふの忌《き》の物静けさにいきづきぬ家業崩壊に悩める我は

「帰源院」（六首）、「東寺」（一首）、「実朝公木像」（三首）「奈良博物館諸像」（三首）「法隆寺」（十五首）、みな、それぞれに興深いが、「法隆寺」で吉野氏は歌う。

斑鳩《いかるが》のみ寺めぐりてたまきはる現《うつ》し我命《わぎのち》の流るる愛《を》しも

このみ寺四たびをろがむもいのちなりまさきくありて後《のち》も来《きた》らな

そうして、「昭和十七年」が次の連作で終わるのである。

歎異鈔を誦みつつ

うつし身の孤心《ひとりごころ》の極《きは》まれば歎異《たんい》の鈔《せう》に縋らまくすも

歎異鈔読みゆくなべに上人《しやうにん》の鏡の御影《みえい》おもかげにたつ

る。

　　久遠劫来尽《くをんごふらいじん》未来際《みらいざい》の一瞬《ひととき》と霜夜の星は冴えわたるかも

生家の宗教たる浄土真宗に歌人がひたり切っていることを知る。

　太平洋戦争の苛烈だった「昭和十八年」初頭の「無学祖元石塔」（三首）にとどまらず、この年、「伎楽菩薩」（八首）、「東大寺三月堂」（五首）、「鑑真和上尊像」（七首）と、奈良の古寺にかかわる歌があり、「悼山田珠樹」（三首）で終わる。

　　手を挙げて会釈《えしやく》するなる君が手をわれはさすりぬとはに別れむ

　翌「昭和十九年」にいたると、

　　病む妻と幼き四人率《あども》ひていのちつくさむ年ぞ来にける

いよいよ愛妻に先立たれるときが近づく。そうして、「東慶寺紅梅」（七首）が、「伴へる真少女《まをとめ》の頬映《て》るばかりくれなゐ」であることがあわれに思われてならない。「真少女《まをとめ》」は、長女皆子さんであるまいか。

「昭和十九年」に始まる第四歌集『寒蟬集』には、読み返すのも辛いばかりの歌が多い。なかんずく「玉簾花」はあまりに名高く、指摘する要もなかろう。

「昭和二十年」分もまだ妻を失った悲傷が尾を曳き、「源頼家墓」（二首）、「観古」（弘仁仏手・天平仏手（六首））「建長寺」（一首）などという大小の詞書にも注意を払いたくなってしまう。

　そうして、「西芳寺林泉」（十三首）あたりから、関西の寺々がしっかり描かれるのは、やがて秀雄夫人となる八木登美夫人がすでに、しっかりと吉野家の家政を執られ、後顧の憂いもなくなったからに違いない。立ち直った歌人は「法隆寺」（十二首）、「薬師寺」（十一首）、「唐招提寺」（八首）、「室生路」（五首）、それから「猿沢池」（二首）と、よみ続けた。

そうしたとき、「たらちねの母」（二十一首）の死に直面する。

息の緒《を》の絶ゆればすでにみ仏の母に唱ふる称名念仏《しようみやうねんぶつ》（昭和二十年）

在りし日の母が勤行《つとめ》の正信偈《しやうしんげ》わが耳底《みみぞこ》に一生《ひとよ》ひびかむ

第五歌集『晴陰集』は、太平洋戦争に国の破れた「昭和二十年」の作からを収め、「秋篠寺」（十一首）、「枯山水」（西芳寺、十首）に始まる。これに続く登美夫人との奇縁をよんだ「えにし」（五首）も、前述のごとく吉野秀雄の宗教生活の上にかなり大きな影響を与えるものと言わねばならない。

「昭和二十一年」に入って、「義弟金井与一」の「戦死」を悼む（二首）。

われも知る葬《はふ》りの後《あと》のうつろさに今夜《こよひ》は泣かむ夫《せ》なき妹《いもと》よ

「病床雑詠」中、次の一首は例外として採っておく。

あはれわが恙《つつが》の癒えを主に禱るいまだは見ねで清少女《きよをとめ》一人

をりをりは死にゆきし妻の安らぎを羨《とも》しともしてわが身嘆かふ

うつし世の苦しき今の夢にたつ母の寂《しづ》もり妻のしづもり

わが門《かど》に飢ゑ倒れたる塊《かたまり》を別にあやしまぬ時世《ときよ》ぞすでに

「遺髪」（七首）は「歌友米川稔」氏を偲ぶものである。

蓋しくは命の際《きは》に詠み出けむ一首の歌よとはにむなしき

「冬春雑歌」の末二首「瑞泉寺一覧亭」に次いで「建長寺仏生会」（四首）が収められた。

「大和行中」には「東大寺」（四首）、「南円堂にて」（二首）、「薬師寺にて」（一首）、「浄瑠璃寺」（七首）を読むことができる。但し、あなかなし大仏殿の広前に作る青麦穂を玄てにけり（「東大寺」）

という時世であった。

「夏秋偶詠」中の、

月に二度聖書講義を聴くこともわが混濁の一現象か

暮れ来《きた》る部屋に怒りをこらへをり今朝バイブルを読みたりしかば

は注意に値する告白で、吉野秀雄の宗教の柔軟性をよく表す。

念念にせまる悩みを凌ぐともいかなる生《せい》の価値か残らむ

隙間《すきま》もる薄日のごときたよりなき望みにもわれは縋らむとする

という苦境にあったにせよ、浄土真宗の家に生まれ育ち、『歎異鈔』に「縋らまくすも」とよんでいた人物にして、おそらく正式に結婚するばかりになっていた登美夫人の影響でもあろうけれども、「バイブルを読」む生活も行っていたわけで、潔癖と評された吉野氏が、案外そうでなかったことを端的に示すものである。

すぐ次に「託和歌述憶」があり、これは「十月二十六日八木とみ子を娶る」際の歌九首であるが、初めの歌に、

これの世に二人《ふたり》の妻と婚《あ》ひつれどふたりは我に一人なるのみ

と、よまれている。「ふたりは我に一人なるのみ」という気持ちは痛いほど、わかるけれども、しかしまた一面、こうした妥協性が吉野氏を不徹底とさせるのも事実で、『歎異鈔』も『バイブル』も同日に読むわけで、浄土真宗から抜けて、結局、「瑞泉禅寺」に葬られるにいたるのである。曹洞宗の僧だったはずの良寛が浄土真宗の寺に眠っているのと似た現象で、吉野氏が良寛を好み続けた基本的原因が、こうした気質の共通性に根ざしているのを指さす人がほとんどいないのは、また、ふしぎとするほかない。

吉野秀雄における仏教は、どうやら、文化としての、教養としてのものであって、真に信仰の対象たるべき宗教でなかった。われわれ日本人の多くは、神社に参拝するかと思えば寺院に詣で、結婚式も神式・仏式を選ばないどころか、まま信者でもないくせにキリスト教会ですませたりする。葬式の時のための仏教という感じがいかにも強い。こうした平均的日本人の一人に吉野秀雄もまた属したわけで、いわゆる文人にまま見受けられる生き方である。彼の師の会津八一もまた、大和の古寺をあれほど巡りながら、ついに南都六宗に帰するところなく、会津家代々の菩提寺たる新潟市の曹洞宗・瑞光寺に葬られた。分骨も行われはしたが、瑞光寺がほんとうの墓所である（分骨の行われた東京の法融寺は浄土真宗）。八一のしきりに描いて見せた奈良の寺などは、文芸上の題材であり、研究のための素材だったに過ぎない。いかに「酷愛」したとて、それに殉ずるごとき信仰心とは本来別な「酷愛」だったのである。秀雄もまた実に多くの寺や僧を歌によみ、文に記したけれども、結局するところ、信仰とは直結しないものであったこと上述のとおりで、ご住職と親しいとか、寺が歴史に富み、境内が美しいとかによって菩提寺が決まるようでは、ほんとうに宗教などというものであろうはずもない。

吉野秀雄の芸術を、文人の「たしなみ」とした仏教がある程度深め、味つけしてくれたことは確かである。もしも『吉野秀雄全集』から仏教的色彩を拭い去ったなら、そもそも、いかなるものが残ることであろうか、思い半ばに過ぎるものがある。そういう意味で、吉野秀雄にとって仏教以上の武器はほとんど、ありえなかったはずで、事実ふんだんに用いられている。しかも、吉野氏の仏教は、美ないし芸術と連なるところのものであって、最もしばしば取りあげられたのが良寛であった。

さて、『晴陰集』「昭和二十三年」の「挽歌」（三首）は「俳人山田雨雪」を弔《とむら》ったもので、「信濃道中歌」には「長野善光寺」（二首）が見えている。

亡き母と亡き妻と子の戒名を一つの息にわれは申しぬ

亡き妻の菩提とぶらひ今の妻がわれの帰りを待つことも思ふ

「大聖歓喜天像」（五首）はやや性質を異にするとして、華やいでいた当時の作者の反映には相違ない。

まぐはひのあとを己れが牀《とこ》の上《へ》に主《しゅ》を祈りてぞ寝に就く妻は

となると、異教の夫婦のおもしろさを否応なく考えさせられる。

「十二月三日、長女皆子その夫その子と共に渡米す」るを送っての「出帆」（四首）において、作者は神仏の加護を祈ったりせず、「恃まむに夫《つま》あり」と娘を励ましているのが印象的である。

恃《たの》まむに夫《つま》ありその手執り持ちて汝《な》が生《よ》をひらけ米大陸に

「昭和二十四年」、作者は「去年《こぞ》にやや増す明るさおぼゆ」る新年を迎えながら、

越《こし》の高田かの耶蘇墓地に主《しゅ》の婢《ひ》らのクルスもいまは雪に埋《うも》れゐむ

と夫人の生地《せいち》を偲んでいるが、やがてまた、

梅が香のただよふところ聞くからに出でて訪ひ来し長谷光則寺

と近くの寺に梅見を楽しむ。

「大蔵山杉本寺」（八首）を読み過ぎ、「小菅刑務所詠」（十三首）に立ちどまる。

自《みづか》らを罪びととしてわれは来つ君らが纏ふ青衣《せいい》などは見じ

「昭和二十五年」に「越後島崎村」（十五首）がある。つまり、「隆泉寺境内なる」「良寛禅師の」「墳墓をとぶらふ」ため訪れたのであった。

かりそめに旅に在りしが命日《めいにち》のあたかもけふを奥津城《おくつき》に来つ

み墓べに昼餉の握飯《むすび》食べ終へぬなほしばらくは侍りてぞをらむ

「昭和二十六年」の「三浦三崎春尽《はるづくし》」には「本瑞寺にて」（四首）「見桃寺にて」（五首）があり、続く「出羽各地詠」には「立石寺行」（二首）がある。さらに、「高知旅上吟」には「高知要法寺にて」（五首）「金剛福寺」（四首）「善通寺」（五首）がある。

「昭和二十七年」となり、「国宝館」以来、「郷里の老父」の「病篤ければ」と案じ続けた「父逝く」（十二首）日を迎える。

先き立ちし母に会ふ父をわれらいふ現《うつ》し世びとの慰めとして

よみがへる愚庵和尚の孝の歌われは竭《つく》さで逝かしめにけり

次の「榾火《ほたび》」（十一首）には注目すべき詞書がある。

十月二十六日、詩人八木重吉の二十五周忌に当り、武蔵の西南阪堺村大戸なる塋所をとぶらひ、その生家に泊す

つまり、吉野氏は妻の先夫の墓に合掌したのであった。

重吉の妻なりしいまのわが妻よためらはずその墓に手を置け

われのなき後《のち》ならめども妻死なば骨《こつ》分けてここにも埋《うづ》めやりたし

いい歌だと思う。このように詠《よ》んだ歌人がたまらなく好きになってしまう。もしかすると、吉野氏において、「妻」が一種の宗教たりえていたのかもしれない。そのため、一定の信仰を示さなかったのであろうか。そう言えば、氏ほど「妻」を歌によみ、文章に記した歌人も珍らしいと思う。

続いて「瑞泉寺夢窓会」（四首）がある。

「昭和二十八年」初頭の「あけくれ」中の

亡き父の羽織着重ねいまもかも命護らるるおもひふかしも

から、氏において「妻」のみならず、両親もまた宗教の役割を果たしていたように見受けられるが、これはたくさんの人に共通する心情であろう。稿者もまた亡父の羽織ならぬ半纏を着て、よく原稿を書く。

「詩人池田克己の葬儀に際して」の「弔歌」（五首）が見え、続いて「瑞泉寺春光吟」（七首）となる。

いにしへの疎石《そせき》もここの見わたしを眼皮《がんぴ》綻《ほころ》ぶと詩偈《うた》に讃《たた》へき

「西遊即吟集」には「観世音寺」（三首）が含まれている。

齢《よはひ》若くわが師が撞きし長塚の節《たかし》も詠みし古き鐘を撫《な》づ

次の「菩提樹の花」（八首）には仏教の香が匂い、「折口信夫博士哀悼」（八首）に列なる。

病みがちのわれを知らして折折に言問《ことど》ひましき豈《あに》忘れめや

「病床徒然抄」には何首かの興味ある歌を見うる。

われ死なば心経《しんぎやう》と普門品《ふもんぼん》と誦《よ》みくれむ約ありて石杖《せきじやう》和尚《をしやう》に親しむ

新盆《あらぼん》の赤き紙貼る燈籠が父の墓べにともる頃かも

亡き妻を夢見しことも妻に言ふ秘《ひ》めて過すは罪に似たれば

「瑞泉寺晩秋」（六首）がこれに続く。

「昭和二十九年」の「新年漫詠」も「瑞泉寺の春」（三首）に始まっている。

手作りの椎茸あぶりすがすがと豊道《ぶんどう》和尚酒を下さる

それにしても、なお吉野秀雄の興味をそそった僧尼の宗派の、なんと多彩なことか。つまり、文人・吉野秀雄においては、文事芸術が第一なのであって、教義のいかんとか、信仰の深浅とかは二義的な問題であったと言わねばならない。そうして、さまざまな僧尼、いろいろな作品ないし文化財が彼を高め深め、その短歌や文章に寄与したのであってみれば、仏教はまことに重要な役割をはたした、武器というよりも、むしろ恩人とみなしてさしつかえない存在だったのでなかろうか。

吉野秀雄の古典研究
――『万葉集』から会津八一まで――

はじめに

昭和のすぐれた歌人の一人であった吉野秀雄は、あるとき、その歌の師と仰いだ会津八一の学芸の広さ深さには僻易する旨《むね》を、語ったことがあったが、幅においては確かに八一に及ばない観があるにしても、実作者にふさわしく、和歌に関する、みごとな研究実績をのこしているのであって、ここに少しだけ、そのさまをふり返っておきたいと思う。

彼は生涯『万葉集』を尊び、源実朝を重んじ、良寛を敬愛し、正岡子規・長塚節・斎藤茂吉そうして、もとより会津八一から多くのものを摂取した。

一、めぐりあった古典と師

吉野秀雄は大正四年（一九一五）、高崎商業学校に入学し、国語を担当した丹羽幸蔵から正岡子規・長塚節《たかし》という二歌人について教えられるところがあった。丹羽が節《たかし》の縁者にして友人だったゆえである。昭和四年（一九二九）茨城県岡田に節の生家を訪い、母堂に面会するに至るのも、自然ななりゆきであったし、それに先立ち、大正十二年（一九二三）年、東京・上根岸の子規庵で子規令妹から話を聞いているのもまた、丹羽幸蔵の影響による点が大きい。

両親が新潟県、それも現在の柏崎市という良寛の生まれ寂した土地にほど近い地の出身だったため、幼時から和尚の名を聞いて育った上、良寛顕彰に功多かった佐藤吉太郎（耐雪）の知人と知り合い、昭和五年（一九三〇）には佐藤氏を頼って新潟県出雲崎に赴き、和尚の百年祭にかかわり、ゆかりの地を巡って、いよいよ、その魅力に取りつかれた。

また、大正十四年（一九二五）以来、鎌倉に住んで源実朝に親しみ、昭和十一年（一九三六）、鎌倉短歌会をおこして『万葉集』『梁塵秘抄』と共に『金槐集』をも輪講するに及び、実朝を本格的に学んだ。

さすたけの君が祭は近づきて金槐集にひと夜親しむ　（『早梅集』）

秋の夜の燈火《ともしび》垂れてひもとけば右大臣歌集いよよ愛《かな》しき　（『晴陰集』）

吉野が会津八一の『南京新唱』を読んだのが大正十四年（一九二五）で、相見《そうけん》は昭和八年（一九三三）のことであったから、このころから八一の文芸に傾倒し、多くのものを摂取していく。

吉野秀雄は肺患のため大正十三年（一九二四）、慶応大学を退き、「経済学は断念し、方針を変へてこれより以後国文学の独修に励」（年譜）んだ。しかし、全く「独修」だったわけでなく、昭和八年（一九三三）のころから十一年（一九三六）に死別するまで、松岡静雄のもとに通って上代文学・言語学を学び、ことに『万葉集』について質《ただ》したらしい。また、昭和十四年（一九三九）から数年間、田辺松坡の『詩経』『杜詩』の講義を聞いている。

上記の鎌倉短歌会における輪講も彼の勉強を促したに相違ないが、歌名大いにあがろうとする昭和二十一年（一九四六）四月からまる四年間、鎌倉アカデミア文学部教師（「教授」と記さない理由は山口瞳『小説・吉野秀雄先生』参照）として短歌創作指導・国文学を教えた生活が否応なしに吉野を勉学に出精《しゅっせい》させたことを想うべきである。人に教えるとは、また自ら学ぶことにほかならず、作歌についての考えをまとめた結果がやがて名著『短歌とは何か―短歌の作り方と味はひ方』（昭和二十八年）に結実するのであった。もう一つの「国文学」が『万葉集』をはじめとする古典について、いっそう研究を深めさせ、広げさせた。昭和二十三年（一九四八）五月から三十一年（一九五六）六月までを費やした鎌倉新文化会のための『万葉集』全講、二十九年（一九五四）二月に開始して病のため講了に至らなかったと聞く潮会のための同じ講義は必ずや吉野氏の『万葉集』に関する研究を大いに進めたはずで、昭和三十四年（一九五九）、ＮＨＫ教育講座の一として充実した『万葉集』の講義をはたしえた大きな理由となっている。

万葉を説き来て八とせ辛丑《しんちう》のはじめ下の巻十一に入る　（『含紅集』）

新仮名にて万葉集の講釈を書くをかしさを人知るらむか　（同）

二、主な著作について

終生『万葉集』を愛読した吉野秀雄にして、この最大の古典に関する著述のまことに少量にとどまったのは残念な限りである。その原因について、『吉野秀雄全集・第三巻』の「解説」中に斎藤正二氏が心にしみ入る説明を試みられた。「按ずるに、少数聴衆のための講義に精力を使ひ果たしたのではなかったか」と。常に吉野氏を重んじ、誠心誠意この歌人の真価を世に広めるために尽力されてきた氏の一言には千鈞の重みがある。もちろん、そのとおりであろう。自分自身を省みて、よくわかるような気がする。だがしかし、ほんとうにそれだけで完全な説明となろうか。吉野の病を考慮しても、人はほんとうに好きなことは、なんとかして行なおうとするもので、彼が『万葉集』について、さっぱり記すところなかったのは、たいへん失礼ながら、第一に充分な自信をもてなかったからであろうと思う。斎藤氏の記されたとおり、「夙に神楽舎主人《ささらのやのあるじ》松岡静雄の門人となって古代文学を修学した素養の上に立ち、実作者としての織鋭な鑑賞眼を愈愈研《と》ぎ澄ましつつ樹立して行った吉野秀雄の万葉観には、余人の追随を許さぬ独自の境地乃至は風姿が窺はれた」。だがしかし、『万葉集』研究は万葉学と呼ばれるほどの規模をもち、しかも戦後、斬新にして精緻な学問として変貌しつつあったから、本来、歌人である吉野氏がとにかく、そうした潮流に遠く引き離されることなく歩むためには多大な努力を要したはずで、学界の一傍流だった松岡式では、どうにもならず、研究者に教えを乞うには急激に高まった名声が妨げとなっていた。まれにお会いした私ごとき若者にまで、せっせと質問された事実が、なににも増して氏の心奥の不安を証するものであろう。

吉野氏は歌人だったのだから、なまじ万葉学などに、こだわらず、「実作者としての織鋭な鑑賞眼を」武器として、もっと大胆に、じかに『万葉集』に肉迫すべきだったかもしれないのに、なにごとにも良心的だった氏は必要以上に学問を気にされ、できるだけ、それについていこうと努めたため、非常な心労を味わい、まとまった著述は断念するほかないのであったに違いない、と私などは解釈するのである。

それにしても、われわれは吉野氏に万葉学者としての業績を望むつもりなど初めからもち合わせないのであって、歌人・吉野秀雄の記された『万葉集』関係の文章から、それなりの益をたっぷり受けることができよう。ことに一首々々を具体的に評釈するような場合、すぐれた実作者にふさわしい、みごとなできばえを示された。人事の歌において、「玉簾花」の作者の真価を遺憾なく発揮している。

吉野氏の『万葉集』に関する文章として、

「万葉集への親しみ」（「婦人文庫」昭和二十一年六月号）
「万葉集の魅力」（『古典日本文学全集・万葉集（下）』月報（昭和三十七年九月））
「万葉集のはなし」（「桜菊」昭和四十年十一月・四十一年一月・三月・五月・九月号）

があり、この三編は『全集・第四巻』に「万葉集の話」として、まとめられている。しかし、他にも文章は存在するのであって、上に一首分だけを引いた『万葉集講座・第一巻』（創元社）に収められた計六首分（『全集』では第九巻に「万葉集巻第十一の歌六首」として収められている）が光っているし、また、若かった私に関して書いてくださった、「伊丹末雄君の万葉研究について」（「新潟日報」昭和二十六年三月十七日・十八日号）などまで、のこされているのである（『全集・第九巻』）。いずれも吉野氏一流の風格を帯びたものばかりで、いわゆる学者の詮索に満ちた文章とはまた一味違った好もしさをもつ。

吉野秀雄は、『万葉集』を学んで、いい歌をよみのこした鎌倉三代将軍、源実朝に相当、打ち込んだはずなのであるが、その『全集』に収められている実朝関係の文はこれまた、いくばくもなく、

「実朝と無常感」（「知と行」昭和二十二年十二月号）
「源実朝」（『典型的日本人』所収、『やはらかな心』再収）

ぐらいしか私の目には触れぬ。しかも、読み比べるに、両者に大きな差が見当たらない。したがって、私の受ける感銘もまた共通する点が多く、末尾の部分は最も有益である（「実朝と無常感」）。

実は私に『実朝秀歌』と題した小著があり、「昭和三十一年八月十五日」付の序をもつ、みすぼらしい私家版の冊子ながら、表紙と扉を吉野秀雄氏の重厚な文字が飾ってくれている。もちろんそれは、雑誌「鶴岡」源実朝号（昭和

十七年八月・臨時増刊）等で私が吉野氏の造詣を熟知していたための依頼であったし、氏もまた自己にその資格ありとして諾されたわけである（小著については『日本古典文学大系・山家集・金槐和歌集』解説または鎌田五郎『源実朝の作家論的研究』を参照されたい）。

吉野氏の古典研究の白眉とも評価すべきが良寛に対する論であり、列挙しきれないほどの著作がのこされた。その中で、まず指を折るべき著書は『朝日古典全書・良寛歌集』（昭和二十七年）であろうか。この本は現行歌集の中最も歌数の多い大島花束『校註良寛歌集』（昭和八年・岩波書店刊行）を底本とし、且つ大島花束『良寛全集』（昭和四年・岩波書店刊行）の歌集部を参考しながら、前者に対して六種の諸本を照校して書き込み、その結果を頭注に現わした労作で、歌数がはなはだ多く、注も行き届き、たいそう便利なものである。しかも冒頭の「解説」が親切で、これをよく読んで利用するならば、大いに益を受け取ることもできよう。くわえて歌の初句索引まで添えられているから、至れり尽くせりと評すほかあるまい。

とは言え、人の仕事であるからには、ときどき疑いをさしはさみ、不満を訴えたくなる箇所も目につく。たとえば、

故禅師の君の御うた
天人《あまびと》著るといふなる夏山のせみの羽衣いづこより得し

は「由之の『八重菊日記』より採る」とあるが、私の目にした遺墨には初句が「天人の」とあった。これはやはり「天人の」とあるべきところであろう。こうした、たぐいの再吟味がいろいろと必要なのである。

次に、『良寛和尚の人と歌』（昭和三十二年）もまた刊行当初から世評高かった名著で、東郷豊治先生の『良寛』と読売文学賞を競ったのであったように記憶する。本書の内容は「良寛の生涯」「良寛歌私解」の二部から成り、これ

また使用歌の初句索引を付している。「良寛の生涯」の方は、昭和三十一年、六回にわたってＮＨＫから放送した同じ題目の講話の原稿に、いくらか筆を加えたものである。

「良寛歌私解」こそ歌人としての力量の存分に発揮された部分であろうが、これまた首をかしげたくなるところもないわけでない。たとえば、

　雪の夜にねざめて聞けば雁がねも天つみ空をなづみつつゆく

という秀歌について、「彼等もまた難儀しながら北地を指して空を飛んでゐる」と著者は説かれるのであるけれども、なにゆえに「北地を指して」と限定できるのか、わからない。冬季間、雁はわが国にいて、早春「北地を指して」去っていく。したがって、「雪の夜に」飛ぶのは、むしろ国内における（南への）移動なのであって、この歌の場合も、おそらくはそれであろう。何十年、雪深い越後に暮らしてみると、事実に即してそう思わざるをえないわけである。

明治以降の、正岡子規・伊藤左千夫・長塚節・島木赤彦・斎藤茂吉・会津八一等の和歌が、はたして「古典」の名に値するものか否か、私は知らない。しかし、本小稿においては加えることをゆるしていただきたい。

ふつう吉野秀雄は会津八一の門下ということになっているわけであるが、仔細に作品について窺うならば、実に多くをアララギ派の先人に学んでいるのであって、斎藤茂吉から受けたものが、会津八一からのそれより少なかったなどと、何人が断じえよう。それゆえ、今ここに吉野氏の、八一についての文章だけを採りあげるのは、おかしな話に違いなかろうけれども、煩を避けるため、会津八一にしぼってみる。

その会津八一についての吉野氏の文章がすでに『秋草道人　会津八一』上下二巻（昭和五十五年）にまとめられているのは、まことにありがたく、『鹿鳴集歌解』を巻首に据え、かつまた、これを中核とする気味のある本書を読め

ば、八一のあらゆる部面にわたり記されているのを確認できよう。

ここでは歌にしぼって見直したいのであるが、大まかに言って、いくらか溢美のことばが多過ぎるような気のするのを否めない。ことに八一在世中の鑑賞文に、ほめことばが目につく。試みに『鹿鳴集歌解』に採りあげられた「南京新唱」の最初の、

春日野にて

かすがのにおしてるつきのほがらかにあきのゆふべとなりにけるかも

に対する評の部分をのみ引いてみよう。

> この歌、想は単純だが詩魂充実して余りあり、斧鑿《ふさく》の跡を絶って完璧の相を呈してゐる。秋草道人の歌調の根本は万葉調であり、また万葉調の良寛調に近いといふ批評にも同感されるが、要するに道人の歌は、柔艶《にうえん》にしてしかも骨法を得、総じては温《ぬく》もりとうるほひを湛へる完成感の密度において妙境を顕示するものといへよう。軽《うす》羅《もの》を透かすかのやうに展ける月光の春日野、古き都のその夢のやうなほの青いにほやかさを、純直の態度と古樸なことばによって把握してゐるところ、『鹿鳴集』開巻第一のこの一首にみても、道人の歌の何たるやはおよそ見当がつくであらう。

もはや、これ以上、ことばを捜すのがむずかしいぐらいの讃辞が呈されているけれども、「完璧」の作など、この世になかなか生まれるものでなく、現に私の本心を明かせば、こうした、たぐいの短歌をそれほど、ありがたがるつもりはない。第二句「おしてる」（押し照る）が「つき」にうまく調和していないと思うし、第三句「ほがらかに」という平安時代以降の表現は、やはり万葉時代の「かも」と充分につり合わない。歌の内容も、ただ春日野に秋の月が出ただけのことで、単独の歌として味わうとき、いくらか道具立てが足りず、単純に過ぎ、したがってまた、おもし

ろみも少い。そこがなんとも言えない、淡白のよさだと強弁する人もさだめし、いるに違いないが、そういうのをアバタもエクボと言うのであろう。

右の調子の評釈が延々と多年にわたって行なわれたのだから、はじめて一二種を読む人ならいざ知らず、いかに会津八一の歌を好む型の人物でも、いささか飽きが生ずるのを止めだてできかねるわけで、私の知人に、吉野氏の師匠思いには感心するとして、毎度の提燈《ちょうちん》持ちにはホトホトまいってしまった、と白状した紳士がいた。つまり、一部の人々に八一離れさせるほど吉野氏の讃美は執拗ですらあった。もっとも、それはほとんど、わが新潟県人においてであったはずで、吉野氏のそうした性質の文章が戦後「新潟日報」「越後タイムス」といった新聞にまま掲載されたのである。左にそれらのいくらかを列挙してみよう。

「『寒燈集』読後感」（「夕刊ニヒガタ」昭和二十三年三月二十二日号）
「『会津八一全歌集』書評」（「新潟日報」昭和二十六年四月十三日号）
「秋草道人の歌」（「新潟日報」昭和二十六年五月十五日・十六日号）
「会津八一先生を偲ぶ」（「越後タイムス」昭和三十一年十二月二日）

（以下略）

「西条における秋草道人」（「新潟短歌」昭和三十二年二月号）
「秋草道人の偽筆」（「新潟日報」昭和三十三年七月十一日号）
「偉大なる自由の人―会津先生をしのぶ」（「新潟日報」昭和三十三年十一月二十二日号）

言うまでもなく、これ以外に吉野氏の書籍・雑誌に書かれたものがいろいろあり、さらには吉野氏による講演も県下何箇所かで何回か行なわれたのであったから、越後はまるで吉野氏をはじめとする人々の会津八一讃歌の大合唱が鳴り響いていた感があり、その余韻は今なお残っている。そうした情況がかえって一部の人々の反感をそそったのもまた事実で、新潟退隠時代の会津八一の傲慢不遜ぶり（？）と重なり合い、八一を毛嫌いする層が形成されたまま、なかなかに解消されることがない。反八一党に言わせれば、師弟間の度を過ぎたほめ合いは不快きわまるそうである。

会津八一の方の弟子ぼめとは、たとえば

「友人吉野秀雄」（「夕刊ニイガタ」昭和二十二年三月五・六日号）

「吉野君の新著」（「夕刊ニイガタ」昭和二十二年十一月十三日号）

「東京の一週間」（「新潟日報」昭和二十六年十一月二十六日号）

などを指すらしく、「友人吉野秀雄」中に八一は世の常の師弟関係の愚かさを指摘し、閉鎖的・封建的なグループの形成を非難したけれども、実は自分達もまた似た小グループをつくって身を守り続けたではないか、と指弾する。

吉野氏は「秋草道人歿後十年」（「中央公論」昭和四十一年四月号）の末尾に、

晩年の道人は「おれや君は野武士のやうなもんだから、徒党を組む連中の何倍も勉強する覚悟を持たう。他人が自分と同等の力量に見えるときは、まだまだ先方がずっと上だとおもひ給へ」などといってをられた。

と整理して記されたが、もっとドギツク述べられたものもある。とにかく、こうしたところにも、「徒党を組む連中」と対抗するため、しっかり結びついていこう、とする意識が表われているとしなければなるまい。ここに、ほめ合いの基盤があり、必要以上に相手を賞讃するのであって、度の過ぎた賞讃は鼻持ちならない、と言うのである。どこまで妥当性をもつ論評か知らないが、いくらか、わかるような気もする。会津八一は「吉野君の新著」（前記）中に記す。

私は昨年柏崎の講演会で、吉野君が私の歌のうちの幾首かを批評をされるのを傍聴したことがあるが、その時の吉野君の態度は、自分の師匠だから褒めるの持ち上げるのといふ私的な暗いところは少しも無く、明るいすがすがしい気持で真正面から正々堂々と、厳粛に述べ立てられるので、私も聞いてゐて、少しも悪びれもせず、誰か遠い昔の歌詠みが公平に裁かれてゐるのを聞くやうで、いまさら吉野君の真実に一貫した精神に敬服したものである。

私みたいな、どちらかといえば会津・吉野びいきの人間には、なるほどと納得できる、ここに描き出された場面も、ひとたび立場を変えて反八一党の人々が読めば、例の調子で八一をほめ讃える話を、よくも本人が恥ずかしげもなく聞けるものだ、ということになるのであろう。それはともかくとして、「完璧」などという評は、むやみに行なうべきものであるまいと考えるが、いかがであろうか。

私にとって最も有益なのは「『会津八一歌集』本文校異」である。

本稿の題名を「古典研究」とさせてもらったのは、以上のように和歌についての研究のほか、実にさまざまな古典に関する随筆的文章も多々あるためであったのだが、本格的な研究ということになれば、やはり上記のようなものであると言ってさしつかえあるまい。そうした少ない分量の文章で私が大いに益を受けたものとして、『全集・第三巻』に「現代短歌論」という題でまとめられた何編かがあるが、「私は年若い時分、子規の「竹乃里歌」を愛読してはじめて歌に志し、ついで左千夫、節、赤彦、茂吉等の写実派の歌に学ぶところ多く」（「宮柊二の作品」）と回想した吉野氏にとって、そうした歌人達はいずれもなじみ深い人々だったわけで、それぞれに読み捨てがたい内容を含んでいる。随筆として見るならば、相当高い評価が加えられてしかるべきものであろう。

おわりに

吉野秀雄氏の古典に関する記述は、ほとんど随筆的に記されていて、いわゆる学者の論文とは、おのずから趣きを異にする。しかし、その内容には学問的にも有益な点が多く、ただの感想とか批評とかに、とどまらない場合が多い。すくなくとも私は従来いろいろ恩恵をこうむってきた。ゆえに、あえて「研究」の名を用いてみたのである。

斎藤茂吉の『柿本人麿』や『源実朝』、土屋文明の『万葉集私注』みたいな業績を、病身だった吉野秀雄に要求するのは土台無理というもので、良寛に対する考察、会津八一に関する記録など、この歌人において、おそらく、せいいっぱいの仕事だったことと同情にたえない。そうした目で、吉野秀雄の古典研究をかえりみるべき、と提唱してやまない次第である。

〔講演記録〕

吉野秀雄先生の一文

――「伊丹君の万葉研究について」解説――

一

ただ今ご紹介いただきました伊丹と申す者でございます。

『吉野秀雄全集（第九巻）』の末尾に近い部分に、私に関する文章、もちろん吉野秀雄先生のご文章が収められていて、その題は「伊丹君の万葉研究について」とあります。後に「新潟日報」に吸収されます「夕刊新潟」昭和二十六年三月十七日・十八日に掲げられたものが収められたのでございます。原物を見ますと、「歌話」とことわられています。

実は今日まで何度か、このご文章にかかわる問い合わせを受けたことがありましたが、きょうまた、みなさまから、この一文をめぐって一場の談話を行うように、と言いつかっていますので、少しだけ述べさせていただきます。そうすることが、とりもなおさず、私の今なお敬愛してやまない歌人・吉野秀雄先生を、よりいっそうご理解いただく因《よすが》となるならば、と思うからでございます。

ところで、吉野先生のご文章は確かに私の青春時代を記念するものの一つとなってくれていますが、しかし、ほんとうのところ、自分一人、時に読み返して先生のご厚情を偲び、いっそうの発奮を期せばよい性質のもので、『吉野秀雄全集』に収録されることすら、格別望みませんでした。『吉野秀雄全集』が編まれるとき、そのお仕事に当たられた方々の中に、知人がいられ、事実、意見も徴されたのでありました。それなのに、私が問題のご文章の存在を申し出なかったため、「古典研究・余録」中に含められて、いわば補遺的に、しかも読者にわかりやすく、という考えからでしょうか、原題と少しだけ違う、「伊丹末雄君の万葉研究について」という題目のもとに辛うじて収められたのであります。

それにいたしましても、すでに『吉野秀雄全集』に収録され、多数の人々の目に触れてしまった以上、今度はこのご文章がどういう状況下に記されたものであったのか、について、私の側から明らかにしておくことが、私の義務となっているわけでございまして、この、ささやかな話もまた、そうした狙いをもつものであります。

どうぞ、お手もとにさしあげました原文―と申しましても、読みやすい『吉野秀雄全集』により私の書いたもののコピーをご参照のうえ、しばらくお聴き取りくださいますよう、お願い申し上げます。

二

さて、大まかにご承知いただいているようすでございますが、私は大正十五年（一九二六年）、新潟県白根《しろね》市という、新潟市の南に位置する真木新田《まぎしんでん》と称する町に、農家の末子として生まれ育ちました。そこは全国一の米産地として知られる新潟平野の一角で、どっちを眺めても、ただ田んぼの続く、平坦地のくせに交通の便に恵まれない、言わば陸の孤島みたいな感じの土地でございました。さすがに自動車の行き交う昨今は事情が少し変わってきましたが、それでもなお交通事情は決してよくありません。雪で知られる越後としては積雪の少ないのが僅かな救いであります。

日中戦争が烈しく、その年末、太平洋戦争の始まる昭和十六年春、当時はまだ白根市は出現しておらず、私の出生地は庄瀬《しょうぜ》村という村でございました――の小学校で高等科――今の小学校にあたる尋常科六年の上に置かれた二年の課程――を卒えさせてもらいました私は、百余粁《キロ》距《へだ》たります、現在の上越市高田にありました新潟県立高田師範学校に進学いたしました。「雪の高田」として全国の方々に思い出していただける、あの越後の高田でございます。私も後年『雪の高田物語』という本を杉みき子という児童文学者とごいっしょに書きましたが。

師範学校というのは、若い方には、もはや、わかっていただけないはずですが、明治時代から太平洋戦争直後まで、義務教育の教員、つまり小学校の教員を養成するため、戦争中までは都道府県、最後の数年間は国が設けていた学校で、現在の教育大学とか、大学の教育学部とかの前身に当たるわけであります。もっとも、その翌月、昭和十六年度から全国の小学校が国民学校に変わってしまいまして、大戦争に勝つための国民の養成にあたる教員を育てることが使命となっていました。

私のように小学校高等科から入って五年学ぶ課程を第一部、中等学校――今の高等学校に近いもの――から進んで二年間勉学するのを第二部と呼んでいました。

戦時下の、しかも義務教育の教員を養成しようとする学校にとって、生来虚弱を極め、したがってまた運動神経の伸びなかった私などは、全く不向きな人物でありましたのに、なんとか入学させてもらえましたのは、ほんとうのところ、出身小学校の校長先生がその師範学校の卒業生中、重んじられた方であり、さらに有力な先輩の協力を得てくださったためと思われます。

とにかく、私ははなはだ自分に適さない学校に進んでしまったわけで、自分なりに、さんざん苦労したのは、いたしかたないこととして、周囲にご迷惑をおかけした点もあったように恥じ入っております。

学校は、生徒を四六時中きびしく鍛えるために全寮制を採っていました。それはそれは厳格で窮屈な、旧日本陸軍に倣った生活が強いられていたわけですが、最下級生の私共の苦労など、なかなかなもので、新兵ほどではないにせよ、いろいろ切ない思いもいたしました。

そうした辛い生活に入り始めた四月半ば過ぎの土曜・日曜日、初めて帰省がゆるされ、生家の遠い私も、多くの友達がはしゃげば矢も盾もたまらず、家へ帰ることに決めました。そのころ、およそ四時間半、小半日も汽車に乗って、もよりの駅に降り、それから七・八粁《キロ》歩いて家に到着する、という身の上でしたから、車中の退屈をしのぐため、どうしても一二の書物を携行せずにいられません。学校から高田駅までの途中にありますB書店に立ち寄りましたところ、店頭にたくさん置かれていたのが岩波新書で、当時は一冊五十銭、つまり一円の半額でしたが、ハンデイで格安なのが魅力で私は断然その中の目についた二冊を求めて車中の人となりました。なにしろ自由のきかない最下級生ですから、内容をゆっくり検討して、といった買い方など、できるはずもなく、発車時間を気にしながら払いをすませたことをいまだに忘れません。

さて、薄黒く煙を吐く汽車にゆすられながら、つくづくと見なおしますに、私の買った二冊は、斎藤茂吉著『万葉秀歌』上下二巻で、ご承知のとおり今日なお多くの人々に読まれている名著でございます。それを少しずつ読み進むにつれ、少年の心を『万葉集』の古歌がしっかりと、とらえてしまいました。しかも、まことに、ふしぎなことに、すぐれた歌人たる著者が心を込めて評釈してくれる文章は、子どもの私にとって、むずかしくもあり、それほど魅力あるものでなかったのでございますが、『万葉集』の歌そのものが、じかに心にしみとおってくれました。これが古歌のすばらしさなのでしょう。

もっとも、考えてみますと、私の方にも多少、古い歌を受け容れうる素地があったのかもしれません。わが国が太平洋戦争に敗れた日に死んでいった母は、一介の農家の主婦にほかなりませんでしたが、実家がいくらか教養的雰囲気をもっていたためでしょうか、正月になると、子どもたちをせきたてるようにして「百人一首」をさせました。そのため、末っ子の私ですら、少々古い歌に接していたわけで、真の意味における万葉歌に触れるのは初めてながら、いくらかなりと受容しやすい少年だったのでございましょう。とにかく、いっぺんに『万葉集』に魅せられてしまいました。

　ところで、『万葉集』約四千五百首の中での九番目の歌ですから、著者なりに、すぐれた歌を選んで評釈した『万葉秀歌』においては、繙くと、すぐに出くわしてしまう額田王《ぬかたのおおきみ》の短歌第二首が、天智天皇の母君たる斉明天皇四年、「紀温泉《きのゆ》」つまり和歌山県湯崎温泉――白浜温泉に隣接する、今半ば忘れ去られた温泉――に行幸の行なわれたとき、それに従っての作で、古来『万葉集』第一の読みがたい歌、難訓歌として知られております。そうした厄介な短歌を著者が採りあげ、「契沖が、『此歌ノ書キヤウ難儀ニテ心得ガタシ』と歎じたほどで、此儘では訓《よみ》は殆ど不可能だと謂《い》っていい。」と記されたのでありましたが、少年の私にとって、それはまことに、ふしぎな記述にほかなりませんでした。われわれの祖先――ことばが不適当なようですが――の書き記したものに、「訓は殆ど不可能」などということがあっていいものであろうか。子どもながら名前だけは聞いていた契沖や賀茂真淵や本居宣長やといった偉い学者達が苦心しても、うまく読めないものならば、しかたがない、自分の力でなんとか訓んでみなければなるまい。こういうふうに、あっさり心を決めてしまったのでございました。後年の私ならば、この九の歌をうまく訓むという仕事がどれほどの難事か、身にしみてわかるわけですが、数え年十六になったばかりの当時の私に、そのような判断のできよう道理もありません。無知はまことに勇ましく恐しいものでございます。

　以来、私は『万葉集』を愛読し、特に巻第一、九の歌を自分なりに訓むために万葉仮名の勉強を積んだのでありますが、それは容易ならぬ険しい道でありました。今も群馬県にご健在の岡戸伴助先生をはじめ、ありがたい恩師諸先生がいらっしゃっても、実際問題、それぞれご多忙な先生方に万葉仮名のご指導を願うわけにはいかず、またもし勇をふるってお願いしてみたとて、失礼ながら教えていただける方はいられなかったはずで、その道理は、私に充分わかっていたのでございました。なにしろ、ようやく橋本進吉先生を初めとする先達が万葉仮名の研究を進めつつあり、その成果がまだ一般にはあまり公表されていなかったころのことで、加うるに戦争の激化に伴い、せっかく昭和十八年度から師範学校が予科三年・本科三年の官立の専門学校に昇格していましたのに、生徒・職員共にかたはしから動員されて各地の工場等に出向かなければならず、兵役に服する方々もまた相次いだのでありました。

昭和二十年を迎えますと、戦局はもはや、どうしてみようもなく悪化し、この年の初めに学徒勤労動員で働いていた富山市に隣《とな》る侘しい町、小杉町で、いわゆる徴兵検査——兵役を課すための、身体を主とする検査——を受けました。すでに国内の主要都市がかたはしからアメリカ軍の空襲と艦砲射撃を受け、廃墟と化しつつありましたので、軍がわざと目につかない小さな町を選んで徴兵検査を行なったものと推測されます。

この検査にからんで、ささやかなハプニングが起きました。私共が検査の前夜、小杉で泊めてもらうことになっていた民家がわからなくなってしまったのであります。というのは、引率にあたられるはずの東郷豊治《とよはる》先生が、途中ではぐれてしまわれたかして、お姿なく、私共は雪の降りしきる、暗くなってしまった町を、自分達を泊めてくれる一軒の家を捜し求めて、あっちへ、こっちへ歩き回らねばなりませんでした。さんざん捜した末、到達できましたが、その辛さ、心細さ。とうに故人となられました東郷先生にかかわる、忘れようとして、なお忘れかねる思い出でございまして、良寛研究者として令名いよいよ高い先生に、いかにも、ふさわしい、できごとのように思われます。先生ご自身、出家前「昼行燈《ひるあんどん》」と越後・出雲崎《いずもざき》の人々に呼ばれた良寛に通ずるところをおもちだったようで、それゆえに、ひたすら良寛に恋い焦《こが》れておられました。

なんでも、私共を泊めてくれましたお宅は相当な地主さんか何かだったらしく、家屋は広く、調度もりっぱでしたが、たいていの部屋にいい味わいの陶器が飾られていて、家人にお尋ねして、それが地元でつくられた小杉焼であることを教わりました。私が小杉焼の幅広さをいくらかなりと認識できたのは、こういう機会に恵まれたためでございました。

思わず脱線してしまいましたので、先を急がせていただきます。

こうして、成人の儀式みたいな感じだった徴兵検査も侘しくすみ、「第一乙・陸軍野砲」と区分されました私は、軍需工場で酷使されていたため珍しく徴兵猶予の扱いを受け、ついに敗戦の日を迎えました。連合軍の本土来襲と同時に私も国土防衛軍の一員として召集されるはずでしたから、死期の迫った私は、なんとか生きているうちに九の歌を訓んでみたいものだ、と気をもみながらも、無力のため手も足もでなかったところ、意外にも目の前に立ちはだかっていた死の恐怖の方で突然消え去ってしまったのでございました。

もはや、そんなにまで、ことを急ぐ必要がなくなったわけですし、そのうえ、あたかも敗戦の日、厳密には夜の九時過ぎに母が死亡してしまい、二つの衝撃に打ちひしがれた私は、しばらく茫然自失の状態に落ち込まざるをえませんでしたが、やがてまた気を取りなおし、それまでより、ずっと幅広い勉強を進めながら、しかし目を九の歌に向けて暮らすようになります。平和が訪れた、といったところで、食う物も着る物も乏しく、そのうえ、もはや、わが国の古典を学ぶ人間など、周囲から変人扱いされかねない時勢で——吉野秀雄先生の問題のご文章には、こうした風潮に対する戒めも含まれているはずです——、器用な転身など、できっこない私にとって、決して生きやすい世の中ではありませんでしたが、多少お腹が空こうが、衣類がみっともなかろうが、ゆっくり本が読め、考えごとができるだけで、すでに充分幸せでございました。
昭和二十一年秋のころ、ようやく私は九の歌の訓について、つたない一案を得ました。

三

ここで、どうしても九の歌について少しだけ、ご説明申しあげなければなりません。
この短歌は、いわゆる大化の改新の直前、斉明天皇四年十月十五日、「紀温泉」、つまり牟婁湯《むろのゆ》、湯崎《ゆのさき》温泉に行幸の行なわれた際のものですから、お手もとの資料の最初の部分でご覧いただけますように、歌を説明する、
幸于紀温泉之時額田王作歌一首
という題詞がございます。ご承知のとおり、『古今和歌集』以降は詞書《ことばがき》と呼びますのに、ひとり『万葉集』については題詞と言います。
紀《き》の温泉《ゆ》に幸《いでま》せし時、額田王《ぬかたのおおきみ》の作れる歌ぐらいに読んで置きましょう
歌そのものは、古くから伝わった写本・刊本により文字の差がいくらかありまして、およそのところ、資料にありますように、
莫囂円隣之大相七兄爪湯気吾瀬子之射立為兼五可新何本
か、これに近い文字かで記されていることとなりましょう。これをどう訓み、いかに解するかが問題だったわけであります。
もっとも十三番目の文字「吾」から下が短歌の下《しも》三句でしょうが、その下三句の読み方はほぼ、

吾瀬子之《ワガセコガ》　射立為兼《イタタセリケム》　五可新何本《イツカシガモト》

わが父子《せこ》が　い立たせりけむ　厳橿《いつかし》がもと

と固まっていますから、伝わる文字を忠実に、しかも下三句にうまく接続するよう上二句を訓めばよかったのでございました。

最初の私の訓説が記されたものを保存いたしませんので、どういうふうに考えたのか、本人自身よく思い出せず困ってしまいますが、とにかく上二句を「原字を四文字改めて」、

三室戸《みむろと》の　山見つつ行け

とするものであったことは、まちがいございません。してみると、「莫囂」の部分をミムとし、「円隣」をロトと訓み、「之」字をノとしたはずではないかと考えられます。このうち「円」はマロですから、その下の音を採ってロとすることはむりでないでしょうし、その下の「隣」字はトナルですのでトと訓んだのでしょう。「之」をノと読むのは妥当な方法でございます。初句で問題は「莫囂」をどうしてミムとするか、でしょうが、「莫《シ》レ囂《シキコト》」、「莫《なシ》レ囂《さやギ》」は『日本書紀』神武天皇紀の「中洲之地無《シ》二風塵一」に通じ、「中洲」すなわち大和とみなせば、そこは一種の理想郷となり、「行きて見む国」となります。その中心点は「見む」ですから、「莫囂」はすなわちミムと訓んでかまわないのではないでしょうか。「莫囂」二文字が、ここを二音で読むべきことを示しております。こうして、「莫囂円隣之」五文字をミムロトノ（三室戸の）と訓みます。

次いで「大」以下の七文字をヤマミツユケ（山見つつ行け）と訓むためには、「大相七」を「大相土」をもとの字とみなして、「大《イナル》相土《ノ》」は「山」のことと解し「兄」を「見」とみなし、「爪」を「乍」とみなし、「湯気」はそのまま仮名と考え、「山」「見」「乍《ツツ》」「湯気《ユケ》」とするわけでございます。「七」を「土」と伝えた本、「兄」を「見」と

思われる字で伝えた本、「爪」を「乍」とした本がありますゆえ、決して、かってな文字を使って訓んだわけでなく、ゆるされる範囲での訓なのであります。

このようにして、初句と第二句が「三室戸の　山見つつ行け」となるわけで、これをさっき確かめて置きました第三句以下に接続させますと、

三室戸《みむろと》の　山見つつ行け　わが夫子《せこ》が　い立たせりけむ　厳橿《いつかし》がもと

という一首の短歌となります。

「三室戸の　山」は、大和を象徴する三輪山の別名でありますし、「厳橿」とは字のとおり厳かな感じのするカシの木で、現今、葉の小さなカシをイツカシと呼びますが、九の歌の場合、カシの種類を示したわけでもないでしょうから、さっきの解釈を採ることにいたします。

三輪山を見ながら行きましょう、わが背の君がお立ちになられたであろう厳かなカシの木のもとへ。ざっと、こんな意味の歌となりましょう。もしまたユケ（行け）を已然形と見ますならば、三輪山を見ながら行けば、やがて、わが夫《つま》のお立ちになられたことであろう厳かなカシの木のもとに達します、ぐらいな歌意となりますか。いずれにせよ明日香の宮殿を出発する際か、出発直後かの作でありましょう。「わが夫子《せこ》」を私は才色兼備の作者の最初の夫、大《おお》海人《あまの》皇子、後の天武天皇と考えました。

何十年前の自分の訓み方を記憶しないまま、新たに思案してご説明申しあげましたが、もとの説は「原字を四文字改めて」のものだったそうですから、もとのとおりでないことは、もはや明らかでありますが、昔からの字のまま訓む方がいいに決まっています。

四

こんな調子の粗雑な訓説を卒業直前の昭和二十二年早春に発表してみますと、思いがけず、たくさんの方々が喜んでくださいまして、おつきあいも生じ、それ以後の生活と勉強のうえに、どれだけ励ましと便宜を受けたか知れません。学界の長老、佐佐木信綱先生を始め、みなさま、みんな、やさしく親切でいらっしゃいました。中でも、うれしかったのが、山形県大石田に疎開生活を送り、体をそこねていられた斎藤茂吉先生が僅かな仕事を祝ってくださったことで、『斎藤茂吉全集』第二版の書翰篇に収められている私宛のはがきがそれでございます。なにゆえ初めから収録されなかったのかと言いますと、斎藤茂吉という方は生前、自分の死後、全集などの編まれることがあるとしたら、どうぞ書翰のたぐいは入れないでほしい。ラブレターにいたるまで、あらいざらい公表されたら、いかに死後でも、恥かしくって、やりきれたものでない、と度々口にしていた人物でしたので、私は故人の遺志を尊重するつもりでいましたところ、ご本人の恐れた「あらいざらい」が初版ですでに実現してしまいましたため、もはや私風情《ふぜい》がかすかに茂吉先生のご心中を汲んだところで、どうなるものでもありません。むしろ、今度はすべての資料の収集が目標となるべきでしょうから、私も二版に対し協力することとしたわけでございます。

実はその後もう一通もらいましたのを、何度かの引っ越しの際に紛失してしまい、今に悔いております。若者はえてして思慮が浅く、こういうものを大事にいたしません。私などがそのいい例であります。

昭和二十二年三月、新潟第二師範学校をどうやら卒業させてもらった私は、郷里、白根市――当時まだ町――の中心部に、新しい学制によって、できることとなりました白根中学校の教諭として三月三十一日付の辞令を受け、赴任する身となりました。もっとも、厳密に言えば帳簿の上では四月中、白根小学校教諭で、五月から中学校に移されていますが、実質は四月末、白根中学校の国語・社会科教師とされ、最高学年たる三年生全部を担任いたしました。教師としての基礎的能力すらまだ持ち合せませず、ただ若さだけを武器とした、むてっぽうで、やたらに楽しい生活に入ったのでございます。なにしろ担任する生徒達より六歳しか年長でないわけですから、教師といったところで、まあ先輩とか兄貴分とかにしか当たらないわけで、夏目漱石の『坊ちゃん』よろしく、彼等といっしょに騒ぎ回っていたというのが真相だったようです。

もちろん勉強しなかったわけではありません。勉強せずに教師は務まりませんが、片桐憲一とおっしゃる校長がたいへんな読書家で、なにしろ書物の重さで校長宅の床がめり込んでしまい、町から苦情が出るほどの人物でしたから、われわれも自然いくらか見習わないわけにいかず、私の場合、教職に関する研修を積みながら、一方において『万葉集』を中核とする自分自身の研究を進めました。なにしろ、この校長が六年前、私を師範学校に押し込んでくれたらしい人物であるため、わがまま者の私も、なんとなく頭の上がらないところがあったのでございます。この人はよくよく縁のあった方のようで、学校を卒えますとき、赴任希望の学校を書かされます際に、「お前については採用したいという学校があるぞ」と言われ、びっくりして、どこからか尋ねてみますと、それが片桐校長からの申し出であることをおしえられて、むやみに感激してしまい、私は傍目もふらずに、この先生の膝下《しっか》に馳せ参じたのでありました、後年、結婚にあたって仲人の労をとってくださったのもまた先生ご夫妻でいらっしゃいました。片桐校長の勤務されるところには当然、図書もある程度備わり、敗戦直後の学校にあるはずもないような本をも利用させてもらい、私のささやかな研究は継続されたのでございます。

しかしまた一方、私を妨げるものも、いろいろありまして、その最たるものが薄給による生活難でありました。なにしろ昭和二十二年という年は全国教員のストライキ騒ぎで明けていたくらい教員のみならぬ公務員の給与が低く、逆に表現すればインフレの進行が速く、とうてい給料で暮らしを立てることができなかったのでございまして、私の場合、確か下宿料が六百円というのに月収三百九十円という、みじめさでした。生家はやや遠過ぎ、いたしかたなく、いつとなしに町はずれの石川さんという後輩のお家にころがり込み、自炊生活と言えば聞こえがいいものの、ありていは何かと世話になりながら勤務しておりました。このお家の方々のご厚情を、生涯忘れまいと思います。この困窮ぶりは吉野先生が私に関するご文章を書いてくださった昭和二十六年春にも、まだ、さほど改まってはいなかったはずで、せっかく教員を志して師範学校を卒業しながら、あるいはまた、一旦教職につきながら別な道に入っていってしまった人々が、かなりいたありさまでございました。

そうした状況の下、事情ありまして、私は昭和二十四年度だけ一年間、山形県に隣接する岩船郡朝日村――当時、塩野町村――の塩野町中学校に務めさせてもらいました。そのころの私にとりまして、そこはまるで未開の異境といった感じの、まことに心細い土地だったのでございまして、現に四月の初めに赴任させてもらいましたところ、校舎の裏手に雪がまだ山をなしていました。新聞が翌日にしか届かない、生徒に映画を見せるために十数粁《キロ》歩かせなければならない僻地でしたが、幸いにも、まもなく富樫さんというすばらしいお家に泊めてもらうことができ、あたたかい雰囲気に包まれて、けっこう楽しく過ごせました。ご主人は離れた町――やがて村上市となってゆきます――に務めておられましたが、家庭を守られた奥さんが稀に見る賢夫人で、私は多くのことを学ばせてもらうこともできたのでありますす。今なお、このご一家をありがたく思い出しております。

ありがたいことといえば、私が遠く転勤してまもない五月初め、「毎日新聞」新潟版に詩人・堀口大学先生が、私のような者を、文学の領域で将来期待できる若者としてご推奨くださいました。その切抜きを長い間に失ってしまいましたが、談話のかたちで述べられたのであります。このため赴任早々の、どこの馬の骨かわからなかった若者が村の人々に多少なりとも理解され、大事にもしてもらえたわけで、まことにタイミングよく撃ち込まれた援護の弾丸みたいなものでございました。堀口先生はいたらぬ私の九の歌の訓に関する研究を賞めてくださったのでした。なるほど先生は後年、文化勲章を受けられたほどの翻訳家でありフランス文学者であり詩人でいらっしゃいましたが、かつて新詩社に学ばれた歌人でもあられ、現に歌集をもおもちであったわけでありますから、『万葉集』についても、ちゃんとしたご造詣を備えておられました。

それなら、堀口先生がどうして私のような一介の青年を知っていてくださったのか、と申しますと、全く偶然の機会が介在したためにほかなりません。前年、つまり二十三年の秋、堀口先生は生まれたばかりの白根中学校の校歌を作詩してくださるために、当時お住まいだった新潟県上越市高田——奇しくも二十数年前から私の茅屋《ぼうおく》のある町——から、まだ混雑していた汽車にゆすられて、はるばる学校の所在地までおいでになり、山河を望み人情に触れて想を練られたのでございましたが、そのおり、古色蒼然たる教務室——小学校の校舎を一部借用していて、障子戸の残っていた建物でした——の私の机上に置かれた古いボロボロの九谷焼の絵皿——青木木米作に目を留められ、「今時こういう物を楽しんでいられる若者は貴重だ。ぜひ家へ遊びに来ていただきたい」という意味のことをおっしゃってくださいました。しかし相手は天下著名の大詩人、こちらは白面の一青年、ただの社交儀礼と受け取って先生をお見送りし、一二箇月も過ぎましたが、ある日、速達のお手紙が届き、「一別以来、首を長くして、おいでをお待ちしていますのに、なんの音沙汰もないのは、どうしたわけでしょう」といった趣旨のご催促がありましたので、初めて掛け値なしのお招きであったことを知り、さっそく非礼を詫びながら堀口邸に参上いたしました。

以来、先生は私のような粗野な若者に過分の厚遇を賜り、ささやかな研究を激励されるとともに、何くれと保護を加えられたのであります。とかく私がいわゆる国文学者に顔を向け、先生には失礼を重ねがちでありましても、そのご態度をいささかも改められなかったことを思いますに、真の紳士でいらっしゃいました。先生の思い出はあまりに多く、ここでは略させていただくほかありません。ただ、堀口先生ご自身も、その父君・久万一（長城）先生も吉野秀雄先生が師と仰がれた会津八一先生と交わりのあったこと、それから、堀口先生は越後を去られてから鎌倉の住人たる吉野先生にほど近い葉山で暮らされたためもあって多少の交渉をもたれたらしく、現に私自身ほんの一二度ながら相互へお言づてをいいつかった記憶があるのをつけ加えておきたいのでございます。

堀口先生のご厚意に助けられながらも、なお山村での教員生活はさびしく辛く、しかしまた粗朴な生徒達に囲まれて楽しく、うれしく、生涯忘れがたい貴重な体験でありました。辺地の教育に殉ずるほどの熱意をもたなかった私など、もう一度もどって勤務するように、と遠路おいでくださった白根の片桐校長のご好意に甘え、翌春、故郷へ帰ってしまいましたが、その転勤の日が近づき、昔、源義経も松尾芭蕉も苦労して越えたと伝えられる葡萄峠のブナ林の木々の根もと、斑らに雪の消えかけた土から咲き出た無数の可憐なカタクリの花々を眺めながら、かみしめた、一抹の後ろ髪引かれる、ほろ苦い思いなど、今日ですら忘れがたい、若き日の一ページにほかなりません。

この辺境で過ごした昭和二十四年度、正直に申しまして私は変化した生活環境にどうにか順応しようと必死でしたが、しかし、いくらかの勉強もしたのでございまして、小著『万葉集難訓考』に収められております「『禁樹』の訓について」など、この時期のかすかな産物でありました。

どう考えましても吉野秀雄先生向きの論文ではなさそうですけれども、しかし、お手もとにお届けいたしました吉野先生のご文章中に「合計四篇の論文について意見を徴された」とあるところから、もしかしたら、これもまたお読みいただいたのではないか、とも思われるので、「『禁樹』の訓について」をめぐって、ほんの少し述べさせていただきましょう。

五

『万葉集』巻第一・四五番の柿本人麿作の長歌の中に、植物を指し示すに違いない「禁樹」という二文字がございまして、これまた昔からうまく読めませず、太平洋戦争で亡くなられました森本健吉とおっしゃる若い研究者がサヘキと訓むべき理由をみごとに論じられました。ただ一つ困ったことに、理論上そうだとしても、サヘキということばが実際に使われてきたありさまを実証しなければ、いかにも不安で、容易に従いがたい、というのが当時の学界の状態でありました。もちろん若かった私もまたサヘキなることばを見つけたいと思っていたわけでありますが、塩野町中学校に務めるようになって日も浅いある日、全校あげての山菜取りが行われ、平野に育って、はなはだ不馴れな私もまた生徒の後ろから、けもの道のような道を、好きかってに生い茂っている左右の丈高《たけたか》い草木をかき分けかき分け辿っていましたところ、それを気の毒がった、すぐ前を歩いている女の子が、

「先生、サエキだらけでたいへんでしょう」

という意味のことばを投げて慰めてくれたのであります。見よ、ここ越後の片隅に、今なおサエキすなわちサヘキという単語は生きているではないか。四五の歌の「禁樹」にドンピシャリ、山道の歩行を妨げる草木をサヘキと呼ん

でいるではないか。私はおどりあがって喜びました。

一日の行事をどうにか終えて着手していった手短かな論文、それがつまり「『禁樹』の訓について」だったわけでございます。

六

かんじんな九の歌を離れるのは、よくありませんから、急いで立ちもどりますと、昭和二十五年春、私は再び郷里の白根中学校にもどりましたが、たった一年を経て古巣に帰ったのですから、ただちに、おちついた心で仕事に打ち込めました。教員として、どうやら三年の経験を積み、しかも二つの学校を比較することができ、いくらか、この社会にも通じかけていましたから、われながら多少脂《あぶら》ののった感じで働けた記憶がございます。当然『万葉集』の研究にも拍車がかかり、訓詁——訓詁註釈の訓詁——の論文を少しずつ書き進めていったのでございますが、それにしても、やはり九の歌の訓が一番気にかかり、絶えず工夫をこらさずにいられませんでした。そうした過程で二つの訓案が生まれ、吉野秀雄先生のお目に触れて、先生をして「伊丹君の万葉研究について」というご文章を書かせた、ということになろうかと思います。

では、どのようにして私が吉野先生と知り合ったのか。なにしろ三十数年前のことでございますゆえ、正直なところ、とても正確に思い出せるものでございません。ただ一つ、そのころ私が接することのできました会津八一先生とのかかわりによるとだけは申しあげてかまわないでしょう。昭和二十六年三月十七日付の新聞で「まだ一度も直接会う機会のないわたしではあるが」と書いていらっしゃるのに従えば、その後にお目にかかったこととなりますが、ともすると、すでに会津先生のかげに隠れて、吉野先生と接触していたやも知れません。そんな気がしてならないのでありります。そうでなければ、「これまで原稿のできあがるたびに示され、合計四篇の論文について意見を徴されたことであった」という関係が理解できかねるではありませんか。正式に対面、ごあいさつしていなかったのでございましょう。

吉野先生は昭和二十六年八月のある日、問題のご文章から半歳足らずの後、私を訪ねてくださいました。そのときのありさまが小著『越後のうた』に収めました「回想の吉野秀雄先生」という、つたない一文に描かれていますので、詳細には申しあげませんが、要するに新潟市で会津八一先生等と意地汚く――吉野先生自らのおことばです――酒を飲んで会津先生にこっぴどく叱られ、自分自身情なくなり、私のような者に慰めてもらおうと思って、やってこられたとのお話でございました。（この小宴については吉野氏の「若き日の会津八一先生」（「藤蔓通信」昭和四十年十一月・十二月号）の「二」などに記されている）

そのうえ、何よりも私は吉野秀雄先生を尊敬していました。太平洋戦争もすでに敗色濃かった昭和十九年八月、四児をかかえて初夫人を病いに奪われての連作「玉簾花《たますだれ》」を提げて彗星のごとく歌壇に現れた吉野秀雄という新進の歌人は、私などにとって、まことに眩いばかりの存在だったのであります。

　病む妻の足頸にぎり昼寝する末の子を見れば死なしめがたし
　をさな子の服のほころびを汝《な》は縫へり幾日《いくひ》か後《のち》に死ぬとふものを

こうした歌を雑誌「創元」の昭和二十二年一月・創刊号で読んだとき、もちろん、まだ独身の若者だった私ですら本屋の店頭に涙をこぼしてしまいました。一年余前、母を失っていたせいもあるやも知れませんが、人間である限り感動せずにいられない性質の絶唱でございましょう。後になって知りえたことですけれども、私の恩師・山田康二郎先生は吉野先生のこの作品を読まれ、ただちに歌の弟子となられたのでした。それほど吉野短歌の魅力が強烈だったわけであります。

そうした、すぐれた歌人に、自分の苦心して探りあてた万葉歌の訓を文芸の上からご批評いただきたいと思うのも人情の常でございましょう。私の心は自然と吉野先生に向かいました。

七

昭和二十六年を迎えたころ、私はすっかり迷っておりました。九の歌の訓を追い求めて、二種の訓み方に到達してしまい、いずれを採り、いずれを捨てるべきか、わからなくなってしまったのでございまして、思案に余るまま、少数の、信頼するに足る学者・歌人のご意見を乞うにいたりました。当然、吉野秀雄先生にもお願い申しあげたわけで、懇篤《こんとく》なるご教示のお手紙もいただきましたが、実は「伊丹君の万葉研究について」と題されたご文章もまた、新聞紙上を用いられての一種のご回答でございます。

私の得ました二種の訓とは、

(1) 莫囂円隣之《ユフツキノ》　大相七兄爪湯気《カゲフミテタツ》　わが夫子《せこ》が　い立たせりけむ　厳橿《いつかし》がもと

(2) 莫囂円隣之《ユフツキノ》　大相七兄爪湯気《カゲフミテユケ》　わが夫子が　い立たせりけむ　厳橿がもと

というもので、どういう根拠によって、このように訓むかについては吉野先生のご文章中にも簡潔に説明していてくださいますから、もはや略してもいいのかも知れませんが、後に考えを改めたところもありますし、できるだけ、かんたんに申し述べておきましょう。

「莫囂」二字を「莫《シ》レ囂《シキコト》」と解しますなら、世の中が静かに感ぜられる夕《ゆうべ》のことと、とらえてユフと訓じ、続く「円」は丸いものの最たる太陽でしょうから、その「隣《ともがら》」を月を指すものと考えてツキと訓み、「之」字は最もすなおにノとすれば、「莫囂円隣之」五文字でユフツキノ（夕月の）となります。

次に「大相」の「大」は「大《イナル》」という敬いの字ですから、「相」と共にカゲと訓みました。「相」は当然スガタ・カタチ・カゲでございまして、ツキのカゲゆえに「大相」と書かれたのでしょう。「七兄」、「七兄《ニすぐレタルモノ》」は六でなければなりません。今日の数量主義に惑わされず、一等が最高で、二等がそれに次ぐことを考えてみてください。『万葉集』の表記に九々がかなり多く用いられているところから、六は二三が六でフミと訓むことができます。「七兄」と二字が使用されているのは、フミという二音で読むべきものであることを教えるのでございましょう。「爪」と「手」とは画の配置を少し変えただけの文字で、「手」の最もよく機能する部分が「爪」と表現されます。「爪」はすなわちテと訓むべき文字であります。「湯気」二字は九の歌が「紀温泉」に「幸」の行われた「時」のものであることから用いられた意識的な万葉仮名でしょうが、これを蒸発するものと把握すればタツとなりますし、そのまま単純に読めばユケであります。こうして第二句とみなされる「大相七兄爪湯気」七文字がさっき申しあげましたようにカゲフミテタツ（光《かげ》踏みて立つ）ともカゲフミテユケ（光《かげ》踏みて行け）とも訓めることとなるはずでございます。「夕月の」に続くのですから、「大相《カゲ》」は光《かげ》と解します。

このようにして私の訓に第一案の「湯気《タツ》」（立つ）、第二案の「湯気《ユケ》」（行け）が生まれてしまいましたが、さて、どのように処理すればよいものか、諸家のお考えを承ったのでございました。

ご親切な学者・歌人のみなさまのご教示を大別いたしまして、タツをよしとされたのが国語・国文学者を主体とする方々であり、ユケに賛成されたのが歌人達でいらっしゃったのが、印象深い結果でございました。そうして、吉野秀雄先生は私の事前の推測どおり最も熱心なユケ派でいらっしゃいましたから、問題のご文章にも「行け」「ユケ（行け）」を用いられたのであります。それを已然形ととらえられたうえで。そうして、わざわざ「吉野曰く、伊丹君は「ユケ」が万一命令形として許容される場合の歌意を併記しているが、それは君自らも疑っているように、学術的にも芸術的にもわたしの賛成しかねるところである。」と括弧書きしてくださってもいます。

どうして吉野先生のご意見を予測できたかと言いますと、先生の歌の作品を読ませていただくだけで、だいたい見当がつくわけでありまして、それにご性格とか、指導を受けられた松岡静雄という故人の影響とかを斟酌《しんしゃく》すれば、当たらずと雖も遠からず、ということになるのでございます。

こうして吉野先生がいっしょうけんめいユケ（行け）であるべきことを教えてくださいましたのに、結局、私はこれに従わず、タツ（立つ）を第一説とするようになりました。最大の理由は、作者・額田王の歌を読んでみますに、多くの場合、同じことばが繰り返し使われていて、歌を流麗なものとしているからで、九の歌におきましても、タツ（立）を採用いたしますならば

夕月の　光《かげ》踏みて立つ　わが夫子《せこ》が　い立たせりけむ　厳橿《いつかし》がもと

と、「立つ」「い立たせり」といった同じことばの組み合わせを実現させうるのでございます。そうして、国語・国文学者の方々がこの訓を支持された原因も、まずここにございましょう。

しかしながら、さすがにわたしもユケ（行け）を未練なく捨て去るわけにまいりませず、こちらの方を第二案として残し、今日にいたりました。せめてもの吉野先生へのお詫びのしるしと言ってよいかも知れません。

第一案の場合、一首の歌意は、夕暮の月の光を踏みながら立っています。背の君のお立ちになられたであろう厳かな感じのカシの木の下に。というほどになるかと存じますし、第二案を採ったら、どう変わるか、そこまでご説明さ

せていただかなくてよいはずでございます。吉野先生のご解説どおり、已然形のユケ（行け）は順接の助詞を伴わなくとも、ユケバと同じ働きをいたします。

このようにして次第に私の論文はかたちをととのえ、最終的には小著『万葉集難訓考』に収めたようなものとなったのでございました。

八

ここで一つ小さい議論を挟ませていただきますと、吉野秀雄先生は九の歌の私訓において「湯気」をユケ（行け）とすべき旨、主張されました。そうして、訓そのものが異なるにしても、斎藤茂吉先生もまた「紀の国の山越えて行け」という賀茂真淵の訓を、たとえ応急の手段にせよ『万葉秀歌』に用いられたのでありました。真淵はユケ（行け）を命令形とし、吉野先生は已然形とみなされたわけで、その点においても差があります。しかし、しかしでございますよ、とにかく真淵説に好意をしめされた斎藤茂吉と、それから吉野秀雄という二人の歌人の間に、何かしら感覚的に通じ合うもののあることを認めてしかるべきでありましょう。そうです。吉野先生は終生、斎藤茂吉を尊敬し、彼から多くを摂取したのでありました。直接の師・会津八一と同じように茂吉に傾倒し、八一をして、しきりにやきもちをやかせていた方でございます。このことは、八一にいくらか、つきまといました私の、忘れようとして忘れがたい記憶から明言しうるところであります。みなさま、どうぞ秀雄・八一・茂吉と三人の歌を思い浮かべてみてください。吉野先生の歌風は、どちらかと言えば、むしろ茂吉に近いではありませんか。会津先生ご自身、「友人吉野秀雄」と題した文章で、「吉野さんの歌の何処を見ても、単語でも、調子でも、私の歌に何一つ似たところが無い」と述べておられるとおり、吉野先生と会津先生との間には距離があるわけでございます。

　さて、吉野先生の私に関するご文章中に、私が教員生活と『万葉集』の研究を両立させるために多少苦労を嘗めていたさまが、ふり返ってみますに、なんといっても私の時間と精力を奪ったのがテニスクラブ――白根中学校では庭球部と称しましたが――顧問という任務でありました。私はテニスが下手でございます。昭和十六年に高田師範学校に入学いたしますと庭球部に属し、それから、たった二年間、当時のことばを使いますならば「敵性競技」をやって、そうした運動がゆるされなくなると他に移されましたから、文字どおり球拾い程度で終わっていたわけで、技など全然身につけていませんでしたのに、若い教員ということだけで庭球部顧問とされたようです。それが、腐れ縁とでも申しますか、確か四十二年まで、四十歳を越えるまで、二十年足らずも務めさせてもらいました白根中学校とその次の勤務校――新潟大学教育学部付属高田中学校とで庭球の係を続ける破目におちいるとは、自分でも驚き、あきれるほかありません。ときとして、自分の教員生活からテニスをさし引いたら、どれだけのものが残るのだろうか、などと考えることさえあるくらいテニスに入れあげてしまいました。ところで、もう一つ驚くのは、それだけテニスとつきあいながら、いささかもテニスの腕前をあげなかったことで、これは生来、運動神経に恵まれなかったためでありましょうけれども、また一方、私は教師で顧問だったのですから、自分でテニスを楽しむ、あるいは練習するより先に、まず生徒達に思う存分テニスをさせるための条件と環境をつくるのが任務であるはずである、と心を決め、それに徹すべく年を過ごしてしまったためでございまして、少しも悔いるところはありません。白根中学校時代、それも若い時ほど、どうしても熱意がありましたから、まれにコートへ出てみる、といった手抜き法式はとても採れず、放課後になれば雨の降らない限り生徒といっしょに重いローラーを引っぱり、ラインを引き、彼らのために球拾いいたしました。夏休み中でも生徒は毎日、球の見えるうち練習しましたから、私も行動を共にし、宿へ帰るのが、どうしても夜八時過ぎになるのでした。白根へもどった私は正立《しょうりゅう》寺という浄土真宗の寺に下宿させてもらい、結婚まで変わることがありませんでしたが、いいご家族で、私の帰りが遅くても、いやな顔をされませんでした。しかし、そのため、かえって遅い帰りが心苦しいということもありえまして、自分の方で小さくなって一人での夕ご飯を頂戴する場合がしばしばでした。しかも、いかに若者でも疲労してしまい、お風呂をいただいて後の勉強はとかく眠くなりがちでしたが、辛抱して午前二三時ごろまで本を読み、ものを調べ考えて文章を記したのですから、今ふり返っても、まあ、いくらか努めたと言えるのではないでしょうか。何かが頭に浮かんだりすれば学校の教務室で勉強を始めてしまい、気がつくと翌朝になっていて、などということもあり、気がもめるまま、コートの傍らに座って生徒の練習ぶりを見届けながら問題を思案する場合もありました。廊下を歩いていても考えごとをしました。

教職に就くと同時に自由な時間をさっぱり、もてない生活に入りましたため、私は少しの暇も大事に使うよう留意して今日にいたっております。時を惜しまなければならないことを身をもって教えてくださった人に、佐佐木信綱先生がいらっしゃいました。

近代における短歌革新の仕事にあたられたお一人、佐佐木信綱先生は、また、すぐれた国文学者でいらっしゃられ、『万葉集』研究の礎を据えてくださった方で、私の接した晩年の先生は、功成り名遂げて静岡県熱海市の西山というところにお住まいでございましたが、凌寒荘と名づけられた閑静なお宅にお邪魔して食事をご馳走になりますに、生卵をご飯にかけてサラサラと召しあがられ、まごまご頂いている私に、「早く食べてしまって、失礼おゆるしください」と詫びられるのでありました。そうして、「自分は若い時から多忙だったため時間を惜しんで行動する癖があり、食事もつい慌しく、すませてしまいます」と釈明されるのでございました。しかも、そのお食事中も先生は文献に目をさらしていられたのであります。ある夏、暑中みまいをさしあげますと、そのご返事に、「夜は蛍光燈をもつけ、拡大鏡にて評釈万葉の校正にいそしみ居り候」とありました。「評釈万葉」とは、先生のご大著『評釈万葉集』のことにほかなりません。八十余歳の先生にして、このご精進ぶりです。私はただ脱帽して、この一行を暗記したのであります。

吉野秀雄先生が例のご文章を掲載くださいましたところ、私が佐佐木先生に接していたかどうか考えてみますに、もはやお目にかかっていたはずでございます。吉野先生が、「それがいくたびか稿を改めた末に今回大成され、近く学界に問われる運びに至った」と記されましたのは、佐佐木先生の主宰されていた歌誌「心の花」昭和二十五年十二月号に「『莫囂円隣之』の歌の訓」と題して私説の要点を発表、さらに詳細な論文を発表すべく準備していた状況を表現してくださったものなのでございまして、それは結局あまりにも分量の多い論文となってしまい、最終的には小著『万葉集難訓考』の巻頭に収められたのでありました。

この、「心の花」に掲げられました私の文章を読んで注目してくださった代表的人物が久松潜一先生でいらっしゃいます。久松先生は佐佐木先生を岳父とされた方ですから、そのお手もとに届いた「心の花」の小文を読んでくださったわけで、「文学」昭和二十七年七月号に「万葉研究の課題——最近の研究」というご文章をお書きになられたとき、私の、九の歌の訓説にまで触れてくださいました。これは後にご著書『日本文学研究史』に収められ、さらには『久松潜一著作集』にも入りました。当時、久松先生は東大主任教授でおいででしたが、令名高い先生がご推奨くださったことから、私のふつつかな研究も大いに学界に重んじられるようになり、以後いろいろな書物や雑誌に用いられていったのでございました。先生はあるとき、「自分は学生などに対して、訓詁の論文というものは、このように書かれるべきなんだ、と言うことにしています」と語ってくださいましたけれども、私のような、かすかな者にも目をかけることを忘れなかった久松先生もすでにこの世におわさず、さびしい限りであります。

今日の私自身からすると不満だらけのものとなってしまっておりますが、とにかく、九の歌の研究こそ私の青春の墓標となってくれている、限りなく、なつかしい思い出の対象に、まちがいありません。そうして、その苦しみ多かった研究を援けてくださった恩人のお一人として、吉野秀雄先生を忘れることはありえないでしょう。本日、吉野先生を主に語らせていただこうと、めざしながら、しかも実際には他の諸先学にいろいろ触れましたのは、私が九の歌の研究を手がけていた当時、吉野先生が私にとって、どういう人でいらっしゃったのか、を描き出すために、こうするのが効果的ではないか、と考えられたためでございました。

「伊丹君の万葉研究について」のご文章以後、吉野先生と私とは直接相知る間柄となり、昭和四十二年、先生ご逝去のときまで何かと、お世話になったり、いい影響を与えていただいたりいたしました。ありがたく、りっぱな歌人でいらっしゃいました。

それにまた、ふしぎなご縁で、登美夫人が、私のかつて学び、その後、白根市から移って二十年来、住ませてもらっております新潟県上越市高田の旧藩士の娘でいらっしゃいまして、そうした面からも今なお、お世話になっております。つつしんでご長寿をお祈り申し上げます。

九

率直なところ、私はきょう、たいそう話し辛うございました。それは、なんと申しましても吉野先生のご文章が、こともあろうに、わが国の古典中、むずかしい古典として定評のある『万葉集』第一の難訓歌の訓に関するものでありますため、ほんとうはある程度、専門的に論じなければならないはずなのに、それを行なえば、失礼ではございますが、当然、一般のみなさまには眠たいだけの話となってしまいますため、かんじんなところをすべて略し、その周辺を申し述べ、それでも吉野先生のお書きくださったところをいくらかなりとご理解いただくように、と狙ってみたのでございましたが、ついに、うまくいきませんでした。おゆるしください。

それでは、これで、つたないお話を終わらせていただきます。ご静聴ありがとうございました。

秋草派私観

――その性格と運命――

『万葉集』を源流とし、正岡子規を通過した近代の和歌は、大まかに言って二つに分かれ、一は大河さながら、ごうごうと音高くアララギ派として流れた。そうして、もう一つ、まるで岩間からしたたり落ちる苔水のごとき清冽さを呈したのが、会津八一（一八八一―一九五六）・吉野秀雄（一九〇二―一九六七）の辛うじて形成した一派（?）であった。これをどのように呼ぶべきか。あるいはすでに名案が示されているのかも知れないが、鈍い私に知るところがなく、まれに見聞したことばは不適切に思われるものばかりであるため、いま仮に「秋草派」と呼称してみる。もとより会津八一の号「秋草道人」によるものながら、また吉野秀雄の八一から受けた堂号「草心洞」（住まいの名）をも込めることができるからである。

そうして、せっかくペンを握ったからには、この派の消長、この派とアララギ派との関係等について、自分なりに少し書きつけておきたいと思う。

会津八一は、終生、自分が正岡子規直系の歌人であることに誇りを抱き続けた。たとえば、その主要歌集の一たる『鹿鳴集』の後記に、すでに明確に、自分の短歌が「『万葉集』と良寛と子規とに啓発せられたる」ものであると、己が和歌史上における系統と位置とを定義してみせている。以後、彼の歌名が高まるにつれ、その誇りと自負とは強化される一方であった。つまり、八一がひとりでにライバルとみなした歌壇の王者、斎藤茂吉に対し、自分こそ子規から直接連なる「歌よみ」で、その歌こそ子規の狙ったものを具現した真の短歌なのである、と主張したがったのである。上記の後記中に「もとより素人の手業として」とあるからといって、それをそのまま受け取る読者があるならば、会津八一という人物を理解しないためであって、八一はしばしば心にもないことを言い、最も主張したいところをわざと避けた人である。ほんとうに己を「素人」と思い込んでいたのなら、なんで次々と歌集を公表し、自作の歌を揮毫して展覧したのか。しかも初期の歌集中『南京新唱』は大半を自分で抱え込まざるをえず、『南京余唱』にいたっては自費出版によるものであった。彼は自らの短歌の永遠性をかたく信じ、奈良の主要寺院にさえ、その碑を建立した。

そうした人物であるのを理解した上で読みなおすなら、『鹿鳴集』後記からだけでも、われわれは多くのものを読み取りうるはずである。子規とのかかわりの部分を引く。

その翌年（明治三十三年）三月、予は中学を卒業して東京に出でしも、ほどなく病に罹りて、七月に郷里に帰れり。帰るに先だちて、六月の某日、根岸庵に子規子を訪ひ、初めて平素景慕の渇を医するを得たり。（中略）

この日予はまた子規子に向ひて、我が郷の良寛禅師を知り玉ふやとただしたるに、否と答へられたり。ここを以て帰郷するや先づその歌集一部を求めて贈れり。そは同じく我が郷里にて戊辰の志士の一人なりし村山半牧が、万葉仮名もて草体に書きし美濃紙判の木版本なりき。この本今も稀に市上に見ることあり。（以下略）

上引の一節に記された、会津八一が明治三十三年に子規に贈ったという良寛の「歌集」が、はたして八一の記したとおり、良寛を深く敬愛した幕末の勤王画家・村山半牧の編んだ『僧良寛歌集』（明治十二年、精華堂版）であったのか否かについては、実のところ大いに疑問がある。二十五年に同じ書肆から出された、小林二郎という半牧の後輩のつくった小林本もまた存在したはずだからである。それどころか、小林本が刊行された直後だからなのである。

恩師・東郷豊治先生が、「良寛遺墨座談会」(「三彩」昭和三十五年六月号)において左のごとく語られている。

(前略)私は秋草道人から呶鳴りつけられた手紙をもっているんです。それをちょっと私、書物に書いたことがありますけれども、その話を申しあげますと、秋草道人が根岸の子規庵を尋ねたときに、村山さんの本を持っていったと書いてありました。村山半牧の。ところがそのときに、子規が歌よりも書のほうがうまいという批評をしたということになっているんです。日記に。ところが村山半牧の本には書はないんです。小林二郎という人が明治の二十四、五年に出た本のはじめに、良寛の墨蹟を石刷りにしたものが、折りたたんで入っています。それならわかります。詩はないんです。なるほどそれを見てうまいと言ったならわかりますけれども、村山本には肖像はありますけれども、詩はないんです。坊さんの図はありますけれども。先生半牧本というのはご記憶のあやまりで、小林二郎の本ではないでしょうか。ご記憶のまちがいじゃないんでしょうかとお尋ねしたんです。そうしましたらもう、貴様のようなばかなやつはないとぼろくそに書いた手紙をちょうだいしましてね。実に愉快なんです。その手紙は私は中央公論社から最近秋草道人の全集が出ましたね。あれに出さないかとある人に言われましたけれども、と書いてないんです。私の手紙には会津八一先生と書いてあるんですがね。いかがでしょう。先生のあやまりじゃなぜ出さないかといいますと、私の金釘流の下手くそな手紙の裏にパッと書いてあるんです。どこにも秋草道人ないかと思うがと、相馬さんに私そのことを尋ねたら、それは会津さんの記憶まちがいだろうと、こう言っておられました。

先生の談話中に出てきた「書物」とは、読売文学賞を受けられた名著『良寛』(昭和三十二年)を指す。

私はこの件をじかに承った記憶もあるが、右の記録により東郷先生の言い分を味わってみるに、いかにも理にかなっていて、相馬御風も認められたそうであるが、おそらく会津八一の覚え違いなのであろう。

直接にはそれほど深い関係のないこの問題を避けて通らないのは、正岡子規と会津八一との、ただ一度の出会いという、「秋草派」の歴史の発端の部分からあいまいなようであっては困るわけであるうえ、また一面、会津八一という人の人間性をすでによく表わしている挿話だからにほかならない。余人ならば、自分のまちがいを指摘してもらったら相手に謝するであろうものを、八一は怒り、ののしるわけで、いかに彼がわがままかってであり、自信過剰であったかを物語るとともに、また、己《おの》が弱味をのぞかれまいとする臆病さをものぞかせていると言えよう。まことに八一は外剛内弱であった。

そうして、ともあれ以上の会津八一が生前最も得意顔に語った、この思い出話によって、彼がいちはやく越後の先人、良寛とその歌に親しんだことが明白で、その上、正岡子規に接し、短歌についても「啓発せられる」ところあったのも確かである。やがて子規の病の重しと「日本新聞」あたりで知るや、新潟から発行されていた「東北日報」明治三十四年十二月二十五日号に次の歌を掲げた。

　竹の里人の写真を見て詠める歌
田鶴のごと痩せたる君は葦たづの田鶴にしあれやとはに生きませ

会津八一がさらに早く「中学五年級」時代すでに『万葉集』の歌を愛読していたこともまた、『鹿鳴集』後記に自ら語るところであり、明治三十四年一月二十日付の「東北日報」に万葉調の歌を発表している事実がそれを裏づけている。

してみれば、彼自ら「そもそも予が歌は『万葉集』と良寛と子規とに啓発せられ」と述べたのは、少しもいつわりのないものであったこととなろう。会津八一の誇りと自負の根源がここに存在した。

会津八一の誇り高き男であったことは今日広く知られている。むしろ狷介不羈《けんかいふき》とか傲岸不遜とか評される場合が多い（彼自身「傲慢不遜・会津八一」と記している）。そうした人物に、自分こそ正岡子規直結の歌人と恃むいわれが一応あったのだから、伊藤左千夫、それから、せいぜいで長塚節あたりを別として、彼の歌名が高まりかけて以後、歌壇を闊歩していたアララギ派の歌人達に対する態度がどういうものとなるか、おのずから明らかなはずである。八一は「孤高の歌人」とならざるをえなかった。

しかし、それでは、ほんとうに歌壇に無頓着だったのかといえば、とんでもない話で、内情はあべこべに、いつも自分の短歌に対する世間の評価を気にした。例の『鹿鳴集』後記だけを見ても、それが充分窺えるように思う。『新万葉集』にまつわる部分がすでに一証となるのであるまいか。

後『新万葉集』の企あるや、編輯の諸公何をか思ひ過ごしけむ。幾度か足を門に運びて懇望やまざりければ、遂にもだしがたく、三十首の旧製を手録して之に応じたることあり。

と記されているが、「何をか思ひ過ごしけむ」などと言われると、正直なところ、笑いをかみころしたくさえなってしまう。実は八一は「編輯の諸公」が丁重に歌を乞うものと期待したのであり、それがなかったので落胆し、激怒したのであった。「友人吉野秀雄」（『続渾齋随筆』）にその際の顚末が一とおり八一の立場から記されている。

結果からいふと、そんなことになるが、私とても、なまやさしくあの歌を出したわけでない。あの当時、どうしたことか、最初私のところへも、ただの応募者へ行くのと同じ勧誘状が来たけれども、私の歌は現代の大家といふ人たちから、選んで書物に入れて貰ふ必要はないから、せつかくながら御ことわりすると、一枚のハガキを送ると、これは全く事務上の手ちがひであつたとかで、あちらから三度も四度も人が来て、くり返しくり返し釈明をされ、もちろん応募でなく、特に御助けを願ふのだといふことにまでなつたので、とうとう根まけしてしまつた。しかし、その時に、これは自分で選んだそのままで、誰の手も触れてはゐないことを条件にした。かうして渡した私の三十首が、「シ」の部へ、秋艸道人として、第四巻へ出たのである。こんなにぷりぷりした、気むづかしい私の出盧であつて見れば、何も吉野さんを出しぬいたとも云はれぬであろう。

「どうしたことか、最初私のところへも、ただの応募者へ行くのと同じ勧誘状が来た」というところに、筆者の特権意識が明瞭で、述べるところが考えるところと、まるで違うのに気づく。しかも、わざわざ、謝絶状を出して編集係の注意を引きつけ、三拝九拝させて結局は承知し、しかも「自分で選んだそのままで、誰の手も触れてはゐないことを条件にした」ところ、生涯変わらなかった彼の常套手段と理会してかまわない。決して自分の短歌を「素人の手業」などと謙虚に評価していたのでなく、むしろ余人の及びがたい完成度の高いものと信じて疑わなかったのである。そうして、それはかならずしも荒唐無稽な、うぬぼれとのみ断じがたい矜持でもあった。

その後、会津八一の歌名はさらに高まったから、彼の自信と欲望もそれにつれて、いっそう増大した。つまり、斎藤茂吉を頂点とする、アララギの人々何するものぞ。自分の歌こそ子規の狙いを実現し、さらに、それを超えた最高の芸術であるはずだ。それなのに、世の人々は短歌のなにたるかを知らず、茂吉をのみもてはやし、自分を忘れがちである。嘆かわしい。八一は次第に茂吉をライバル視するにいたった。

ところで、客観的に見るなら、明らかに斎藤茂吉は会津八一にとって恩人である。八一が大正十三年、処女歌集『南京新唱』を春陽堂から刊行したものの、ほとんど世評にのぼることなく推移しようとしたとき、思いがけず歌壇の雄、斎藤茂吉がこの歌集に最大級の讃辞を寄せ、ために心ある人々の注目するところとなったのであった。

その後、八一が昭和十五年、『鹿鳴集』を刊行するや、茂吉はまた「東京朝日新聞」十五年九月二十五日号に左の推薦文を寄せた（これは他にも使用されたもの）。

秋草道人は、即ち早稲田大学教授文学博士会津八一氏であるが、道人は時あつて偶作歌し、自ら良寛の謂ゆる素人を以て処られるのである。けれどもその歌の本質に至つては、既に時様を超え、蒼古流動、万葉の秀歌にさへ肉薄せむとする概を示すものである。ただ道人の作歌はその数極めて少く、ために珠玉の如きその歌も余り世間の眼に留ること稀であるのを遺憾に思ふのであつた。然るに今回創元社から道人の歌を纏めて一冊とせられることになつたことは、本邦歌壇のために慶賀すべきのみならず、道人の歌を通じて本邦美術の精神に触れ得ることも亦吾等にとつて幸福と謂はねばならない。茲に一言を書して道人の歌集を慶賀する。

無上の好意であり、応援だったと評すべきであろう。実際、会津八一をすぐれた歌人として世に認識させた最大の力が茂吉の推賞であったのは明らかで、学生時代からの友人で八一の歌を賞めていた相馬御風などに比べ、当時の茂吉の力量と名声とには、それだけ絶大なものがあったのである。

こうして歌名を獲得しえた八一が、茂吉に対する感謝の念を、次第に羨望と嫉視にすり変えていったのだから、始末が悪い。

私が会津八一に僅かに接するようになったのが昭和二十年の敗戦のころからであるから、新潟退隠時代の八一をいくらか記憶するわけであるが、功成り名遂げたかに見えた彼は常に斎藤茂吉を気にかけ、その名声をねたんでいた。茂吉が戦争犯罪人的扱いを受けながら、結局、とことんまで、やっつけられることなしに、生き返るどころか、『小園』（昭和二十四年）に次いで『白き山』（同二十四年）という名歌集を公表して識者の尊敬を集めなおしていくありさまに、いらいらし続けた。おそらく私が白面の青年であったため、気をゆるして素顔をのぞかせたのであろうが、八一は敗戦前後の力作、「山鳩」や「観音堂」に非常な自信をもち、『寒燈集』（二十二年）によって茂吉を超克しえたつもりでいたところ、（二十四年二月二十二日に川喜田半泥子宛に「ひとまろはすでにあらねばひのもとはともにかたらむうたびともなし」と書いている）世評が思うように動かず、『白き山』によって茂吉の地位は全く不動のものとなってしまった。これが八一をくやしがらせた理由であった。

会津八一の「山鳩」「観音堂」に加うるに吉野秀雄の「玉簾花」以下の力作。敗戦直後の荒廃した歌壇にひとり虹のごとく気を吐いたのは、私の呼ぶ秋草派であったとして大過なかろう。なにしろ二十一年、創元選書『鹿鳴集』二版、二十二年『寒燈集』『寒蟬集』『早梅集』といった発表ぶりであった。

さればこそ会津八一の意気はきわめて、さかんで、アララギ派、何するものぞ。斎藤茂吉恐るるに足らず、とする態度を示していた。それが、世上のようやく、おちつくにつれ、再び斎藤茂吉の『小園』（昭和二十四年）『白き山』（同二十四年）における円熟ぶりが話題となり、会津八一をやきもきさせながら、「茂吉こそ人麿以来の大歌人」といったことばすら、折々聞こえるようにまでなってしまった。これには、晩年、私をかわいがってくださった小泉信三先生の、きっぱりとした賞讃（「図書」誌上）が大いに響いていたのを忘れることができない。

どうやら、会津八一の期待ははずれたのであった。「死に給ふ母」の影響を多少なりと受けた「山鳩」も「玉簾花」も、ついに「死に給ふ母」を圧倒することまではできなかった。私の先年試みた学生対象のアンケート調査で、「死に給ふ母」の人気が首座を占めなかった場合はいまだ一度もないのである（年齢的事情を考慮しなければなるまいが）。

もっとも、木俣修の『寒蟬集』に加えた評（『互評自註歌集シリーズ第三輯・吉野秀雄歌集・寒蟬集』）を初めて読んだとき、これが専門歌人の集約的見解であるとするならば、大事な人間性というものをないがしろにした、技巧的、形骸的短歌観は救いがたいほどのものである、と落胆したのであった。いま読み返してみても、吉野秀雄の「玉簾花」が評者、木俣修のいかなる歌をも凌いで心肝に迫る絶唱であることは疑いを容れないし、評語——時には修正意見——

は概して空々しい。アララギ派のみならぬ近代短歌はどうやら一世紀に近づいて作歌態度が形成的、類型的となり、硬直化してしまったらしい。吉野秀雄の、

真命《まいのち》の極みに堪へてししむらを敢てゆだねしわぎも子あはれ
これやこの一期のいのち炎立《ほむらだ》ちせよと迫りし吾妹《わぎも》よ吾妹
ひしがれてあいろもわかず堕地獄《だぢごく》のやぶれかぶれに五体震はす

といった歌を、山本健吉氏（『日本の恋の歌』）のごとく、

この連作で、われわれを瞠目させるのは、あとの三首です。これほど厳粛なものとしてよまれた男女交合の歌は、ほかにないのです。しかも、そこには、そのことをおぼめかし、美化して歌おうとする配慮の一点の余地もないのです。その命の合体の一瞬に、いささかの享楽的要素もないのです。（中略）

こういう歌は、めったに作られるものではありません。こういう歌を作るには、やはり作者の大きな勇気がいります。人生の厳粛な真実に、おめずに立ち向かおうとする勇気です。そのために、わたしはあえてこれをここに取りあげました。

と受け取るのが大方の「素人」（会津八一の愛用語）の受容の仕方で、しかも人間性にすなおに基づいた、正当なる構えであろうと考えるものである。木俣氏のような専門家のお気に召す『寒蟬集』など、おそらく、われわれに無用な歌集であろう。我々が愛読して感銘を受ける『寒蟬集』は吉野式、秋草派式『寒蟬集』なのであって、「所詮素人向に出来居る筈なれば（『鹿鳴集』後記）という秋草派の強味がここに存分に発揮されていることを思い知らされるのである。そうして、裏返せば八一が同じく子規の系統に属するアララギ派の歌人達をすら嫌った理由ともなるわけであろう。もっとも、会津八一という人が、みだりに多くの人々を嫌った拗《す》ね者であったことは確かで、中でも匠気を

毛嫌いし、良寛の三嫌に倣うなどと逃げたりした。すなわち解良栄重の「良寛禅師奇話」に、

師嫌フ処ハ、書家ノ書、歌ヨミノ歌、又、題ヲ出シテ歌ヨミヲスル。

とあるところのもので、所伝によっては第三が「料理人の料理」となったりする。

学者文人の余技として自然に流露する短歌ならば、それは、あくまで高尚で、かつ澄んだものでなければならなかった。八一が歌の声調・格調にこだわったのも当然である。すでに吉野秀雄が歌人としての高名を得てのちですら、あるとき、「いよいよとなると、吉野はまだ歌の声調を知らん」と語ったことがあったが、多年、八一に師事して、その面にも留意したはずの秀雄にして、八一の目からすれば、なお飽き足りない点があったわけで、それほどまでに短歌の声調というものを追求したのが会津八一だったのである。「珠をころがすごとき響き」にまで成就しなければならないと彼は作歌の要諦を口にした。したがって、推敲に推敲を重ねざるをえず、濫作は八一のかたく戒めるところとなっていた。

そうした好みの八一からすると、茂吉の歌は「濁った品格不十分なもの」と受け取らざるをえず、「歌論ではけっこう声調を強調しながら、実の伴わざるもの」と非難せずにいられなかったわけで、まして土屋文明の破調など、やや異様なものに見えたらしい。「正調の歌にあらざれば後世にのこらず」という意味の言葉を口にしたこともあった。

それにしても、吉野秀雄が篤学《とくがく》の士であったからこそ八一との関係を生涯断たずにすんだわけで、いくらか八一の意を迎える気味もあったかもしれないほど八一と共通する広い部面に精進して倦《う》まなかった。文人学者の余技としての歌の風は秋草派の特色を成していた。

だがしかし、これがまた秋草派を先細りさせる要因となったのも、まちがいないところであろう。ことに戦後、社会の複雑化に伴う生活の多忙まで影響して、静かに読書し思索する学者や、文人も容易に育たなくなってしまった。

「千里の道を行」くことが容易になったとしても、「万巻の書を読」みがたい世と言わねばならず、人の好尚自体が大きく変化してしまったのである。したがって、秀雄が八一を憬慕したごとく秀雄を慕い学ぶ若者は乏しく、出現したとて、ほとんど学者たりえず、文人としての要件をも具えがたかった。趣味として作歌を喜んでも、八一や秀雄ほどまでに執着せず、したがって全身を投げかける風も示さなかった。されば、秋草派において尊重すべき清冽さもまた、ほとんど見ることができなくなってしまったのである。吉野秀雄を師とした人の数は少しとしないのに、八一における秀雄のごとき有力な門人をいまだ見ないのは、秋草派のために、はなはだ遺憾であるにとどまらず、また短歌史上の痛恨事としなければなるまい。

率直に言って、秋草派は今や瀕死の状態にある。性急なる批評家は、もはや消亡したものと思い込んでいるに相違ない。しかし、仔細に観察するならば、吉野秀雄の指導を受けた人々は老いながらも残存し、会津八一を慕う人々はひそかに歌作を楽しんで日を送っている。秋草派は「岩間を伝ふ苔水」（良寛の歌語）から地下水と変わったと表現してみたらどうであろうか。あるいはまた、「秋山の木の下隠り行く水」（『万葉集の歌語』）の方が適切かもしれない。それは時期を待って、ところどころにまとまり、「岩走る垂水」（同上）となりうるものだからである。

一方、あくまで八一の歌風に陶酔する人々は、ほとんどバラバラに、ひそやかに、いくらかの歌をつくって満足しているわけで、両者を結集することなど至難なわざであろう。ただしかし、いずれにせよ、本源が清冽なものである以上、そのどこかに秋草派の面影をとどめながら、いつかしら、再び、われわれの前に姿を現わしてくれる可能性もないわけでないと思う。そう信じないことには、それぞれに強烈な個性の持ち主であられた会津八一・吉野秀雄両先生に接触しえた私などは、あまりにさびしすぎて、どうにも、やりきれないからでもある。

秋草派という一派が世間に容認されうるものか否かがすでに問題であるのに、いくらかの、かってな論評を試みてしまった。当否誠に心細く、ひたすら識者のご判定にまつ。

なお、いまだに会津八一と吉野秀雄の、歌人としての優劣を論ずる人がいる。しかし、私には、あまり興味のない問題で、各自の好みに任すべきものであろうと思う。たとえば『現代短歌全集・第七巻』（昭和二十七年）の「解説」に橋本徳寿氏は「彼の作品はすべてに於て、師秋草道人の小型そのものであるが彼もまた一個の歌壇異種の存在である」と概評し、『吉野秀雄全集・第五巻』月報（2）（昭和四十四年）において、西郷信綱氏（国文学者）は左のごとく論評された。

そういう大地に素足で立っているという感じのする近代の歌よみは、斎藤茂吉と吉野秀雄の二人きりではなかろうかと思う。会津八一や釈迢空もいいけれど、何というか、どうもちょっと詩的にすぎるような気がしなくはないし、島木赤彦なども悪くはないが、彼の立っているのは、所詮、大地ならぬ農村の土であった。この区別は相当大事だと思う。私はさきほど、真の詩人は所与の形式を根源的に生き直すといったが、それは吉野秀雄がこうして大地の人であったことと二にして一なのである。

強いて態度を明らかにするならば、私は橋本氏により近い見解を持しており、吉野氏を「大地の人」などと感じたことなど、いまだかつてない。

あとがき

「肩の荷を下ろす」ということばがある。本書の原稿をどうやら整理し終えた今、私はかってに「肩の荷の一つを下ろし」たような気分に浸っている。会津先生を直接知る方はまだ相当数いらっしゃるはずである。まして吉野先生においてをや。ところが、同時にお二人に触れていた者となると、意外なことに、ほとんど生存しないのだそうである。すくなくとも会津八一記念館の治雅樹氏（現在は評議員）はそう解されるらしく、館の講演会に二度まで招いてくだされ、そうした面から語るよう求められた（のち、さらに一回）。ことの実否《じっぴ》をわきまえなくとも、そう言われれば、何かしら、お二人の思い出を書きのこすべき責を感ぜずにいられないではないか。幸か不幸か、私は一介の国文学徒、それも万葉学徒であるから、本来の研究に手いっぱいで、できるだけ道草を食いたくないものの、せめて一部の書物を編んで追慕の情を表わさなければ、と思い続けてきた。そういう一種の義務みたいなものを、これで最小限はたせるだろうと、ひそかに「肩の荷の一つを下ろす」わけである。

生前の著者

越後退隠直後の会津八一の日常生活を細かく世話されたのが佐久間栄治郎氏（佐久間古書店主）ご一家で、八一にとって正に恩人の一人と言ってかまわない親身さであった。中条から一人、新潟へ移る時の荷物でも、みな佐久間氏が汗だくになって運ばれたのであり、垢だらけの八一の体を洗ってやったのが佐久間夫人であったことなど、従来、八一の伝記に書かれなかったところで、見かねた私が小著『越後と万葉集』（一九七四）の後記中に書きつけたのが、これを指摘した最初のはずである。しかるに、暮らしがおちつくにつれ、八一はこうした恩義をあらまし忘れていったらしく、私達に対しても「佐久間が」と呼び捨て、ただの商人扱いしかしなかった。当の栄治郎氏がこらえ通されたのだから、どうしてみようもなかったけれども、若かった私など、憤懣やる方なかったものである。（佐久間氏のまじめさは、反町茂雄氏の『一古書肆の思い出』にも描かれている）。たとえば、こうした態度が相当数の市民をして八一を嫌わせたのであったろう。実際、今でさえ会津八一を毛嫌いする人がたくさんいる。新潟の某美術店のおばあさんなども、「あんな、いばり屋はまっぴら」と眉をひそめる。

しかし一方、彼を慕う人物も確かにいた。たとえば私と同じ町で先年物故された陶芸家・斎藤三郎氏もそのお一人で、堀口大学先生の葉山町による葬儀に出席しての帰途、横須賀線の電車にゆすられながら、隣に座っておられた氏が、どうしたわけか八一について語り出した。

自分が復員して高田で製陶の仕事を始めた当座の数年というもの、ずいぶん貧乏した。どこか遠くへ出かけなければならないとき、まず新潟の会津先生のもとへ伺えば、必ず揮毫された色紙か短冊を二枚与えられる。それも、市内のどこに住む何という人物が自分の字をほしがっている、と口にされ、暗に金に換えるべき手段を教えられたのであった。そこで、そのつど、なんとか旅費を得、出発できた、との追憶であった。

あるとき、突然、八一が私に向かってグチをこぼしたことがある。「わが家は琴のための出費がかさんで、困ってしまう」と。これはもちろん養女の蘭さんが宮城道雄門下の楽人であったためであるが、ご本人に言えず、私みたいな若輩相手にボヤくところなど、いじらしい感じを与えたもので、憎み切れない人であったことはまちがいない。

比較すれば、吉野秀雄は大いに異なる。会津八一と違い、いつでも安心して近づける雰囲気が漂っていた。若者の私にとって、それがなにより、ありがたく、今に忘れがたい。ご容貌も、一部の人が伝えるようなものでなく、やはり、りっぱに風格を具えた方であった。初対面の秀雄を登美夫人が「痩せた品の良い風貌」（『わが胸の底ひに』）と見られたのも無理ない。

私は偶然、故小泉信三先生とほんの幾度か、話す機会に恵まれ、後年、『福沢諭吉全集』をめぐって先生とかすかに知り合う幸せをもてた。私は、吉野秀雄という、すぐれた歌人がいて、慶應大学に学部二年まで学んで病のため退き、今なお慶應を、そうして先生をもなつかしんでいる、という意味のことを伝えてみた。ご返答はついになかったが、ちょうど義塾百年祭のための準備が進められていたころで、そのうち吉野秀雄の名が塾員名簿に加えられ、しかも記念の作歌まで依頼されたことを知った。はたして小泉先生の格別のご配意があったものか否か、全く知らないし、知る要もない問題である。第一、いかに小泉先生が動かれようと、他の方々が同じなければ実現する道理とてない。結局、吉野秀雄の人と業績がそうさせたはずながら、なぜか私は、「小泉先生、ほんとうに、ありがとうございました」と目の前にいらっしゃらない先生のおもかげに敬礼したのを覚えている。人も知るごとく、小泉先生は文芸の世界によく通じた方だったゆえ、私のお願いしてみる以前から吉野秀雄の歌や文章を充分お読みであったことだろう。

ついでにことわれば、「慶應義塾百年祭に歌を乞はれて」と題する秀雄の作は、『含紅集』に収められている。

茅屋から二百メートルも歩けば、吉野登美夫人のご生家の菩提寺たる善導寺に達する。南城町のご生家跡はわかりにくく変わってしまった。仏教学者・故金子大栄の寺に近く、また日本画家・小林古径の生家にも遠くない。夫人が、ご一家東京移住のため卒業されずじまいだった大手町小学校は、かつて妻の勤務させてもらった職場とて、わが家としても特別な感じで想起される学校である。私のみならず家族がほとんど毎日、買い物などのため、その前を通る長養館という名の旅館にしても、私の住んでいなかった当時、吉野秀雄の宿泊されたことが、その歌により明白で、なにかしら、なつかしい思いを禁じえない。

思えば新潟にほど近い土地に生まれたばかりに会津八一に出会い、この人を通じて吉野秀雄にも触れ、やがて夫人のご生地に住んで老いを迎えたことを思えば、お二人につながる、ふしぎな、細々とした因縁の存在に感慨を禁じえない。一昨日、久しぶりに鎌倉のお宅を訪ねて登美夫人としばしお話を交わしながら、私は危うく涙をこぼすところであった。会津先生の三十三回忌が近く、吉野先生逝かれて二十二年を経過、今は八十二歳に達せられたという吉野夫人と自分とが相対し、その自分もまたすでに心身共に衰えきっている。いつのまに何十年の年月が過ぎ去ってしまったのか。今後はたして何度、吉野家を訪れえるものであろうか。人の世はまことに、はかなく、さびしく、それゆえにまた、めぐりあうことのできた方々がむやみに、なつかしい。誰のためでもなく、私はやはり自分を慰めるために、お二人に関し今日まで記した小文の大半をまとめて本書を編んだこととなるのだと思う。私のお二人について知るところはこれだけしかありえないはずである。

新版『会津八一全集』月報7に中西進博士の「夜のゴルフ」と題したご文章が掲載されていたのを、私はまるで気づかず過ごし、六十一年秋にいたって、ようやく読むことができたのであった。その内容は専ら八一の小泉一雄氏宛の一葉の葉書を調べられ論ぜられたものであった。そうして、こともあろうに、その葉書の提供者が私であった旨《むね》をことわられている。貧しい私は二種の『会津八一全集』しか買わなかったから、知らなかったのであり、だいいち、そういう葉書をさし上げたことをも忘れてしまっていた。ただ一枚の古葉書を手がかりに、微に入り細にわたる調査を遂げられ、興味溢れる結果を示された中西博士に敬意と謝意を表しておきたいと思う。

私は若者のころ、万葉仮名の研究に従っていたことがあり、当時のつたない論文のいくつかが『万葉集難訓考』という小著となっている（その宣伝物にご推薦の文を書いてくださったお一人が中西博士である）。自然、郷里の大先輩、諸橋轍次博士になにくれと恩恵を受けた。博士のご生家を二度訪ねた思い出もある。なにしろ、私の一つ年下の友人が諸橋家に住んで、これを守っていたのであるから、心安く寄せていただけた。ある時、先生に向かい、東京高等師範学校にお勤めのとき、生徒を連れて早稲田中学校へ行かれ、「禁煙」の貼り紙を無視して喫煙した生徒がきびしく教頭だった会津八一に注意されるや、その指導を謝されたという話を聞いていますが、と申しあげてみたところ、ずいぶん以前のことですから、よく覚えていませんが、きっと、そういう場面もあったのでしょう。こっちは寄せていただくわけですからねえ、という意味のご返事があった。なるほどなあ。私には、ことに臨んだ諸橋博士の姿勢がよくわかったような気がしたのであった。なぜならば、私のような、かすかな者でさえ、教育実習生として、また実習生引率者として方々の学校を見学させてもらった経験を持つゆえである。

一方、その当時、私が同僚として勤務させてもらったお一人、Hさんから、おもしろい話を聞いていた。この人の前任校が新潟市に隣接する新潟県西蒲原郡黒埼村の中学校で、隣の小学校を会場に行なわれた村主催の文化講演会に講師として招かれた会津八一が、演壇にのぼったところ、集まった聴衆の中に、喫煙するものを認めて咎め、村長以下が平身低頭詫びるのを振り切って帰ってしまった、というのである。私は久しく気にもとめず記憶するだけであったが、『会津八一全集・第七巻』所収の「日記」を読んでみると、昭和二十七年三月一日の条に、正にこのことが記されているので、興味深かった。ご本人は記す。「別室に集りたる人このために講演を始めたるも聴衆の中にて喫咽する者続出したる故、その不心得を叱り講演は中止す」と。「日記」によれば「喫咽する者続出」とあるのだから、「中止」もやむをえなかったのかと思われるのだが、H先生の語るところは、少し違っていたようである。

とにかく、いかにも会津八一らしい言動ながら、私などには、にわかに賛成しかねるものがある。人の話を喫煙しながら聞くことは、確かに感心できない所為であろう。しかしまた、喫煙せずに聞こうとした多くの人々の立場からするならば、せっかく集まったのに講演はなく、空しく引きあげなければならなかったわけだから、なんとも、やりきれない思いを味わされたに違いない。主催者たちの心中、いかばかりであったろう。不快をがまんしても講演すべきであった、とまで言えないにしても、打開策がどこにも見当たらなかったものか、やはり疑問がのこる。こうした態度が多数の人々に会津八一を傲慢とか、大人気ないとか印象づけたのも、いたしかたなかったはずで、どうやら壮年時代の諸橋博士にも必ずしもいい感じを与えたわけでなさそうである。同郷のお二人が親しく交わられた形跡もない。

されば、八一の教育実習生への注意に礼を述べたからといって、ただちに諸橋博士が八一に真に敬服したのか否かはまた、おのずから別な話であるらしい。一方的な見方だけでは、事の真相、物の本質を誤まってしまう。私は私なりに、会津・吉野両先生を公平冷厳に本書に描こうと心がけたつもりである。

（一九九二・七・一三）

跋語　二つの江戸っ子精神

美術鑑識研究者　月《つき》山《やま》照《てる》基《もと》
（本名・中川繁男）

まずは、この遺稿集がどのような経緯《けいい》をたどって刊行に至ったかを述べさせてもらいたい。

本書の遺稿は、義兄にあたる伊丹末雄氏が病《やまい》にたおれる数ヶ月前、某社の編集者に出版を約《やく》してあずけておいたものなのだが、いっこうにその気配《けはい》がないので、その由《よし》を信頼のおける萬羽啓吾氏に、そおっと洩らしていたのだと云う。平成十七年九月、伊丹氏が他界したため、その遺稿のことが気にかかる萬羽氏は、伊丹夫人と相談をして、単身その出版社におもむき、原稿の所在と刊行の意向を問うたところ、「業界が不況で、とてもとても……」といった口ぶり。業《ごう》を煮《に》やした氏は、

「十数年ものあいだ何の音沙汰もなく、ただ原稿をあずかりっぱなしとは、誠意の欠片《かけら》も感じられない会社だ。不況で本が出せない？　よおうし、それならこの俺が他の出版社に持ち込んで陽《ひ》の目《め》をみせてやる。それでも構わないか！」

と語気鋭く念を押すと、編集者はおずおずと承服したのだそうである。萬羽氏のこの怒髪《どはつ》、天をつくがごとき心意気に、私は噺《はなし》を聞きながら、思わず心の中で拍手。

しかしその原稿の束《たば》を店に持ち帰ったまではいいのだが、はてさてどの出版社に……といっても当《あて》があるわけでは

ない。頭をかかえて懊悩《おうのう》されていたようで、そんな或る日、時どき来店しては閑談に華を咲かせる青簡舎代表の大貫《おおぬき》祥子《ながこ》さんが顔をみせ、浮かぬ表情の萬羽氏に、「どうしたの?」とやさしく問えば、これこれしかじかと応《こた》える。すると大貫さんは即答していわく「それなら、うちで受けて立ちましょうか」との渡りに舟のご返事。萬羽氏、これには大感激して、一も二もなく話はその場で纏まったのである。損得勘定《そんとくかんじょう》の打算《ださん》がはびこるこの世にあって、久方《ひさかた》ぶりに聞く裏おもてのない生粋《きっすい》の美談だ。

私の事典には、こんなことが記載されている。

《【江戸っ子精神】 目のまえの損得を追わぬ、気高《けだか》い心意気をさす。この言葉、東京生まれと限定されるものではなく、ましてや漱石の専売特許ではないのだ。地域や国籍、男女の別に左右されるものではない。用例としては「越後生まれの江戸っ子」「英国《イギリス》生まれの~」など》

いかがなものであろうか。私は、萬羽・大貫両氏の遣《や》り取《と》りのうちに、この《江戸っ子精神》の白露《しらつゆ》を、感動をもって賞玩しているのだ。つまりこの遺稿集は、その二つの魂《たましい》の露《つゆ》が結晶化して、ようやく刊行にまで辿りつけた次第なのである(少し美文的になりすぎて申し訳ありません)。

なお、本書収録の論考で、伊丹氏が生前に世に問うているものがあるので順次に列挙しておくと、

○「会津八一をめぐる思い出」=『越後のうた』(柿村書店、一九七八)所収

○「歌人・会津八一の誕生—失恋と引き換えられたもの」=昭和六三年十二月二日、会津八一記念館主催の講演(新潟市美術館にて)。

○「会津八一『山鳩』の背景—茂吉・秀雄との格闘」=「大阪青山短期大学研究紀要・第十三号」(六十二年三月)

所載。（昭和六十年九月二十八日、会津八一記念館での講演内容に基づいたもの）

○「『観音堂』」―中条時代の会津八一」＝青山短大国文・第四号（昭和六三・二）所載。

○「知られざる会津八一―人と書の誤伝を訂す」＝「大阪青山短期大学研究紀要・第十二号」（六十年四月）所載。

○「回想の吉野秀雄先生」＝（前右）『越後のうた』所収

以上の既刊に未発表のものをくわえて、氏が生前中に纏めておいた遺稿が本書になったわけである。伊丹氏逝《ゆ》いてより、あしかけ七年の歳月が過ぎようとしている今、こうして本書が上梓されることは、泉下の氏への手向《たむ》けともなれば望外の悦びなのであるが、しかし返すがえすも無念なのは、義弟でもあり、人一倍の恩恵をうけているはずの私が、最終的には、氏から真《まこと》の信頼を克《か》ちえていなかったという事実。これは私にとっては一大痛恨《つうこん》事《じ》としなければならないであろう。なぜなら、そのぶんだけ萬羽氏に多大な心労を背負わせてしまったからである。いま、こうして拙文を弄しながら、深く自己を省《かえり》みる因《よすが》としているところである。

粛拝

（―《追記》― 筆者は、伊丹夫人の末弟にあたるのだが、文面のバランス上、《氏》の敬称をもちいたことをお許しいただきたい）

添書《そえがき》として

文房古玩 萬羽軒　萬羽啓吾

伊丹先生の知遇をえてから、かれこれ十五年ほどになるわたしですが、生前、「某出版社に原稿を預けてあるのだが……」といった話を聞いたのは、先生が亡くなられる一年ほど前だったように記憶しております。それからのことは、月山照基さんの書かれた先稿で紹介されているので省略しますが、月山さんは戯文《ぎぶん》を弄《ろう》されるのがお好きな方で、わたしのことを「江戸っ子精神の持ち主」などと笑いながら言われるのには閉口いたします。それはともかく、先生の遺稿が、こうして刊行される運びとなったことに、わたしが少なからず安堵しているのは事実でありまして、なにしろ遺稿の話を聞いていたのは、わたし一人だけなのですから。まったく責任重大、この上なしなのでありました。

想い出の一つに、先生は物静かに語られたことがあります。

「ほんらいなら田舎の中学教師だけでおわる人生だったのかもしれませんが、ふとした事で、万葉集に惹《ひ》かれ、それが切っ掛けとなって、会津八一、吉野秀雄といった先生、それから堀口大学、和歌の佐佐木信綱、国文学界の久松潜一といった諸先生方に知遇をえたことは不思議でもあり、幸運なわたくしでありました。でも田舎教師である本分《ほんぶん》は、片時も忘れることはありませんでした」――と。

このたびの遺稿集に、その中学教師時代の教え子の一人、早稲田大学教授・上野和昭氏に序文がいただけたのは、先生の本分にそぐう縁《えにし》だったのではないかと思われてなりません。

二〇一一年七月五日

伊丹末雄（いたみ　まつお）
大正十五年（一九二六）、新潟県（旧）白根市の生。
昭和二十二年（一九四七）、新潟第二師範学校卒業。中学校の教員となり、六十三年（一九八八）春、大阪青山短期大学教授を最後に退職。上代文学会理事、全国良寛会参与、会津八一記念館学芸顧問等を歴任。著書に『万葉集難訓考』『万葉集成立考』『良寛―寂寥の人』『越後のうた』等々。

会津八一と吉野秀雄
二〇一一年八月一五日　初版第一刷発行
著　者　伊丹末雄
発行者　大貫祥子
発行所　株式会社青簡舎
〒一〇一-〇〇五一
東京都千代田区神田神保町二-一四
電　話　〇三-五二一三-四八八一
振　替　〇〇一七〇-九-四六五四五二
装　幀　水橋真奈美（ヒロ工房）
印刷・製本　富士リプロ株式会社

ISBN978-4-903996-44-8　C1092